金澤マリコ

ベンヤミン院長の古文書

原書房

ベンヤミン院長の古文書

目次

神のもっとも卑しき僕《しもべ》である私ベンヤミンは、聖マルコの導きにより、この身に託されし大命をかろうじて為し終えた

三人《みたり》の《守護者》よ

ここに聖マルコより与えられし徴《しるし》をしたため、私の永い旅路を終わらせることとしよう

†第一の徴

偽りの白き指導者　戦いのさなかに崩れ、解放者たるラコテの異形《いぎょう》の獅子現《あらわ》る

†第二の徴

秘められし漆黒の宝　東方より狼の丘に現る

†第三の徴

世界のことばを集む円筒現る　されどその内面は虚ろなり

《守護者》よ、そなたらの胸の奥ふかく刻め。耳研《と》ぎすませ
これらすべてが世に揃いしとき、ためらわず知の封印を解け
さすれば、人類はふたたび大いなる神の恩恵に与《あずか》るであろう

遠くから兵たちの走りまわる音が聞こえてくる。将軍アムルの命令はすでに発せられたようだ
兄弟たちよ、この困難な時代にあってもなお、神は我われとともにおられる
願わくは、このあわれな僕《しもべ》の選択が誤りでなかったことを

将軍アムルによる破壊の日に

神のもっとも卑しき僕　ベンヤミン

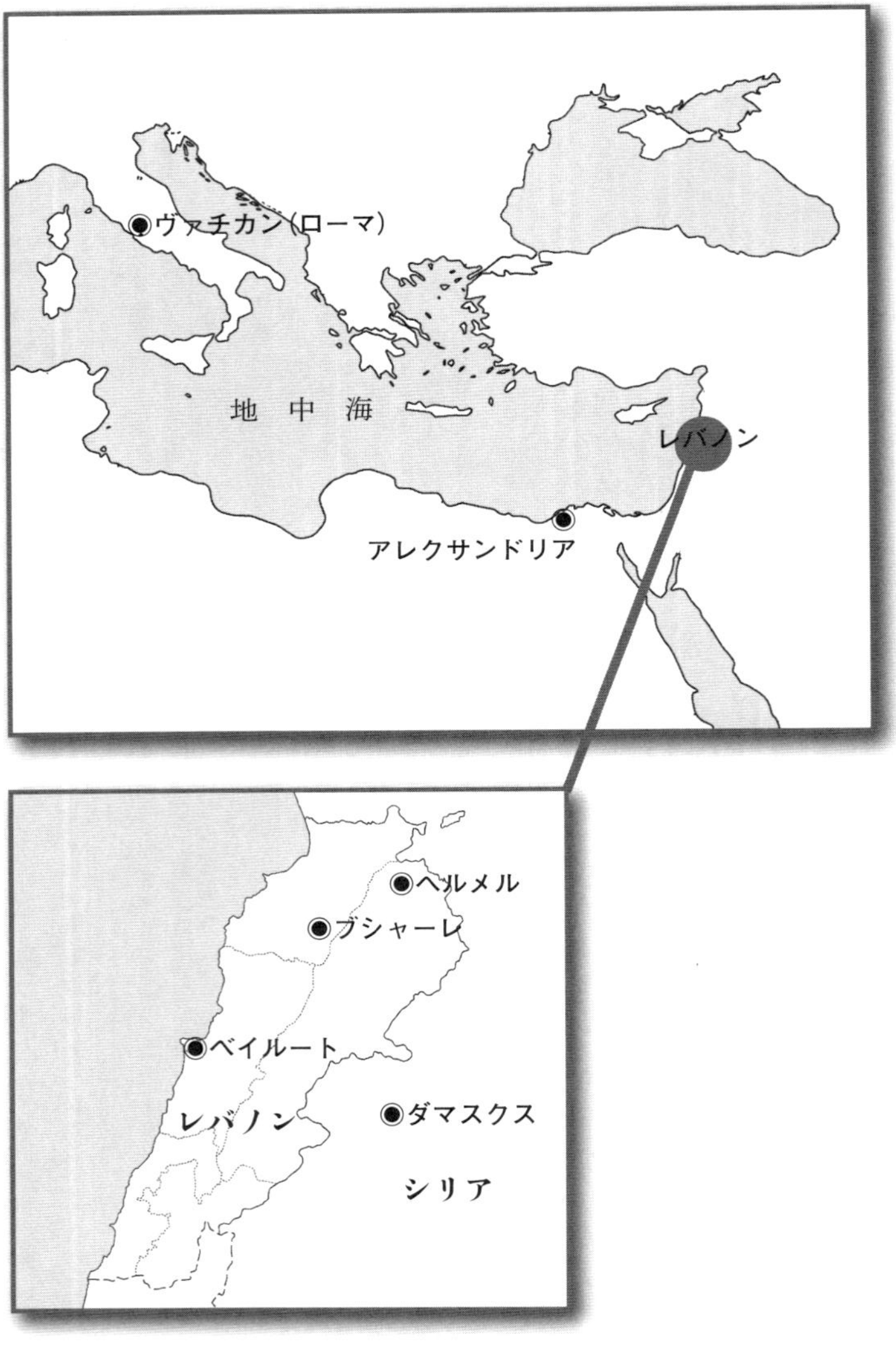
ヴァチカン(ローマ)
地 中 海
レバノン
アレクサンドリア
ヘルメル
ブシャーレ
ベイルート
レバノン
ダマスクス
シリア

1

アレクサンドリア　2007年8月15日

エジプト、アレクサンドリア市の一角にある古い修道院の一室で、三人の男が三十二インチのテレビ画面に大写しになった老人を見守っていた。

老人はいくぶん弱々しくはあるが上品な笑みをたたえ、みごとな白髪が強烈なライトを浴びて雪のように光り輝いている。マイクを手にした各国のリポーターは熱狂する群衆で埋めつくされたサン・ピエトロ広場を背景に、新教皇ハドリアヌス七世の着座式を興奮の面持ちで中継している。

テレビ画面にくぎ付けになっていた三人のなかで最初に口を開いたのは、つい先日コプト教会のトップ、つまりアレクサンドリア総主教に選ばれたばかりのイブラヒム・ラシドである。彼はテレビに向かって髭もじゃのあごをしゃくりながら、遠慮のないだみ声で言った。

「気の毒に、あの様子じゃ新しい教皇は長くはもつまいな。画面を通してまでゼイゼイした息づかいが聞こえてくるようじゃないか。もっとも、ヴァチカンではそれが狙いで、教皇に推したともっぱらの噂らしいがな」

「ええ。おそらくナイト枢機卿――ハドリアヌス七世は次の教皇選出までのつなぎと解釈すべきでしょう」

学者らしい控えめな口調で同意したのは、えんぴつのような細いからだの上にカマキリを連想させる逆三角形の小さな頭をのせたロフティ・ザヘル修道士である。

最後に、パイプを手にしたＪＪが三人の心のうちを端的に代弁した。

「あとはハドリアヌス七世がいつ、どうやって倒れるか、ですな」


その二か月ほど前のこと。百二歳になっていたコプト教会のハサン総主教が眠るように穏やかな死を迎え、後継の総主教として、当時、伝統あるアレクサンドリア修道院の院長の職にあったイブラヒム・ラシドが指名をうけた。

五十一歳の血気盛んなラシドにとって、その日は総主教に選ばれた責任の重さと誇らしさをしみじみ味わいながら幕を閉じるはずだった。しかしその予想は、日付がかわる頃に起きた思いもかけぬできごとにより、別の色に塗りかえられた。

日中の儀式でくたくたに疲れ、床につく準備をしていたラシドは、真夜中近く、寝室のドアがコツコツと叩かれる音を耳にした。不審に思いつつドアを開けると、これまで見せたことのないおごそかな面持ちのＪＪがザヘル修道士と並んで立っていた。

シリア生まれのジョルジュ・ジァジァ、通称ＪＪは、シリアとエジプトが連合してアラブ連合共和国になった一九五八年に、両親とともにエジプトに移り住み、苦学のすえ医師となった。陽気な丸顔で、髪は耳の上にだけちょぼちょぼ残っている。卓越した技能をもつ外科医として彼の日常は多忙を極め、アレクサンドリアを拠点に、レバノンやシリアの病院や大学からもしばしば呼ばれていた。ＪＪとザヘルは旧知の仲で、その縁でラシドとも近づきになった。

ラシドは一瞬とまどったが、すぐにふたりが着任祝いにきたのだと思いついた。ハサン前総主教の死去以来、さまざまな手続きに忙殺され、お互いゆっくり話すひまもなかったからである。

ところが部屋の中ほどで直立不動の姿勢をとったＪＪの口から出てきたのは、ラシドが予想だにしていなかった言葉だった。

「イブラヒム・ラシド師、ベンヤミン院長の掟にしたがい、われわれはあなたを《守護者》として迎えることを決定しました」

あっけにとられるラシドのまえで、ＪＪはベンヤミン院長が最期に書き残したという不可思議な一文を読み上げた。その間、ザヘルはラシドの視線を避け空中の一点を見つめていた。

「ちょっと待ってくれ。ベンヤミン院長だって？　ＪＪ、ザヘル、いったいなんの話だ。――あれか？　もしかしてきみたちは、あのベンヤミン院長のことを言っているのか？」

コプト教会内で聖人とたたえられるベンヤミン院長のことを知らない人はいない。

伝わるところによると、ここアレクサンドリア修道院の奥深く、〝人類の偉大な宝〟のありかを記した古文書が隠されているという。この古文書を作成したのが七世紀にアレクサンドリア修道院長であったベンヤミンその人である。ただし、その古文書を実際に見た者はこれまでひとりもいない。したがって、〝人類の偉大な宝〟は今も地上のどこかに眠り続けたままである――おおむねそんな話だった。

修道院に入った当初には誰もが、修道院にまつわるさまざまな伝説を先輩修道士から聞かされる。ことに古い歴史をもつ修道院にはこの種の話がいくらでもあった。アレクサンドリア修道院の敷地のどこかに秘密の地下道への入り口があり、それはオールドカイロにある教会の宝物庫とつながっているとか、ヘロデ王の追及を逃れてエジプトに避難してきた聖家族の長ヨセフの日記がどこかの井戸の底に隠されているとか、果ては紀元前三〇年に自殺したクレオパトラが使った蛇の鱗とか……。

つまるところ、ラシドにとってベンヤミン院長の古文書もそうした伝説の域を出ない話のひとつでしかなかった。少なくともこの瞬間までは。

ラシドはふたりの旧友の顔を交互にさぐった。

「本気なのか――」

ふたりとも彫像のように無表情だ。

「まさか、からかっているのではあるまいな。――では、例のあの話は単なる伝説ではないというのだな」

「もちろんだ」

ＪＪはおごそかな顔を崩さぬまま答えた。ザヘル修道士は背中に棒をつっこんだみたいに直立不動だ。

――あのベンヤミン院長が残した古文書が実在する？　彼は忙しく頭を働かせた。

「《守護者》と言ったな?」

やがてラシドがたずねた。ＪＪがようやく気がついたかという顔をした。

「そうだ。ベンヤミン院長は人生の最期に三名の《守護者》を選び出された。以後、代々の《守護者》は、ベンヤミン院長が残された文書を守る者として、コプトのもっとも信仰篤き者のなかから選ばれてきた。イブラヒム、今日からきみもそのひとりに加わるのだ」

ラシドは、ＪＪとザヘルを初めて知った人のように見た。

「……ということは、きみたちふたりも、その、《守護者》だというのか」

ふたりは微動だにしない。

「そんなこと……。きみたちが、そんな〝者〟だなんて、私はいままでまったく聞いたこともなかったぞ」

「《守護者》の存在は極秘事項だ。七世紀以来、その存在は厳重に秘されてきた。イブラヒム、きみが何も知らなかったのはまったく当然のことだ」

「……驚きだ、まったく驚きだ」

ラシドは無意識につぶやきながら、ザヘルをあらためて見やった。

ロフティ・ザヘル修道士は、若き日にイブラヒム・ラシドと相前後してコプト派修道会に入会し、以来三十年、長い修道生活を通じてラシドがただひとり心をゆるせる仲間と信じてきた無口で穏やかなコプト人だった。

「《守護者》に選ばれた者にこれを拒む権利は与えられていない。さあ、同志イブラヒム、誓いを立ててくれ」

うながされるまま、ラシドはＪＪとザヘルのまえに跪《ひざまず》いた。混乱したまま、ＪＪが唱える定められた誓いの文句を復唱した。それが済むとふたりはラシドの頭に手を置いて祝福した。

「さあ、これでよい」

ＪＪが初めて笑顔をみせた。

「では同志イブラヒム、《守護者》として知っておくべき大事なことがらをこれからお話ししま す。まず《守護者》とは、ベンヤミン院長が書き残された文書を守るとともに、聖マルコから与えられた三つの《徴》を識別する使命を帯びた者のことです」

そしてザヘルは語り始めた。

「アレクサンドリア修道院院長のベンヤミン師が不思議な体験をしたのは、アラブ人によるアレクサンドリア占領が間近に迫ったある夜のことでした。当時のアレクサンドリアはビザンツ帝国の領土でしたが、六四二年、アラブの将軍アムル・イブ・ルアースがエジプトを占領したのです。アレクサンドリアに入った将軍アムルは、メッカにいるカリフのウマルへの報告のなかで次のように述べています。『……私はそこで四千の邸宅、四千の浴場、人頭税を払う四万人のユダヤ教徒、使用料を得ることのできる四百か所の娯楽施設を得ました』。アラブ人たちはまた、アレクサンドリアを『黄金の土地』とか『よく乳の出る牝牛』とも表現しています。当時のアレクサンドリアが、彼らにどのようにうつったかを想像させる描写です。

さて、この報告のなかでもっとも注目すべきは、アレクサンドリアで発見した膨大な書物をどう扱うべきかと将軍アムルが問い合わせている点です。この、膨大な書物とはなんでしょう。

イブラヒム、あなたもかつてアレクサンドリアに世界最大と称された図書館が存在したことをご存知でしょう。そしてそれが、掠奪や戦乱によってすべて散逸してしまったことも。たしかに歴史家の多くが古代アレクサンドリア図書館の書物はすべて失われたとする立場をとっておりま す。けれどもわれわれは、七世紀なかばのアレクサンドリアに、将軍アムルが注目せざるをえなかったほどの大量の書籍が存在していたと考えます。でなければ、メッカのカリフに対してわざわざこのような照会をした説明がつきません。イブラヒム、アムル将軍が見たのは、古代アレクサンドリア図書館の蔵書だったのです」

ラシド総主教が口を開いた。

「つまりこういうことか。われわれの修道院に伝わる〝人類の偉大な宝〟についての古文書とは、古代アレクサンドリア図書館についての記録だ、と」

ザヘルは重々しくうなずいた。

「なるほど。――ところで、その古文書は今もたしかに修道院にあるのだろうな」

「もちろんです」

「いったいどこに？」

「修道院の書庫に保管されています」

「金庫？　しかし、私はあの中ならすみずみまで知っているつもりだが……」

「金庫の床下に隠しスペースがあるのですよ」

「なんと！」

「同志イブラヒムでさえ気づかなかったとはさすがだな」ＪＪが面白そうに言った。

「よろしければこのあとすぐにご案内しましょう」

「ああ、ぜひそうしてもらいたいものだ」

「どれ、私も久しぶりに一緒に拝見しますかな」

三人が書庫に移動した頃には、日付はもう翌日に変わっていた。

ザヘル修道士は書庫の奥に据えられた大きな古ぼけた金庫をＪＪの手を借りて脇にどけた。タイル状の敷石――そこだけ色が違っている――を数枚取り除くと木の板が現れた。ザヘルがポケットからドライバーのようなものを取りだし、すき間にこじ入れて板を持ち上げた。そのとたん、かび臭いにおいが床下から漂ってきた。ＪＪが懐中電灯で照らした先には五十センチ四方ほどの空間があり、そこに木箱が三つ、重ねられていた。

ザヘルがそれをひとつずつ取りだして床に並べた。まったく同じ形の木箱の蓋《ふた》には、ローマ数字でⅠからⅢまでの焼き印が押されている。

「これがベンヤミン院長が残された古文書です。院長は聖マルコのご指示に従って古代アレクサンドリア図書館の蔵書をアラブ人の手の届かないところに隠し、隠し場所を示すこれらの文書を作成し、《守護者》を選定しました。そして、三つの《徴》がすべてそろったときに、順番に文書の封印を解くよう命じられたのです」

そして今日、すなわち二〇〇七年八月十五日、三人の《守護者》はハドリアヌス七世の着座式に遭遇したのであった。

「〝白き指導者〟登場だ」

テレビ画面から目を離さず、ＪＪがつぶやいた。

「ああ、その通りだ。それにしてもみごとな白髪だ。まるで雪のようじゃないか。〝白き指導者〟とはよくいったものだ」

ラシドもうなった。ロフティ・ザヘルはふたりに生真面目な学者の目を向けた。

『偽りの白き指導者　戦いのさなかに崩れ』というのが第一の徴の前段です。もしハドリアヌス七世が徴であるなら、なんらかのかたちで崩壊がやってきます。それもおそらく在位中に。でなければ、第一の徴とみなすことはできません。教皇が倒れるのを望むわけではありませんが、われわれは今後ハドリアヌス七世の動向を注意深く見守らねばなりません」

「もちろんそうだ。それにな、私にはひとつひっかかることがあるんだ」ラシドはザヘルの方を向いた。「『偽りの』というのはどういうことだ？」

「さきほども言いましたが、ハドリアヌス七世はワンポイントリリーフだというのがおおかたの見方です。そもそも今回の選挙で、彼の名はまったく挙がっていませんでした」

「たしかにそうだった。なのに、蓋を開けてみればナイト枢機卿が選ばれたんだ」

「ええ。いったいヴァチカンで何が起きたのか、本当のところは誰にもわかりません。ですが、今回の選挙にはアレッサンドロ・ビッフィ枢機卿がからんでいると思われます」

「ビッフィ枢機卿？　しかし、確か、彼自身も有力候補のひとりだったはずだ」

「ええ、そうです。ですが、ビッフィ枢機卿が枢機卿団になんらかの働きかけをしたのはまず間違いないでしょう」

ラシド院長は顎髭に手をやってしばらく考えていた。

「教皇選出のかげにはビッフィ枢機卿の関与がある。とすればハドリアヌス七世はからくり人形、つまり『偽りの指導者』だ」

2

アレクサンドリア　2008年クリスマス

教皇ハドリアヌス七世に突然の死が訪れたのは、二〇〇八年のクリスマスであった。

ハドリアヌス七世はあらゆる意味で予想を裏切った教皇だった。

まず、教皇選挙当時、彼はまったくの無名、かつ選挙権を持つ百十九名の枢機卿中、最高齢の七十九歳であった。つまり、ほとんど誰も彼を次期教皇候補とはみていなかった。にもかかわらず、結果的には圧倒的多数票をもって選出され、教皇ハドリアヌス七世となった。ただ当初から、彼の在位はそう長くは続くまいというのが大方の見方だった。高齢であるうえ、持病のぜんそくに苦しめられていたからだ。

ところが彗星のごとく登場した新教皇の、慈愛あふれる好々爺といった風貌は、あっという間に全世界のカトリック信徒の心をつかんでしまった。

「空飛ぶ教皇」といわれたヨハネ・パウロ二世にちなんで「トラベリングパパ」のニックネームを与えられたハドリアヌス七世は、着座後一年間で六五カ国を精力的に訪問し、プロテスタント教会を含む各国キリスト教指導者、イスラム教、仏教諸派の代表者と親しく交流した。メディアも事あるごとに彼をひっぱりだした。世界各地で起きる事件や紛争について、ハドリアヌス七世は実にタイムリーにかつ明確にカトリック教会の見解を発信した。これは今までのカトリック教会ではついぞみられないことだった。

信徒の教会離れ、聖職者のスキャンダルと高齢化に慢性的に悩まされてきたカトリック教会にとって、ハドリアヌス七世の人気は望外の幸運だった。当初、たしかに善良ではあるが、なんら「売り」のない新教皇にまったく期待していなかったヴァチカンの高官たちは、思いがけない事態に驚きとまどい、やがてハドリアヌス七世を教会再建のために最大限利用しようと思い直した。

ハドリアヌス人気のほとんどの部分は、ヴァチカン首脳部のたくみな演出のたまものだったが、世界中の信徒は混沌とする現代社会に救世主のごとく登場した、「頼れる教皇像」に夢中になった。ハドリアヌス七世がイスラム教、ユダヤ教、ヒンドゥー教、仏教の指導者と歴史上の惨劇のあった場所――これにはエルサレムとアムリットサルが選ばれた――で互いに涙を流して抱擁し合い、それが世界中に中継されたあたりから、ハドリアヌス七世を「聖人」と呼ぶ声がきこえ始めた。

このようなわけで、二〇〇八年のクリスマスほど全世界から注目された降誕節は、カトリックの歴史上ないことだった。各国メディアは「聖」ハドリアヌス司式のミサを中継するためにヴァチカンに集合し、参列を望む多数の信徒がサン・ピエトロ広場にあふれた。

そして、「事件」が起きた。

この運命の日、一年四か月前の教皇選出の時と同じく世界中のテレビ局がカメラを構える前で、カリスを高くかざしたハドリアヌス七世は、次の瞬間、ゆっくり祭壇上に崩れていった。

時は真夜中ちかく。すべり落ちる白い帽子とその下から現れた雪のごとくかがやく髪、祭壇上に力なく投げだされた皺だらけの指と、その指に光る「漁師のリング」——。純白の布の上にころがったカリスから流れ出たぶどう酒、その「キリストの血」はやがて大理石の祭壇をゆっくりと生き物のようにしたたり落ちた。

まるで、サン・ピエトロ聖堂内の時間だけが突然スローモーションに切りかわったかのようだった。

凍りつく沈黙のあと、会衆が悲鳴に似た金切り声をあげ、ベールをつけた最前列の修道女らが一斉に十字を切った。高位聖職者たちが祭壇上で色を失って右往左往し、駆けつけた侍医が蒼ざめて力なく首をふった。

そして、これらすべてが全世界に生中継された。

後から、これほど効果的なローマ・カトリックの宣伝はあるまいと称された「聖ハドリアヌスの殉教」である。

全世界の信徒は、自らの命を極限まで神に捧げた教皇として、彼の死を讃え、美化し、奇妙なことにその死までをも予定されたシナリオのごとく受け入れた。

アレクサンドリアでこれを見守った三人の《守護者》にとっては、ハドリアヌス七世の死去は、ある意味で予想されたできごとではあった。とはいえ、それがかくも劇的な状況のなかで起きることは想像を超えていた。三人は目前で進行しつつある光景に畏怖した。

「偽りの白き指導者　戦いのさなかに崩れ……」

ラシドがベンヤミン院長の一節をつぶやくと、ＪＪも「そうだ。まさに、ひとつめの徴が実現したのだ」と応じた。声には興奮が隠しきれなかった。

「いえ、まだひとつめの徴の前半が実現したにすぎません」

蒼白なザヘル修道士がテレビ画面を凝視したまま言った。

「もちろん、もちろんそうさ」ＪＪは顔を大きく上下させた。「後半部分だって忘れちゃいない。《解放者たるラコテの異形の獅子》だ。わかっているさ。だがね、ロフティ、きみの正直な意見を聞かせてくれ。ハドリアヌス七世の崩御をどう見る」

「ええ、確かにひとつめの徴は確実に実現しつつあるという感じがします」

「感じ？　学者のきみにしては珍しい表現だな。イブラヒムは？」

「聖マルコの予言通り《偽りの白き指導者》が崩れたのだ。しかもまさに戦いのさなかに。とはいっても、正直に言っていま目にしている光景が信じられないがな」

「まったくだ。不謹慎な言い方だが実にドラマチックじゃないか。あとは後段の《ラコテの異形の獅子》だ。これはハドリアヌス七世の次に教皇として登場する人物、ということでわれわれの意見は一致していたな」

あとのふたりが肯くと、ＪＪは口調を変えて切りだした。

「実は、ふたりに聞いてほしいことがある。前々から考えていたことだ。教皇庁のハーニー・アマル枢機卿。もちろんイブラヒムも聞いたことはあるはずだ。ロフティにとっちゃ幼なじみだし、私もアレクサンドリア時代には親しかった。今まで口に出すのを控えていたが、彼はいずれ教皇になる人間だと私はずっと考えてきたのだ」

ザヘルが驚きの色をうかべてＪＪを見た。ＪＪはそれを無視して、ラシドの反応を待った。

「ふうむ……。たしかに可能性はあるだろうな。コプト教徒からカトリックに転向し、あちらではとんとん拍子に出世していると聞く。彼を失ったのはコプトにとっては大きな損失だった。そう、アマル枢機卿はいずれ教皇になるかもしれぬ」

「だろう？　ヴァチカンはハドリアヌス七世時代にいろいろなことを学んだはずだ。いまの若い世代のなかではアマル枢機卿はいちばん人気がある。これを利用しないはずはない。ヴァチカンは次に彼をかならず選ぶだろう」

「ＪＪ、アマル枢機卿が教皇の器だというあなたの気持ちは理解できますが」ザヘルがたまりかねて口をはさんだ。「私は彼のことを、おふたりよりもよく知っています。ご存知のように私たちはアレクサンドリアで兄弟のように育ちました。彼ほどすばらしい人物を私は知りません。しかし、彼はコプトの信仰を捨ててカトリックに転向した人間です。いくら現在のカトリック教会でも、そういう経歴の持ち主をトップに選ぶとは私にはとうてい考えられません。ＪＪ、彼はヴァチカンではある種の異端児なのですよ」

　ＪＪは面白そうにその言葉を聞いている。

「それにベンヤミン院長は《解放者たるラコテの異形の獅子》と書いておられます。これをどう解釈するのですか」

「まさにそこなんだよ、ロフティ。気づかないか。《ラコテ》というのはアレクサンドリアの古名だ。かつてアレクサンドロス大王は、ラコテとよばれていたエジプトの古い町のうえにアレクサンドリア市を築いた。ハーニー・アマルはそのアレクサンドリアの出身。そして、もともとはコプト教徒だ。きみ自身さっき言ったじゃないか、彼はヴァチカンでは異端児だ。もし、もとコプト教徒でしかもエジプト人のアマルが教皇になれば、まさしく異形の教皇といえないか。そしてカトリック教会を救う解放者とよばれるにふさわしい」

「そうだ！　まさしく符合する！」

ラシドが身体を乗り出した。眼がらんらんと輝いている。それを横目で見てザヘルは言った。

「たしかに、ラコテはアレクサンドリアの古名です。そしてハーニー・アマル枢機卿を《ラコテの異形の獅子》と結びつけたいJJの気持ちもわからなくはありません。しかし、あなたがどう思われようと、そしていくら人気があろうと、先ほども言ったように現状でアマル枢機卿が次の教皇に選出される可能性はゼロに近いと思います。だいいち、アマルが枢機卿になってまだたったの二年ですよ。ヴァチカンはわれわれが思う以上に古い世界なのです。たしかに彼はめざましい出世を遂げています。そしてそれゆえに、彼を妬む者も数多く存在するのです」

「その通り。だがロフティ、きみだってアマルが教皇にふさわしいと思うだろう」

「JJ、私とてその点ではあなたと同意見です。ですが、あくまでも《徴》が先にあるのです。われわれは、ベンヤミン院長が命じられた通り耳と眼を研ぎ澄まし、これまでと同じように世界の動きを注視すべきです」

「わかった、わかった。その慎重さがきみの良いところだからな。イブラヒム、きみの意見は？」

「決して自分たちに都合よく《徴》を解釈してはならない。ロフティの言う通り、それを忘れてはなるまいな」

「了解だ。では、これは仮定の話としてきいてもらってかまわない。私がなぜいま、こんな話を持ち出したか。それは時が迫っているからだ。ヴァチカンでは近いうちにコンクラーベが始まる。そして、《ラコテの異形の獅子》たるハーニー・アマル枢機卿が選出される日が実現する。いや、ひとつの可能性として考えてくれてかまわない。ともかくそれは第一の《徴》の完全なる実現だ。そこで、その日が来たら、われわれは彼に協力を求めるべきだと思う」

「協力？　ヴァチカンにですか？」

ザヘルが驚いて問いただした。

「そうだ。正確には教皇にだがな。もちろん、ベンヤミン院長は選ばれた三人の《守護者》だけがこの任務にたずさわるべきとお考えだった。だが、考えてもみてくれ。あれから一千三百年以上の年月が流れたのだ。とてつもなく長い年月だ。そして、現在のコプト教会をとりまく状況は、ベンヤミン院長時代とはまたべつの意味で厳しい。私は考えた。はたしてベンヤミン院長は、文書の封印が解かれるまでにこれだけの年月がかかることを想定されただろうか、と。院長の時代にはイスラム教はようやく発展の緒についたばかりだったし、プロテスタント教会なんてものは影も形もなかった」

ＪＪはそこでラシドとザヘルの顔にピタリと視線を定めた。「ベンヤミン院長は〝大いなる神の恩恵〟とおっしゃっている。ならば、それはひとりコプト教会だけのものではないはずだ」

ラシド総主教とザヘル修道士はじっと考え込んだ。ＪＪはさらに続けた。

「アレクサンドリア図書館の蔵書がこの地上のどこかに隠されているなら、それは間違いなく人類の遺産だ。そうじゃないかい。ところで、いったいこれを探し出すのにどれほどの金がかかる？　イブラヒム、ロフティ、考えてみたことがあるか？　少なくとも、現在のわれわれがまかなえる金額でないことだけは容易に想像がつく。では、どうする？　エジプト政府にこのとほうもない話を信じて協力してくれと頼むのか？　世界中に発表して協力者を募るのか？　それとも、手をこまねいているのか？　私はアマル枢機卿が教皇になったら、彼に協力を求めるのがもっとも現実的な選択だと考えるね」

ラシドはうーんと唸って立ち上がり、部屋を歩きまわり始めた。ザヘルは考え事をするときのくせで、せわしなく両手を組んだりほどいたりしながら言った。

「ＪＪ、たしかに私たちはこれまで《徴》の識別にだけ神経を集中してきました。が、現実に三つの徴が揃いつつある今、アレクサンドリア図書館の蔵書を見つけだす方策を具体的に考えねばならないというあなたの意見はもっともです。ですが、ベンヤミン院長は聖マルコのご意志にしたがい、三名の《守護者》だけにこの文書を守る使命を与えました。私はこれをないがしろにするようなことは気が進みません」

「うん、ロフティ。おそらくきみならそう言うだろうと思っていたよ。私もそのことはさんざん考えた。祈ったよ。だがな、ようく考えてみてくれ。いったい《守護者》は何を守っている？　最大目的はなんだ？　アレクサンドリア図書館の蔵書はいったいどれほどあるか知ってるか？　最大で七十万冊だ。もうベンヤミン院長の時代ではない。イスラムのやつらの目をかすめて、あるいは彼らの脅威が去ったら、こっそり蔵書を取り戻してふたたび書庫に戻せば済むという時代じゃないんだ。聖マルコはアレクサンドリア図書館の蔵書をコプトの者が独り占めすることなど決して望んではおられないはずだ。古代アレクサンドリア図書館は、地上に住むわれわれ皆がこの手に取り戻すべき人類の叡智なんだ」

ザヘルの生真面目な表情のなかに迷いが生じた。ＪＪはラシドを見上げた。

「イブラヒム、きみはどうだ」

「そうだな」ラシドは慎重に口を開いた。「われわれ《守護者》が守っているものは、聖マルコやベンヤミン院長の掟そのものではない。そういうきみの考えはよくわかる。たしかにこの長い年月、《守護者》が守ってきたのは〝大いなる神の恩恵〟だった。それに実際問題、この先、調査となったら誰かの協力なしではやっていけぬ。だがＪＪ、そうするからには、これまで明かされずにきたわれわれの情報を開示しなければならないのだぞ」

「むろん、そういうことになる」

「それに――」総主教はＪＪに顔を近づけ、ささやくほどの声で言った。「ハーニー・アマルはそれほど信用できる人間か」

「信用していい。彼はベンヤミン院長の計画に協力すべき運命にある」


二〇〇九年が開けてから、ヴァチカンはこれまでにないあわただしい動きをみせることになった。

事のおこりは新年早々に起きた教皇グレゴリウス十七世の頓死だ。いやむしろ、クリスマスに起きた「聖ハドリアヌスの殉教」からすべてが始まっていたというべきかもしれない――。

あまりに劇的だったがゆえに、演出されたのではないかとさえいわれたハドリアヌス七世の崩御。その十六か月あまりの短い在位期間を通じて、ヴァチカンは貴重な教訓を得た。現代の信徒が望むのは発信力のあるカリスマティックな指導者であること、そして本人にその資質がなければ……周囲の者が創りだせばいい。

そういうわけでヴァチカンがハドリアヌス七世の次の教皇に望んだ条件は、見栄えがよくて御しやすく、できればもう少し長いあいだ教皇職にとどまっていられる人物、それだけといっても過言ではなかった。ブレーンがしっかりしてさえいれば、あとはなんとでもできる……それが首脳部の偽らざる気持ちだった。

こうして、年が明けた一月十日からコンクラーベが開催された。多くの枢機卿たちの頭に真っ先に浮かんだのはアルベルティーニ枢機卿だった。なんといっても彼はハドリアヌス七世と同様の穏健派であり、その善良さや信じやすい性格は、いろいろな意味で前教皇の路線を引き継ぐにはもっとも適任と思われた。正反対のタイプのビッフィ枢機卿のことは今回は誰も持ちださなかった。ハーニー・アマル枢機卿の名も一部では取りざたされたが大きな声となることはなかった。次期教皇はアルベルティーニ枢機卿で決まりと思われた。ところが、最後の最後になって、アルベルティーニ枢機卿の七十七歳という年齢が不安要因とみなされ、彼より十歳若いリオン・ベルナール枢機卿が、三日めの投票で多数を得ることになったのだった。

ベルナール枢機卿はさっそく、グレゴリウス十七世と名乗って職務を開始した。ヴァチカン首脳陣はすぐに、前教皇の時代に学んだノウハウを用いて、この見栄えはいいが軽薄で人の意見に左右されやすい新しい教皇をカバーする体制をとって動き出した。

万事順調なすべり出し、のはずだった。——彼が着座後わずか四日めに死去するまでは。

そしてこの「事件」は大スキャンダルを引きおこした。教皇の死に、疑わしい点がいくつかあったからだ。

その日、教皇は就寝前に修道女アンナ・ブセットが出したココアを飲んだ。三十分後、アンナがカップを下げに行くと、教皇はテーブルの上に右頰を下にしてうつぶせていた。そばにあったカップは空で、白いテーブルクロスにココアのシミがわずかについていた。

教皇のいとこにあたるアンナ・ブセット修道女は、白内障を患っていたうえ、少々機転の利かない性格だった。アンナは呼びかけに答えない教皇を眠っているものと思いこみ、近づいて教皇の左肩にそっと手をおいてみた。反応がなかったため、今度は少し力を入れてその肩を揺すった。するとグレゴリウス十七世は椅子ごと、右側にどうと倒れた。

その後の動きについては誰もはっきりしたことが言えなかった。アンナの悲鳴を聞きつけて、控え室にいた秘書の司祭が真っ先に駆けつけたと言う人もいれば、その前に侍医が来たと言い張る者もいた。修道女は、教皇さまを殺してしまったのは自分だ、あんなふうに揺すったりしなければ教皇さまはお倒れにならなかった、と泣き叫ぶばかりだった。

死因は心筋梗塞。急激な環境変化と激務、そして過剰なストレスにさらされたことが誘因となった突然の死であると教皇庁から正式に発表された。

しかしその説明では、六十七歳の教皇の死をじゅうぶん納得させることができなかった。当然のごとく、グレゴリウス十七世が死去直前に口にしたココアに疑惑の目が向けられた。そもそもなぜその夜、グレゴリウス十七世はココアを飲んだのか、いったい彼にはそんな習慣があったのか——これについては、教皇は甘いものが苦手で、そんなことはついぞ無かったと周囲の者がこぞって証言した。ではなぜ、その日に限ってココアが運ばれたのか？　調べに対し、胃が痛んで眠れないと訴えた教皇に無理やりココアを勧めたのは自分である、と憔悴《しょうすい》しきったアンナ修道女が証言した。普段と違うことをさせてしまったのがいけなかった、あの方は昔からいつも私の言うことを寛大に聞き入れてくださっていた、今回はそれがあだになってしまった、ああ…なんて恐ろしいことだろう…なぜこんなことになってしまったのだろう……ああ神さま。アンナは髪をかきむしった。

しかしさらに調べがすすむと、アンナ・ブセットにココアの効用について吹き込んだ人物がいることが判明した。それはその日、ルーアンから彼女を訪ねてきていたアダムという名の甥で、夕食のテーブルでその話題が出たのだった。このことは、夕食に同席した二名の修道女とコックが裏付けた。

この甥と称する人物は、修道女やコックたちと陽気に冗談を言い合いながら、ポリフェノールの効果や、眠れない時にはココアがいちばんふさわしい飲み物だとか、盛んにまくし立てていたということだった。そしてアダムという人物は、その日の夜遅くローマを出発してしまった。アンナを問いただすと、甥のアダムとはもう十数年も音信がなかったこと、失業したためスペインに行って職探しすると甥が言い、アンナに当座の旅費を都合してもらうと、そそくさといなくなったことがわかった。つまり、もしも誰かが甥の名を騙っていたのだとしても、アンナには見分けがつかなかった可能性があった。

アダムはすぐに国際手配された。くわえてその日の夕食とココアを準備したコックを初めとする関係者すべての取り調べが、教皇庁とイタリア警察によって徹底的に行われた。その結果、本物の甥のアダムはルーアンの自宅から一歩も出ていなかったことが、複数の証言によって裏づけられた。カップに残っていたココアおよびテーブルクロスのシミも分析されたが、なんらかの薬物の痕跡を示す証拠は見つからなかった。贋アダムの行方は杳《よう》として知れず、その他の人間からも決め手となる証拠は何も出てこなかった。

グレゴリウス十七世がたしかに若い頃に十二指腸潰瘍を患ったことは、古いカルテや当時を知る医師が証明した。しかし、教皇就任当時、胃腸はもちろん心臓も、グレゴリウス十七世は健康そのものだった。そもそも、グレゴリウス十七世、すなわちベルナール枢機卿が選出されたのは、彼が非の打ちどころのない健康体だったからだ。口の悪い連中は、下品で尊大で「魂の輝きのかけらもない」ベルナールのような人物が選ばれたのは、ただ単に彼が「長持ちしそう」に見えたからにほかならないと囁きあった。

たしかに、リオン・ベルナールは人徳のある人物とは言い難かった。パリ近郊の貧しい家庭に生まれ育ち、じゅうぶんな教育を受けずに成人し、いくつかの怪しげな職業を転々とした後、一念発起して大学へ。その後、どんなきっかけがあったのか聖職者の道を志し、司祭になってからは時々の権力者にすり寄りながら出世の階段を登りつめた。教皇の座をつかむまでの道のりには、明るみに出せない「逸脱行為」がいくつもあったと言われていた。調べが進むうちに、教皇就任前から身のまわりいっさいの世話をさせてきたいとこの修道女アンナ・ブセットとの「親密すぎる関係」が判明し、コンクラーベに際しては国務省長官アレッサンドロ・ビッフィ枢機卿とのあいだになんらかの「取り決め」がなされたとの疑惑まで浮上した。

こうして、グレゴリウス十七世の頓死は、謎のココアと消えた甥、ヴァチカン内部の複雑な人間関係という舞台設定のもと、ますます人びとの好奇の目にさらされることになったのだった。

ハーニー・アマルはサン・ピエトロ広場を見下す窓辺に立ち、最近のめまぐるしい変化に思いをはせた。雨は夜のうちにすっかりあがり、ほの暗い広場では、数羽の鳩がなにかを探すようにゆっくり歩きまわっていた。

アマルの耳にも、当然ながらグレゴリウス十七世の死去をめぐる内外の噂は入ってきた。しかし彼は世間が考えるような教皇の暗殺などということが本当に行われたとは、一度も考えたことがなかった。もちろんアマルとてカトリック教会の総本山であるヴァチカンが、その名にふさわしい聖域であると本気で信じているわけではない。アマルの考えでは、ヴァチカンの誰もが、衰えつつあるカトリック教会を建て直したいと心から望んでいるにすぎなかった。問題は、どうやってそれを実現しようと考えるかだ。

十七年前にパオロ・アルベルティーニ師の手によって司祭に叙階されたときも、それ以後も、アマル自身はカトリック教会のヒエラルキーの階段を登りつめたいなどと望んだことは一度もなかった。むしろ、一司祭として人びとの身近にいたいと考えていた。しかし自らの意志に反し、アマルはとんとん拍子に「出世」した。

位階をあがるたびに、アマルについてまわったのが、「もとコプト教徒である異色の」という枕詞だった。インタビュアーはかならずそれを話題にし、なぜローマ・カトリックに？　と問うた。アマルはそれにきちんと返答をしたことがなかった。あの時、カトリック神学院の門の前に立ったアマルの頭をいっぱいにしていたのは、コプト教会とそれにまつわるすべてのものとのつながりを絶ちたいという思いだけだった——。

ラテン語でコンクラーベといわれる教皇選挙は、通常、教皇逝去後十五日めから二十日めのあいだに、八十歳以下の枢機卿の互選によって開催される。この間、全世界からあつまった枢機卿たちは、システィーナ礼拝堂に設けられた選挙会場に文字通り「閉じこめられ」、新教皇が決定するまでは食事も宿泊もここですませ、外部との接触をいっさい断たれる。投票は、初日は午後に一回、翌日からは午前と午後に一回ずつ行われ、三分の二プラス一以上の票を得る者が出るまで繰り返される。集められた投票用紙はそのつど、システィーナ礼拝堂の隅に設置されている鋼鉄製のストーブで焼却され、サン・ピエトロ広場に集まった人びとは、煙突からたちのぼる煙の色で選挙結果を知る。すなわち、煙が白ければ当選者が決定したことをあらわし、湿った藁と化学薬品をまぜた投票用紙が燃やされれば当選者がまだ決まっていないことを示す黒煙が上がる。

グレゴリウス十七世の突然の崩御を受けて行われた一月末のコンクラーベで、選挙権を持つ枢機卿百十八名のうち九十四名という圧倒的多数がアマルに投票した。二代続いた教皇の不慮の死のあとで、枢機卿たちは今度こそ、外面も内面も充実した、真の意味での指導者を選ぼうとした。

結果が出るとすぐに、主席枢機卿がアマルに「受諾しますか」と問いかける。アマルは「受けます」と答えて、この途方もなく重い職務を引き受けたのだった。

その後、雪崩のように展開した一連のできごとをアマルは鮮明に覚えている。彼は別室に用意されていた教皇服を身につけ、主席枢機卿がうやうやしく差しだす漁師の指輪をはめ、枢機卿たちから服従の接吻を受けた。その間、サン・ピエトロ広場からは、新教皇の登場を待ちかまえる人びとのざわめきが聞こえてきた。

ついに彼がバルコニーに姿を見せた時、群衆のどよめきは繰り返す波となって押しよせ、彼は「主よ、どうかこのしもべをお助けください」と口のなかで祈った。いったいこの世に、自分がローマ教皇、すなわち使徒ペトロの後継者たるにふさわしいと心の底から信じられる人間がいるものだろうか——。

アマルは顔を上げ、重い一歩を踏み出し、広場をうめつくす信徒らに向かいあった。どよめきは歓呼に変わり、彼は教皇ソテル二世としての最初の祝福を世界に与えた。

3

バンクーバー、セント・ポール病院　2009年2月28日

カトリック枢機卿フランソワ・モースは、耳もとでささやく声に、はっとして目を開けた。たしかに今、誰かが自分の名を呼んでいた。

モースは長い眉毛の下のとび色の目を精いっぱい見開いて、夜明け前のうす暗い室内を見まわした。完璧な空調によって調整された病室はしんとして人の気配はなく、ベッドサイドのデジタル時計がちょうど四時を示していた。

ようやくモースは、さっきの声が自分自身の口から出たものであることに気がついた。それと同時に、右手に灼けつく痛みをおぼえた。

モースは時計をもう一度見て、今日が二月二十八日であることを確認した。そして、羽根布団のなかでからだを動かし、枯れ枝のような左手でそっと右手に触れてみた。

——やはり今日も同じだ。

手のひらは熱く腫れあがっていた。そして、左手の指先がその中央部、もっとも熱くなっている部分に触れたとき、するどい痛みが走り、モースの口から思わずうめき声が漏れた。

その時、廊下を足音が近づいてきた。看護師がそっとドアを開け、しばらく様子をうかがうようにしていたがそのまま立ち去った。モースはなおも息を殺して看護師が遠ざかるのを待ち、やがてのろのろと上半身を起こすと、ナイトテーブルのランプをつけて、右の手のひらを注意ぶかく観察した。痛みのある中央部分は、黒ずんだ濃い紅色を呈しており、その輪郭は直径五センチほどの焼きごてを押しつけられたようにくっきりしている。そして、その紅い円の内側では血管が奇妙な形に浮かび上がって、何かの模様を描いているように見えた。


モースにこの症状が最初に現れたのはおととい、つまりセント・ポール病院で右手首の手術を受けた翌日のことだった。

それは明け方に出現した。初め痒みともうずきともつかぬ感覚で始まり、しだいにそれが熱さに変わり、やがて掌全体が膨れあがった。数分後、中央部にひときわ鮮やかな暗紅色の紅斑が発現した。その段階になると、右手はモースの鼓動にあわせて、もうひとつの心臓のようにズキンズキンと脈打ち、激しく痛んだ。モースは歯を食いしばってそれに耐えた。

しかし、モースはなぜか主治医のウスペンスキー医師にこのことを伝えなかった。次の日も紅斑が出現した。モースは小さな黒い手帳にその時刻を記録し、紅斑のなかに透けて見える血管の模様をスケッチした。記録は、二月二十六日と二十七日の朝四時に紅斑が現れたことを示していた。

しかし、モースをもっとも困惑させたのは、これほどの症状がきっかり二時間後にはあとかたもなく消失することであった。医師が病室にくる頃には、あれほど腫れあがっていた右手は、いつもの白っぽいカサカサした手に戻り痛みも消えた。モースが医師に話すことをためらったのはそのせいだった。

いや、それは正確ではない。口を閉ざしたのはモースの頭にあるひとつの考えが浮かびかけたからだった。けれどもモースは、その考えを必死で追い払った。

カナダ生まれのフランソワ・モースは、半世紀以上をローマ・カトリック教会の聖職者として生きてきた。枢機卿としての十年間は、教皇庁で、教区司祭と教会財産を管轄する聖職者省長官として黙々と働いてきた。瘠せこけた身体、細長い輪郭、とがった耳、口髭と顎髭をたくわえた姿は、峻厳な砂漠の修道僧を思わせた。

ヴァチカンで七十五歳の誕生日を迎えたとき、モースは残された人生を故郷のカナダで過ごしたいと教皇に願い出た。古巣であるバンクーバーのロブソン通り百五十番地の司教館に、こざっぱりとした一室を得たモースは、陽当たりの良い窓辺でハーブや花々を育てるかたわら、将来に悩む若い司祭たちや問題山積のカトリック教会を束ねる重責を担う司教らの秘められた悩みを、やさしいとび色の目でうけとめた。

こうして、つい数日前まで、モースの七年間は平和に流れていた。

その朝、小さな事故が起きた。

珍しくあたたかな朝だった。モースはベッドから降りようとしてバランスを崩し、そのまま床に落ちた。右手がいちばん先に床につき、かぼそい右腕一本が一瞬ではあったがモースの全身を支えるかたちになった。床に敷いてあった厚いラグが少しは衝撃を吸収したものの、次の瞬間、モースの右手首はあり得ない方向に曲がっていた。

物音で駆けつけた修道士のうち、いちばん若くてがっしりしている修道士がモースを軽々とかつぎあげ、近くのセント・ポール病院に運びこんだ。

折れた手首の手術は、急遽ヴァチカンから派遣された医師も加わって滞りなく終わり、経過も順調であった。しかし、司教館の住人たちは、怪我そのものよりも、モースのいつにないぼう然とした様子に不安を覚えた。

バンクーバー大司教のジャン・キュートは、モースの年齢を考え、そろそろきちんとしたケアを考えるべき時がきたのだろうかと懸念した。大学時代にアイスホッケーの選手として活躍した、肩の厳つい、精力にあふれたジャン・キュートは、この愛すべき枢機卿を心から慕っていた。

キュートは主治医のウスペンスキー医師を訪ね、モースの容態について話し合った。

「先ほど病室をのぞいてきましたが、よく眠っておられました。経過はいかがでしょうか」

医師にすすめられた椅子に大柄な身体を押し込んだキュート大司教は、血色のいい、つやつやした顔を心配で曇らせていた。無精髭をはやした世捨て人風情の医師は、デスクのPC画面にエックス線写真を表示し、それをペンで示しながらぼそぼそと説明した。

「ごらんのように、この、手首の骨と、それから中手骨が二か所折れておりました。ドクター・ジァジァが執刀されましたが、まったく問題はありません。とはいってもご高齢ですから、完治するには、まあ、しばらくかかるでしょうが、いずれ日常生活にそうご不自由なく過ごせるようになるはずです。腫れもほとんど見られませんし、発熱その他の合併症もありません。ほどなくもとのご生活に戻られるはずですよ」

「そうですか……。ほかに、どこか問題になるようなところはございませんか」

「そうですな――とりたてて心配なところはないといってよいでしょう。もちろん、ご高齢ですから数値的にまったく正常というわけにはまいりませんが、それはむしろ普通でして。ええ、そう、血圧が少し高めですね。しかし、八十二歳の男性としてはひじょうに良好な状態ですよ」

医師は左手で髭をさすり、右手でカルテを繰りながら、顔を上げずに答えた。

「枢機卿がベッドから落ちたことをどう思われますか」

「どう、とおっしゃいますと」

医師は暗い灰色の目を上げた。

「なぜあんなことになったのでしょうか」

「さあ…」

「このところ、教区の方でもいろいろと問題が生じましてて……。私も司教館を留守にすることが多く、つい枢機卿にご負担をかけてしまいました」

「そうですか…まあ、そういうこともおありでしょうな」

「今後は、枢機卿の体調にもっと注意を払わねばと反省しておるところです」

「そうなさるにこしたことはありませんが」

「ただ、われわれとしては、その、ほかにも気を配るべき点がないかと――」

「モース枢機卿が呆《ぼ》けてしまったのではと考えておられるのですか」医師はずばりとたずねてき

た。「老人の場合、こうした事故があると、一時的に認知症的な症状が現れることがあるものです。枢機卿さまに何かいつもと違う点がありますか。これは、むしろ日頃から枢機卿をご存知の方の感覚が信頼のおける診断になるものです」

「では、やはり……」

「いや、そうだと申し上げているのではありませんよ。私自身は、枢機卿はショックを受けられただけだと考えますがね。ただ――」医師は言い淀んだ。

「なんでもおっしゃってください」

「強いていえば、枢機卿のお心に何かがひっかかっておられるようにお見受けします。何かを隠しておられるような、懼れておられるような……」

ジャン・キュートがモースに静養をすすめたのは、こうしたやり取りのあとだった。

「枢機卿さま、私も反省しております。ご体調も考えず、つい甘えてしまいました。血圧と血糖値が少しばかり高いとうかがっています。いえ、すぐに入院治療が必要なほどではありませんですが、今回はどうか、ゆっくりお休みください」

キュートの必死の訴えにも、モースはぼんやりと床に視線を落としたまま答えなかった。

けれども、耄《ほう》けたように見えたモース自身は、まったく別のことに心を奪われていたのであった。ベッドから落ちたあの日、モースは彼が世界でもっとも尊敬する聖人、アッシジの聖フランシスコとともにいた。それは夢と片づけてしまうにはあまりにリアルな体験だった。聖人は仲間を遠ざけてたったひとりアルベルナ山に登り、白々と夜が明けるまで祈り続けていた。モースはやや離れた場所にひかえ、満月に照らしだされた聖フランシスコの静かな蒼白い横顔を、息をつめてみつめていた。フランシスコの掌をつらぬく太い釘の先端と、そこからしたたる赤い血、フランシスコご自身の息づかいと体温をモースははっきりと感じることができた。

言い伝えによると、一二二四年の九月一四日、アルベルナ山で祈り続けていたフランシスコに、六枚の輝く翼を持った燭天使《しょくてんし》が現れ、同時にフランシスコの手のひらと足の甲に釘の頭のようなものが出現したという。手足の裏側からは釘の先が突き出し、血がにじみ、ひどく痛んだと伝記作者は伝えている。


モースは右手をライトの下にかざして、あらためて紅斑をしげしげと見た。

これは……これは、もしかしたら聖痕《せいこん》なのではあるまいか……。

——聖痕《スティグマ》。

何度も自問し、その度に否定してきた問いだった。

いや、もちろんそんなはずはない。あの聖人とこの私を、わずかでも同じように考えるなど、おまえはなんという傲慢な人間なのだ。モースは痛みに耐えながら激しく頭を振った。

4

ローマ　2009年3月1日朝

ユーセフ・ナーデルはジャケットのボタンを留めるのももどかしく、ヴァチカン宮殿への道を急いでいた。昨夜降った雨を含んだ早暁のコンチリアツィオーネ通りはもやにつつまれ、そのなかにユーセフの吐息が白く溶けていった。

レバノン大学と政府の援助をうけてＦＡＯ（国連食糧農業機関）で研修中のユーセフが、アドリアーナ広場近くのアパートで電話を受けたのは約十分前。ヴァチカンのナンバーツー、マイケル・スタッフォード枢機卿直々の電話だった。

「ユーセフ・ナーデルだね」

ベッドのなかで電話を耳に当てたユーセフに、枢機卿の落ち着いた声が聞こえてきた。

「ヴァチカンのマイケル・スタッフォードだが……そう、国務省長官のスタッフォードだ。至急、教皇書斎まで来てもらいたい。いや、今すぐだ。来られるかね。衛兵には話してある。まっすぐ書斎まで上がってきてほしい。何分で着く？　よろしい。では後ほど」

カチリと小さい音がして電話が切れた。

国務省長官？　ユーセフははっきりしない頭で考えた。なぜ自分の番号を？　いや、それより、なぜヴァチカンの高官が――？

昨夜、レバノンにおける食糧安全保障についてのレポートを書き上げ、ベッドに入ったのは二時をすぎていた。ユーセフは枕の下に手を入れて古い女性用の腕時計を引っぱり出した。まだ五時だ。ヴァチカンはいったい何時から活動しているんだ……。

ユーセフは呼び出しが何かの間違いである可能性を胸に抱いたまま、バスルームの灯りをつけ、手の切れるような冷たい水で顔を濡らすと、すばやく身じたくを調え、アパートを飛び出した。

夜明け前の通りを急ぎながら、ユーセフはいつものくせで無意識に胸ポケットの腕時計に手をやった。夜ごとに腕時計のネジを巻く生活を始めてから五年がたつ。時計のバンドはぼろぼろで金メッキもほとんど剝げているが、文字盤にＳＥＩＫＯというロゴのついた古い時計は今も正確な時を刻み続けていた。

五年前、ブシャーレの修道院から卒業式にかけつけたエリー・ハビブが、陽気な優しい丸顔に精いっぱいの厳かさをつくって、ユーセフに小さな箱を差しだした。古ぼけた腕時計がやわらかい布にくるまれて入っていた。卒業祝いにしては奇妙なプレゼントにユーセフは首をかしげた。「ユーセフ、これはあなたが持つべきものよ。ああ、これを渡せて少し肩の荷がおりたわ」修道女のエリーは、自分の背丈をはるかに越したユーセフを誇らしげに見上げた。「ほんとにまあ、これがあの丸々した赤ちゃんだったユーセフかしら」

ユーセフは幼少年期をエリーたち修道女とともに、レバノン北東部の町ヘルメルですごした。ヘルメルは緑の少ない荒涼とした小さな町で、オロンテス川がシリア国境に向かって流れ、川を見下ろす崖の中ほどに、かつてイスラム教徒の迫害を逃れたキリスト教徒が隠れ住んだ横穴がいくつも口を開けている。

ユーセフが育ったのは、この町のキリスト教マロン派の女子修道院が経営する聖マルコ孤児院であった。マロン派はレバノン独特のキリスト教の一派で、東方的な独自の典礼などは残しつつ、現在はローマ・カトリック教会に完全に帰依している。

「あなたがもう高校を卒業するなんて夢のようね。十七年なんてあっという間だったわ。修院長さまはすっかりお年を召されてね。でもあなたのことだけは不思議とよく覚えていらっしゃるの。他のことはみんな忘れておしまいになったのにね。それからお料理番のシスター・ハリファを覚えてて？　生きてらしたらさぞかし鼻高々だったでしょうね。これが私の坊やだって。本当に月日の経つのはなんて早いのかしら。あなたがこんなちっちゃないたずら坊主だったのがついこのあいだのように思えるのにねぇ……」エリーは声をつまらせた。「あの当時、私たち必死になって探したのよ。あなたが大きくなった時に拠り所にできる物を残してあげたくて。でも、あの警察署長ときたら……あらあら、こんなふうに言ってもなんのことかわからないわね。あなたはもう大人になった。ここですっかり話しておきたいの」

エリーとユーセフは学校を出ると、独立通りを少し歩き、そこから折れて公園のベンチに並んで腰をおろした。初夏の風にミモザの枝が揺れていた。

「……十七年前のイースターのことよ。レバノン政府軍の将校が、武装した小隊を満載したバスでベイルート郊外の福祉施設に突っ込むという事件があったの。そこはハンディキャップのある子どもや親を亡くした子、親の離婚や失業で家庭での生活ができなくなった子どもたちを支援するために、わたしたちの修道会が設立した施設だったのよ。あの日はレバノン最大のマロン派政党であるファランジスト党の党首が視察に訪れていた。それが狙われたの」エリーはかすかに身震いした。「おそろしい事件だった」

エリーはざわざわと揺れるミモザの木の向こうの遠い空に目をやり、つぶやいた。

「――あなたにはずっと嘘をついてきたの」

「え？」

エリーはユーセフに視線を戻した。

「あなたは聖マルコ孤児院の前に置き去りにされていた、私たちずっとあなたにそう言ってきたわよね。でも、本当はそうじゃない」

修道女エリーはそれから大きなひと息をついて、十七年前の、歴史から抹殺された事件について語り始めた——。

5

ベイルート　1987年イースター

激しく揺れるマイクロバスの最後尾に若い女が武装した男たちにはさまれて座っていた。バスはテラロッサとよばれる赤茶色の土をもうもうと舞いあげながら唸りをあげて突っ走り、その車内には五十人以上の迷彩服の男たちがぎっしり詰めこまれていた。誰も口をきかず、小銃を腰に垢じみた顔にぎらぎらした目をして首筋に汗を光らせている。

車のなかは男たちの汗と人いきれで蒸し風呂のようだった。思わず吐き気がこみあげる。女は窓の方にわずかに顔を向けた。ほんの少しでいいから窓を開けてほしい……。しかし錆びた鉄格子のはまった窓はすべてぴっちり閉じられていた。たとえ開けたところで、入ってくるのは赤い砂ぼこりだけだろう。

女は諦めて胸のリュックをしっかり抱えなおし、ぎゅっと目を閉じた。殺気だった男たちとうっかり目を合わせたくはない。若い女はバウンドするバスに身を預けながら、どうしてこんなことになってしまったのだろうと考えた。

今朝、一歳になったばかりの息子を腕にかかえてダマスクスのアパートを出た。バスで行くのがいちばん安上がりだが、今回は幼い子どもを連れていることや、向こうで大事な用件がひかえていることを考えて、運転手付きのレンタカーを借りることにした。もちろんバスの何倍も高い。でも、費用は向こうが出してくれるから――女は苦笑いした。数年前の自分だったらこんなことを考えたりはしなかったろう。

路地の先にはすでにタクシーが待っていた。年代物の黒のプジョーで、手入れが行き届き、ピカピカに磨きたてられていた。六十歳くらいにみえる運転手が車から降りてどうぞという大げさな身振りでドアを開け、腕に抱かれた子どもを見つけて、かわいいおじょうちゃんですね、おや、坊やかな、と褒めた。うちの孫もちょうどこのくらいなんですよ。その日に焼けた人のよさそうな笑顔は女をホッとさせた。乱暴な運転をする人や法外な値をふっかけてくる輩も多いと聞いていた。今日のタクシーは事務所の友人の紹介だからだいじょうぶだが、これなら気持ちよくベイルートまでの道をまかせられそうだ。

ダマスクスからベイルートまではおよそ百キロ。三時間あればじゅうぶん着ける距離だ。約束は午後二時だから、たとえ何かで遅れたとしても昼までには余裕を持って到着できる計算だった。

シリア国境を抜けるまではなんの問題もなかった。運転手は子どもに気をつかってゆっくり安全運転で走ってくれた。水も食料もじゅうぶんにあるし、予備のタイヤもバッテリも積んでますからね、なんの心配もいりませんよ。ゆっくり昼寝でもしててください、と運転手は請け合った。

雲ひとつない青空をバックにしたカシオン山の砂色の岩肌を眺めながら市内を抜け、高速道路を一時間ほど走って国境に到着すると、運転手は女からパスポートを受け取り、レバノンの入国手続を済ませてきてくれた。たぶん、いつもそうやっているのだろう。閑散とした白い建物のなかで顔見知りらしい国境係官と冗談をいいながら話しこんでいる姿が車から見えた。三十分ほどで戻ってきた運転手に、お孫さんにと売店で買ってきたジュースやお菓子を渡すと、彼は顔をくしゃくしゃにして何度も礼を言った。

タクシーがレバノン側に入って二十分ほど過ぎた頃だろうか。うとうとしていた女は車がガクンと前のめりに止まったのでハッと目を覚ました。すぐに乱暴にドアが開けられ、胸に銃が突きつけられた。運転手はと見ると、すでに車から引きずり出されようとしていた。銃を向けた男は「だまって降りろ！」とアラビア語で怒鳴った。女は息子を抱っこひもに入れジャケットで隠して車外に出た。下手にさからってはならないことを女は知っていた。命を守るためには決して抵抗しないことだ。

降りてみると、タクシーは幹線道路からかなりはずれた場所に停まっていることがわかった。まわりはごつごつした赤土の岩山で、サボテンのような木やわずかに葉がついた低木がある。そして灌木の茂みの向こうに汚れたマイクロバスが止まっていた。

数人の男がそのあたりで運転手を尋問しているようだった。運転手が両手を頭の後ろに組んで跪いているのがちらりと見えた。悲鳴のような泣き声が聞こえてくる。若い男がひとり、タクシーに走っていって車内を物色した。今朝、ベイルートまでの前金として渡したいくばくかの現金をみつけたらしく、何枚かの札をわしづかみにして戻っていく。

そのあと、別のふたりがタクシーに近づき、ボンネットを開けて何か四角い箱を取り出し、それを抱えてバスに戻っていった。

そのとき初めて小銃を持った男は、目の前の女が子どもを抱いていることに気がついた。「おまえの子どもか」男はギョッとして言った。

「ええ。息子よ」パニックを起こしそうになるのを必死にこらえて女は答えた。「お願い。なんでもするからこの子だけは助けて」

「女や子どもに危害をくわえるつもりはない。だが、少しでもおかしな動きをしたら容赦しない」

「わかった。おとなしくする。なんでもいうことをきくわ」女は何度もうなずきながらはっきり答えた。

「よし。ものわかりがいい。かしら！」

男は女に銃口を向けたまま、リーダーらしい男を呼んだ。運転手を取り囲んでいたグループのなかから軍の制服を着た体格のいい男がやってきた。将校の制服のようだ。この男だけは黒い覆面をかぶっていて、ふたつの穴から黄色くにごった白目がみえた。

「子連れか」

「はい。どうします」

将校は冷ややかな視線を女に向けた。

「不運だったな。おれたちと一緒に来るんだ」

「でも――」最初の男が口を開きかけたが、すぐに思いとどまった。

「楯になる。連れていけ」

女の背中に銃口が押し付けられた。バスに向かってつまずきながら石ころだらけの地面を歩きだした女は、十歩ほどすすんだところで立ち止まった。

「止まるんじゃない！」銃が背中に食い込んだ。女は危険を承知でふり向いた。

「なんだ？」男は女が逆襲するとでも思ったのか銃を両手で構えた。

「タクシーから取ってきたいものがあるの」

「なんだと？」

「お願い。逃げようなんて思ってないわ。車にこの子のミルクやオムツが置いてあるの。オモチャも。そのうちお腹をすかせて起きてしまうわ」

「知るか。そんなこと！」

「聞いて。お腹がすいたら子どもは泣きだす。この子がおとなしくしている方があなたたちだって助かるはずよ」

「なにをゴチャゴチャやっている！」将校が戻ってきた。女はもう一度訴えた。将校はにごった眼でじっと女のいうことを聞いていたが「行かせてやれ」とあごをしゃくった。

女は急いでタクシーに戻り、座席に置いてきた大きなカーキ色のリュックを持ち上げた。ミルクやポットを詰めこんだリュックはずっしり重い。女は抱っこひもをわきにまわし、両手でリュックを抱えこんだ。そして、後ろにいる男に気づかれないようにリュックの底を外側から指でさぐった。自分たち母子の命綱になるはずの固い物体はちゃんとそこにあった。

男に小突かれながらバスに近づくと、迷彩服姿のゲリラたちが遠巻きにバスを取り囲み、その真ん中でさっきのふたりがバスの床下にもぐって何かやっていた。おそらくバッテリがダメになったか、パンクしたかそんなところだろう。だからあの手入れのいいタクシーが狙われたのだ。「不運だったな」将校の言葉が女の頭をよぎった。

けものが吠えるような凄まじい爆発音を何度もたてたあと、ようやくバスのエンジンがかかった。女は最後部の座席に乱暴に押し込められた。乗るときにちらりと振り返ってみたが、あの親切な運転手の姿はどこにもなかった。

女はリュックを膝に乗せ、ひもをゆるめてリュックの口を開き、なかに子どもを座らせた。荷物が多いときによくやる方法だ。着替えやタオルをうまく形づくるとちょうどいいスペースができる。そうやって狭い空間のなかでなんとかふたり分の空間を確保した。

そのうち、赤いじゃり道から舗装した道路に入ったことが、バスの揺れ方がいきなり小さくなったことでわかった。窓の外に建物の数が増え始め、その向こうに高層ビルがみえてきた。たぶんベイルートが近いのだろう。しばらく行くと銀行やレストランや宝石店や映画館などが並ぶ大通りに入った。明るい陽ざしのなか、復活祭の休日をたのしむ人びとが、幸せそうに街をのんびり歩いていた。

大きな教会の前を通り過ぎたとき、ちょうどミサが終わったのか扉から人びとが一斉に吐きだされてきた。すると車内のゲリラ兵たちに変化が現れた。あいかわらず押し黙ったままだが、外の様子に油断なく目を配り、小銃を握り直したり、乾いた唇を舐めたりして、身体に緊張感をみなぎらせるのが女にはわかった。

そのとき、いきなり、ウォーッという雄たけびがバスの前方からあがり、同時に運転手がアクセルをいっぱいに踏み込んだ。バスはガクンとその車体をゆらし、渾身の力をふりしぼって唸りをあげて走り始めた。景色が飛ぶように過ぎていく。通行人や対向車をよけるために運転手が右、左とハンドルを切るたびにバスは軋み、兵たちの頭が一斉にその方向に揺れた。

そして、その時はやってきた。

バリバリという物がこわれる音や何かを踏みつぶす音がした直後、バスは固い物に激しく衝突してはね返り、大きくバランスを崩した。車輪が空まわりし、滑り出したかと思うと横倒しになって止まった。おびただしいゲリラ兵が幾重にも折りかさなって倒れた。女はとっさに子どもをかばって覆いかぶさった。その上から次々に男たちが倒れかかってくる。うめき声があちこちから聞こえた。

「ぐずぐずするな！　突撃だ！」将校が前方から叫んだ。兵は互いのからだを踏み越えながら、銃を構えてわれ先にと外に飛び出していった。

そのあとはもう大混乱でしかなかった。外では激しい銃撃戦が続き、バスのなかには数名の動かぬ兵士がいた。女は痛む身体をようやく起こした。額に生温かいものを感じて手をやるとぬるぬるした血がべっとりとついた。はっとしてリュックを見た。ありがたいことに子どもはまったく無傷だった。女は急いで子どもをすっぽりとリュックのなかに入れて口を締め、胸に抱きかかえた。

外はすさまじい砂ぼこりと銃の音に満ち、もうもうと上がる煙のなかで、胸や頭から血を流した男たちがバタバタ倒れていった。そのうち、バスのなかにも煙が入ってきた。どこかから漏れたガソリンの臭いが鼻をついた。引火したら……女が恐怖に囚われたとき、割れた窓から黒いサングラスをかけたスーツの男が入ってきた。銃をかまえたシークレットサービスの男はバスのなかを点検し、そこに若い女が青ざめた顔でこちらを見ているのを発見して驚愕の表情になった。だが男は何もいわずにすぐに女を両腕に抱えた。女の脇腹から大量の血液が流れだして男の服をたちまち血に染めた。

バスのなかから女を運び出した男は、施設の入り口付近にひとりの若い修道女が立ちすくんでいるのをすばやく見つけた。男はぶるぶる震えている修道女のとなりに女を横たえ、引き返そうと踏み出したとたん撃たれて動かなくなった。


見習い修道女のエリー・ハビブはその瞬間、はじかれたようにわれにかえった。こんな場所に突っ立っているのは危険きわまりなかった。エリーは渾身の力をふりしぼって、横たえられた女性を、建物と塀のあいだの夾竹桃《きょうちくとう》の植え込みのなかにひきずっていった。表ではまだ激しい銃声がしていたが、裏手の植え込みは嘘のように静かだった。

エリーは横たえた若い女性の髪を撫でた。涙と砂と血に汚れた顔はまっ白で命の火が消えようとしていることは明らかだった。身体の下の血だまりがみるみる大きくなっていく。

「かみさま。この方の魂をお受け取りください……」

エリーは祈り十字を切った。そのとき女が眼を開けた。そして、そんな状態になってもなお胸にしっかり抱えこんでいた大きなカーキ色のリュックを、修道女に差しだす仕草をした。それから震える手で腕時計をはずし、祈るように手を合わせた。エリーは黒い瞳をもつこの若い女性が、最期に自分に何かを託そうとしているのだと悟り「だいじょうぶよ。安心して」とささやきかけた。女性はほほえんだように見えた。それが最期だった。

エリーは血に染まった腕時計を握りしめたまま、夾竹桃の植え込みのなかになおしばらくじっと隠れていた。そのとき、だいだい色のザクロの蕾の下でリュックが動いたような気がした。おそるおそるリュックを開けたエリーはつぎの瞬間、驚きのあまり声を上げそうになった。

そこには赤ん坊が、大きな黒い瞳をびっくりしたように見開いてこちらを見上げていた。

エリーはとっさに持っていたバスケットに赤ん坊を入れて布で覆い、すきを見て植え込みから這いだした。血染めのリュックはあまりにも目立つので持ち出すのは危険と判断した。エリーはできるだけ隅の植え込みの下に穴を掘り、リュックを隠した。さいわい子どもは泣き声をたてることもなく、大きな怪我もないようだった。

気づくと銃声はやんでいたが、表通りからは警察車両や救急車のけたたましいサイレンがきこえていた。エリーは大通りを避け、人通りの少ない路地を選びながら、やすらかに眠る子どもをかかえてまぶしい太陽の下を歩いた。歩きながら、神が与えたもうたこの日の意味を考え続けていた。

ヘルメルからベイルートまではるばる出て来たのは、教会に献堂五十周年記念式のお祝いを届けるためだった。別のシスターが出かける予定だったが急に具合が悪くなり、たまたまベイルート出身だった自分がそのかわりを言いつかったのだ。

一年ぶりに懐かしい故郷の町を歩きながら、エリーは不思議な感覚にとらわれていた。自分がもうこの世にはいなくて、霊になって街をさまよっているような気分だった。店先でオレンジを売る人や、洗濯物を干している太ったおかみさんや、路地にぼんやりすわっている老人や……そういう、人びとの普通の生活が、たまらなく愛おしく懐かしかった。なぜおまえはこういう生活を棄てようとしているのだ、生きるということは、こんなふうに果物を売ったり、家事をしたり、友人と語ったり、ぼんやり風景を眺めたりする、そんな生活そのものじゃないか——。そんな声が頭の中をめぐっていた。一本向こうの通りには自分の家がある。このまま実家に戻るべきではないか、ベイルートにひとりで出されたのは、神が私にそうせよと命じているのではないか——。

エリーはそのときふと、施設に寄ってみようと思い立った。幼なじみがそこで働いていたから、久しぶりにちょっとおしゃべりして、なま身の自分を感じてみたいと思ったのだ。

おそらく、この事件に遭遇しなければ、自分は家に戻ってしまっていただろう。そして結婚して、いまこの手のなかにいるような男の子を育てていたかもしれない。でも、神はまったく違う計画をお持ちだった——。

そのとき赤ん坊が泣きだした。午後三時に近かった。おなかが空いたのだ。エリーはドラッグストアでオムツとミルクを調達し、慣れた手つきでオムツを替え、ミルクをつくって飲ませてやった。聖マルコ孤児院で働いているエリーにとって、それはまったく慣れ親しんだ仕事であった。

エリーはのべ十時間以上もバスケットを抱えて歩き続け、ようやく北に二十キロ離れたジュニエの町までたどり着いた。この町にはマロン派の教会が多い。

エリーは教会に寄って電話を借り、ヘルメルの聖マルコ孤児院に連絡して車をよこしてもらい、赤ん坊を連れて帰った。


翌日、ヘイガー修道院長とともにふたたびベイルートに舞い戻ったエリーは、まず銃撃事件のあった施設を訪ねてみた。想像していた以上にひどいありさまだった。窓ガラスはすべて割れ、施設の建物は半壊して鉄骨があばら骨のようにむき出しになっていた。周囲には警察官が配備され規制のロープがものものしく張りめぐらされていた。

これで施設の人間にひとりも死者が出なかったのは奇跡的だ。ちょうどいちばん奥まった食堂に全員が集まって復活祭のパーティを始めるところで、表で騒ぎが起きると同時に、裏口からすばやく避難したのだ。エリーはなんとかして植え込みに近づきたかったが、見張りの警察官は頑としてそれをゆるさなかった。

エリーは諦めて、ヘイガー院長とともに警察にまわった。しかし、ここでの対応はさらに奇妙なほど強硬だった。

「私は昨日あの事件の現場にいました」エリーは出てきた若い警察官に説明した。「バスのなかから女の人が連れ出されてきたのです。お気の毒にそのまま亡くなりました。あの方のご遺体はどうなったでしょうか。せめてリュックだけでも取ってきたいのです」

「女性の遺体ですか？　そんな報告はありませんが」警察官はおどろいた。

「建物の裏手の植え込みで亡くなっていたはずです」

「昨日の事件では女性の犠牲者はひとりも出ていませんよ」

警察官は資料を見た。嘘をついているようには聞こえなかった。

「でも、私はこの目で見たのです」

「もちろん、施設は中も外もくまなく捜索しました。裏の植え込みも。けれど、女性の遺体があったという報告はありません」警察官は頭のおかしな人でも見るような視線をエリーに注いだ。

「そんな！　お願いですからもう一度よく探してください。私、その方の最期を看取ったのです。よかったら一緒に行きますから」

「シスター。あんなひどい事件を目撃されたから混乱なさっているのでしょう」若い警察官は子どもに言い聞かせるような口調になった。「ですが、女性などいなかったのですよ。昨日の事件で死亡したのはすべて成人男性です。襲撃したゲリラ側が三十五名。うち、三名はバスのなかから発見されました。圧死です。それからファランジスト党側では党首の側近一名とシークレットサービス二名が撃たれて亡くなりました。これですべてです。さいわい、施設の職員や子どもには犠牲者がでませんでした。つまり、民間人はひとりも犠牲になっていないのです。ニュースをごらんになっていないのですか」

エリーはぼう然とした。警察官が言っているのは嘘だ。でなければ、あの赤ん坊はどこからやってきたというのか。

「よく、わかりました」ヘイガー院長がエリーをやさしく脇に押しやった。「あなたのおっしゃることを疑っているのではないのですよ。でも、もしできることなら、こちらの署長さんからもお話をおうかがいしたいのです。取り次いでいただけますか」

若い警察官は少し不満そうだったが、院長の物腰に圧倒されたのか、ふたりを応接室のようなところに通して署長を呼びに行った。

だいぶ待たされたあげく、年配の警察署長が現れた。遅くなったことを詫びたが、明らかにふたりを厄介者と考えていた。

エリーが口を開こうとすると、署長は手を上げてそれをさえぎった。

「けっこうです、シスター。話は聞いています。私どもの回答は同じです。そのような女性は存在しません。しかもバスから出てきたなど、失礼ですがあまりにも馬鹿げている」署長は修道院長の方に向きなおった。「院長さま。警察は政府やマロン派とも協力して今回の事件を全力をあげて捜査しています。狙われたのはファランジスト党の党首だというのがわれわれの結論です。さいわい、党首は裏口から脱出して無事でしたがね。関係者は全員逮捕しました。事件は解決の方向に向かっています。どうかもう、こんな話を持ち込まないでいただきたい。女性であれ男性であれ、この事件で民間人の犠牲者はひとりも出なかった、それが警察の公式見解です」

きっぱりした言葉だった。しかし、その眼が落ち着きなく揺れているのを、修道院長は見のがさなかった。

「なるほど――」ヘイガー院長の声は落ち着いていた。「警察の公式見解はわかりました。では、署長、非公式見解をお聞かせくださいませ」

警察署長は驚き、頬の筋肉をぴくりとさせた。

「なかなかどうして――」署長はソファの背にもたれ、ヘイガー院長とエリー修道女を興味深そうに値踏みした。そうやってしばらく考えていたが、そういうことなら申し上げましょう、と身体を起こした。

「そうですな。ひょっとしたら、死亡者のなかに身元不明の民間人がひとりいたかもしれません。しかし、たとえそうだとしても、それはゲリラとは無関係の、たまたま現場を通りかかった女性が巻き添えになったものでしょう。断じてバスに乗ってなどいません。申し添えますが、遺留品はありません。リュック？　そんなものは知りませんな」

ヘイガー院長はそこまでだと判断した。事件の真相を知りたいわけではない。ただ、残された子どもの身元につながる情報がほしいというだけなのだ。ところが、理由は不明ながら、警察は、そしておそらく政府は、この事件の真相を封印するつもりなのだった。

「お帰りですか。申し上げるまでもありませんが、この部屋を出たあとはいまお聞きになったことはすべて忘れていただきます。でないと修道院にとっても不利益なことになりかねません。ではごきげんよう」


事件はニュースでも大きく報じられた。ゲリラがファランジスト党の党首を襲った単発の事件であり背後関係はなし。襲撃された施設関係者は全員無事。死者は双方あわせて三十八名。残った犯人は全員逮捕。それがすべてだった。

おそらく政府は、事件を主導したのが政府側の人間で、しかも民間人が巻き添えになったなどということがあきらかになり、面倒な問題に発展するのを避けたかったのだろう。当時、キリスト教会側と政府側とのあいだでようやく和解が実現していいムードになりかけていた。それに水を差すようなことがらはなんであれ蓋をしまおうという政治的判断が働いたと思われた。

のちになって、エリーは修復工事が始まった施設を訪ねてみた。施設は解体され、あの夾竹桃の植え込みもきれいさっぱり取り除かれていた。リュックは事件のときに警察が持ち去ったのか、工事のさなかに捨てられたのか、ともかく消えてしまった。エリーはあのとき持ち出さなかったことを悔やんだが、後の祭りだった。

ヘイガー院長は赤ん坊のことは決して警察には言わないと決めた。エリーの見てきた通りなら、現場で赤ん坊に気づいた人間はいないはず。女性の存在を隠匿したい当局に赤ん坊の存在をわざわざ知らせる必要はない。逮捕されたゲリラの口からこの件が語られることもまず考えられない。

こうして、赤ん坊は聖マルコ孤児院で育てられることになり、ユーセフと名づけられた。孤児院や修道院の前に幼い子どもを置いていくことは、そう珍しいことではない時代だった。ユーセフもそうした孤児のひとりとして、あふれる愛情を受けてすくすくと成長した。


それから十七年。ユーセフは初めて事件のことをエリーから聞かされた。

この日は新しいニュースもあった。思いがけずあのリュックが戻ってきたのだ。

「警察は証拠をすべて握りつぶしてしまったんですよね？」エリーの話を聞き終えたユーセフが不思議そうに言った。

「そうなの。私もとっくに諦めていたのよ。ところがつい五日前のことよ。ベイルート中央警察の、シャムーンという署長からヘルメルの聖マルコ孤児院に電話が入ったの。もちろん、当時の署長じゃないわ。あの方はとっくに引退して、去年亡くなったと聞いた。シャムーン署長が言うには、いま、中央警察署の建て替え工事をしているところだが、古い建物を解体してみたら、地下の保管庫が現れた――」

「へえ。秘密の保管庫というわけですか」

「かもしれないわね。シャムーン署長の話ではこの十年くらいは開けられた形跡がなく、なかから保管期限の切れた資料とか、引き取り手の現れなかった物品とかがたくさん見つかって、そのなかにカーキ色のリュックがあったんですって。そして、リュックにヘルメルの聖マルコ孤児院の名前が書かれたタグが付いていたというのよ」

「警察は母の存在を封印したんですよね。リュックは証拠品でしょう。よく連絡してきましたね」

「そこよね。何でもシャムーン署長という人は、最近ベイルート中央警察の署長になったそうなの。政府関係者の親戚筋にあたるらしいけれど、まだ驚くほど若くて、出世欲の強そうな人物だったわ。赴任早々の工事で怪しげな倉庫が現れ、わけの分からない物がたくさん出てきてしまって迷惑そうだった。ともかくはやく処理してしまいたかったのでしょう。彼はコンピュータ分析だの、科学捜査の導入とかには熱心だけれど、古い時代の、マロン派と政府軍との衝突事件などにはあまり興味のない人に見えたわ。私が飛んでいくと、段ボール箱を指さしてこう言ったの。『遠くからわざわざおいでいただくほどのことではないと思ったのですが、何かの手違いであなた方にお返しすべき品物が、警察の保管庫に眠ったままになっていたようなのです』」

「そうか、署長は落とし物か盗品だと思ったのか」

「そんなところでしょうね。ともかくあの事件とは結びつけていなかった。考えてみれば、そんな記録はないんだから当然よね。ともかく、段ボールに入っていたのは間違いなくあなたのお母さまが抱えていたリュックだったわ。やっぱりあの事件の時に警察が回収していたのね。おそらくタグがついていなければそのまま処分されてしまったんでしょうけれど、聖マルコ孤児院の名前があったから一応連絡してきたのだと思う。シャムーン署長は、もし必要ないならこちらで処分しましょうって言うから、私はあわててこう言ったの。ベイルートに使いに出た時に、リュックを盗まれたことが確かにあった、間違いなく私どものものですって。まあ、嘘ではないわよね。ある意味、盗まれたんですものね。それにこう言っておけば、シャムーン署長があとで調べてみようという気を起こさずにすむでしょうし。もっとも、署長はまったく興味がない様子だったけど。でもね、ユーセフ、いくら所長が興味なさそうでもこれだけは言っておくわ。この話は誰にも言っちゃダメ。これからもずっとよ」

その夜ユーセフは、渡されたリュックを調べてみた。長年のあいだ放置され、カビだらけで触るのもためらわれる状態だった。ひもをほどくと、汚れた布や錆びたミルクの缶やビニールにくるんだ哺乳瓶やタオル地のぬいぐるみやガラガラのようなオモチャがグチャグチャにつめこまれているのが見えた。ユーセフは血液の染みがついた布を一枚取りだして広げてみた。なかからゴキブリの死骸がポトリところがりおちた。ユーセフは途方に暮れた。リュックの外側のポケットには薄い小さな手帳とボールペンが入っていた。何か手がかりが見つかるかもと開いてみたが、縁がめくれた古い手帳のページには何も書かれていなかった。

ユーセフは布をもとに戻し、リュックの口を閉じた。そしてもとの段ボール箱に入れ、クロゼットの奥にしまいこんだ。

6

レバノン、ブシャーレ　2009年3月1日朝

修道女ナディア・アンタールが暮らすマロン派修道院は、レバノン北西部に位置するブシャーレの町の中腹に、オリーヴとリンゴの果樹園に囲まれて建っていた。

ブシャーレはレバノンでもっとも美しい町のひとつだとナディアは信じていた。町は標高一五〇〇メートルの高地に位置し、ナディアの大好きな詩人カリール・ジブランの生誕地でもある。世界中の人びとに愛されたこの詩人は故郷の町の修道院に葬られ、修道院は博物館となって、いまやブシャーレの観光スポットのひとつだ。

イスラム勢力やビザンツ帝国の迫害を逃れてきたという歴史をもつため、ブシャーレにはマロン派の教会や修道院が多い。ナディアは高校を卒業すると、迷わずマロン派の修道院に入る道を選んだのだった。

三年前、初めてこの町に来たとき、ナディアは修道院長のエリー・ハビブに案内されてジブラン博物館と、近郊のレバノン杉の保護区を見学した。レバノンを象徴する樹木として国旗のデザインにも採用されているレバノン杉は、いまや極端にその数を減らし、その多くはこの保護区に群生している。

ナディアのちいさな部屋からは、万年雪をいただくレバノン山脈を仰ぎ見ることができる。朝

早く起きて神々しい山々を眺めるのが、修道院でのナディアのささやかな幸せのひとつだった。

いま、ナディアは困惑の面持ちでベッドを見下ろしていた。その原因は、ベッドカバーの上に広げられた色とりどりの服だ。ブルージーンズ、明るい色合いのセーターが数枚、ベージュのハーフコート、ウールのパンツ、ターコイズブルーのワンピースドレス、それに、十九歳で修道院に入って以来身につけたことのなかった、レース付きのピンクの下着まであった。質素なモノトーンの部屋のなかで、そこだけが絵の具を撒き散らしたように鮮やかだ。これを渡されたのはついさっき、修道院長の部屋でだった。


「着替えをしてバンクーバーに飛ぶのよ。出発は一時間後。いいこと、時間になったら西門から出なさい。小道の先に車が待っています」

標準体重を二十キロはオーバーしている修道院長のエリー・ハビブは、今朝早くナディアを院長室に呼ぶとそこまで一気に言って、大きく肩で息をついた。部屋は冷えびえしているのに、ベールからはみでた数本のおくれ毛が、にじんだ汗で額にはりついている。

「あの……、これはどういうことなのでございますか」

当惑するナディアを、院長はぽっちゃりした右手を上げて制した。

「命令はそれだけ。今はこれ以上何も言えないわ」背の高い古めかしい樫材の椅子にかけた院長は答えた。「というより、本当のことを言えば、あなたをバンクーバーに送ること以外、私も知らないの。でもね、とても大切な仕事であることだけはたしかよ」

エリーは同情のこもった目でナディアを見つめた。ナディアの生真面目な顔からは、初めて修道院に来たときの、追いつめられた小動物のような雰囲気は消え、自信と忍耐強さが備わりつつあった。

　ナディアはさらにとまどった。何かミスをしてしまったのだろうか。三年間、週に二度看護師の学校に通い、もう一日を訓練を兼ねて老人施設に出かけるほかは、ほとんどこのブシャーレの修道院のなかで過ごしてきた。国外はもちろん、ブシャーレの町から出たことさえない。なのに、いきなりバンクーバー。ひょっとしてこれから新しい修行が始まるということなのだろうか。しかし、こんなに突然というのは変だ。何が起きているのだろう？　しかしナディアは理由をさぐるのをやめ、代わりにこう答えた。

「かしこまりました。バンクーバーに参ります。それで、そのあとはどうしたらよろしいのですか」

「あちらに行けばわかるようになっているわ」

「わかりました。……あの」

「なあに」

「どうしてもあの服を着ていかなければなりませんの」

「気に入らないかしら？　あなたにはとても似合うと思うけど」

「いいえ。そういう意味では。でも……」

　院長はデスクをまわってナディアの前にやってくると、ふっくらした柔らかい手のひらでナディアの小さな顔をはさんだ。

「ナディア、あなたの助けが必要なの。あなたは看護師でしょう。いま、私たちの大切な友人が助けを必要としているの。行ってくれるわね」

ナディアはうなずくよりほかになかった。どちらにしても院長の命令は絶対なのだ。修道院に入るとき、ナディアは従順の誓いをたてた。これからは自分の意志ではなく上長の命にしたがって動くのであり、理由を考えたりどちらがいいかと判断するために思案することなど必要なくなったのだ。

院長は自分の看護師としての経験が必要なのだとも言った。誰か困っている病人がいて、自分の力を必要としているのなら喜んでどこへでも行こう。しかし、最後にこうも付け加えたのだった。

「ナディア、察しているでしょうけれど、これは秘密の任務よ。あなたが修道女であることや、この旅の目的を誰にも知られないようにしなければならないの」

ナディアはどう答えたらいいかわからなかった。

「ああ、これも渡しておくわね」院長はナディアから目をそらすと、背後のスチールキャビネットから大きなポーチを取り出した。「開けてごらんなさい」

なかにはメイク道具一式、プラスティックの小さなケース、それにナディアの髪と同じ色のウィッグが入っていた。修道院でこんなものを目にするとは驚きだった。

「出かけるときにはちゃんとお化粧をして、若者らしくして行くのよ。カラーコンタクトとウィッグは向こうで必要になるかもしれないわ。それから、これ」

院長はナディアに携帯電話を手渡した。

「……」

「わかるわよ。私もあなたにもっとちゃんと説明できたらと思うわ。でもできないの。必要な連絡先はそこに入れてあるわ。ともかく支度を早くね。皆が起き出さないうちにここを出てほしいのよ」

そう言われて、ナディアは追い立てられるように院長室を出たのだった。そうだ。あれこれ考えている時間はない。出発まであと二十分だ。ナディアはこの三年間ですっかりなじんだグレーの修道服を脱ぐと、ベッドの上からブルージーンズと、少し迷ってからあめ色のセーターを取り上げた。

修道服をしまおうと部屋の隅のクロゼットを開けたとき、扉の裏側にはめ込まれた小さな鏡の向こうから、青ざめた若い女性が、ダークブラウンの瞳でこちらをみつめていた。ナディアは一瞬その顔を見つめ、扉を閉めた。

ポーチと服のほか、ナディアには持ってゆくべき荷物がほとんどなかった。院長が用意した衣類のうち、なるべく地味な数点をスーツケースに詰め、部屋をざっと片づけると、ポーチから化粧道具を取り出し、クロゼットから鏡をはずして机の上に立てかけた。

外はまだ薄暗く、果樹園からの風が開け放した窓から流れてきた。もうすぐ淡いピンクの小さな花が一斉に咲くだろう。しかしナディアは、ここでリンゴの花が咲く風景をなぜかもう二度と見ることがないような気がした。

7

ヴァチカン、教皇公邸　3月1日朝

アンドルー・エヴァンズ神父は、教皇公邸書斎の四つの窓にかかったどっしりとした分厚いカーテンをすべて開け、会議机のまわりにならぶ椅子を目で数えた。それから、脇に抱えている黒いフォルダを一冊ずつ確認した。どちらも七人分。椅子を数えるのもフォルダを見直すのも、今朝からもう三度めだ。

フォルダのなかはマイケル・スタッフォード枢機卿の指示により、徹夜で作成した資料である。とはいっても、その内容はほんのささやかなものでしかない。七世紀にアレクサンドリアのコプト修道院院長であったベンヤミン師という人物が一種の遺言として残した文書のコピー、アレクサンドリアの市街地図——古代のアレクサンドリア市と現代のアレクサンドリア市のもの、および古代アレクサンドリア図書館にまつわる歴史を簡単にまとめたものが綴じられている。

壁際のスチームパイプがカラカラと音をたてた。エヴァンズは近寄ってスチームのバルブを調節した。一時間ほどまえにスイッチをいれておいたが、部屋はまだ冷えびえしている。

資料を作成しているあいだ、エヴァンズはスタッフォード枢機卿が「これから向こうが大きく動いてくる可能性がある」と洩らした言葉がずっと気になっていた。向こう——。エヴァンズにはそれが何者であるのか見当がつかなかったが、昨日アレクサンドリアで起きた恐ろしい事件となんらかの関係があるのは間違いないだろう。緊急会議が開かれることになったのもそのために違いなかった。エヴァンズは指で眼鏡をもち上げ、目をこすった。

そのとき、音もなくドアが開いて国務省長官マイケル・スタッフォード枢機卿が入ってきた。今朝の枢機卿は、ローマンカラーのシャツに、仕立てのいい黒いスーツを上品に着こなしていた。おそらく七十歳にはなっているはずだが、姿勢のよさとしなやかな身のこなしは老いをまったく感じさせない。

スタッフォード枢機卿について、ヴァチカン内で詳しいことを知るものは多くなかった。シカゴの裕福な銀行家の家に生まれ、ピアニストか指揮者を志望していたといわれる。そう思って見れば、豊かな銀髪をもつ枢機卿の風貌はたしかに芸術家のそれであった。そして、額に深く刻まれた皺と、寒風のなかで悲しみに耐えているかのような孤独な瞳が、しばしば人びとに近寄りがたい印象を与えた。

エヴァンズはスタッフォード枢機卿の前に出るといつも、自分がまだほんの少年だという気持ちにさせられた。実際、今年で三十二歳になるアンドルー・エヴァンズ神父は、そばかすだらけの少年がそのまま大きくなったようなものだった。色白のぽっちゃりした体つきは子どもの頃からだし、燃えるような赤毛も、緊張すると顔が真っ赤になるところも昔のままだ。オクスフォード大学で神学と考古学を専攻した自分が司祭の道に進んだ理由を、あとになって彼はしばしば自問した。いくらでも動機はありそうだったし、一方、それらすべては後からのこじつけとも思えた。ともあれ彼は二〇〇八年の春に司祭に叙階され、先月、新教皇選出とともに教皇の個人秘書に抜擢されたのだった。

スタッフォード枢機卿はエヴァンズ神父の方をちらりと見た。気持ちの優しい学究肌のエヴァンズを、スタッフォードは高く評価していたのだが、エヴァンズの方はそんなことを知るよしもなく、スタッフォードと目が合うといつものように一気に顔を赤らめた。

「おはようございます」

エヴァンズはぎこちなく枢機卿に歩み寄った。

「おはよう、エヴァンズ神父。昨夜はほとんど寝てないんだろう。すまなかったな」

「いえ、たいしたことはありません。資料をごらんになりますか」

「そうだな」枢機卿は腕時計を見た。「皆がそろうまであと二十分くらいはある。見せてもらおう。ああ、すまないが、コーヒーを一杯淹れてくれないか。それから、この部屋はやや暗いように思うが」

エヴァンズは承知しましたと答え、枢機卿にフォルダを差し出した。黒表紙に「マレオティス・プロジェクト　Ⅱ」と印字されたグリーンのラベルが貼ってある。枢機卿からこのタイトルをつけて通し番号をつけておいてくれといわれたが、エヴァンズ自身はどんな意味かもわかっていなかった。枢機卿はフォルダを受け取ると、隅の椅子にかけて長い脚を組みページを繰り始めた。

エヴァンズは灯りのスイッチをすべてオンにすると、枢機卿に渡したのと同じ黒表紙のフォルダを、番号順に楕円形の大きな机に一冊ずつ置いていった。それから、壁ぎわのキャビネットに行き枢機卿のためのコーヒーを淹れ始めた。

同じ時刻、ロダ・アジール大司教は、奥まった小聖堂にひとり篭もり目を閉じていた。

レバノン人で五十八歳。三年前に大司教となり、それと同時に東方教会省の長官としてヴァチカンに召された。身長百八十センチ、体重九十キロの堂々たる体軀をもち、髪の毛は一本もなく、精力的な顔にくっきりした大きな二重の眼がついている。

アジールは今ごろ宮殿に急いでいるはずのユーセフのことを考えた。

アジールがユーセフと初めて出会ったのは六年前だ。

その頃アジールはベイルートの司教で、高校生だったユーセフは学校の創立記念式典の打ちあわせのため司教館を訪ねてきた。式典ではアジールが招かれてミサをたてることになっていた。ユーセフを連れてきた教師は門のところで生徒の母親に呼び止められ、いつまでも話しこんでいた。

司教館裏手の庭で、麦わら帽をかぶり首にタオルをひっかけて鼻唄まじりで雑草を抜いていたアジールは、ぶらぶらと歩いてきたユーセフに、そこでばったり出くわした。

「ほう、きみがユーセフ・ナーデルか。会えてうれしいよ」アジールは汗をぬぐいながら立ち上がった。「入りなさい。ちょうど一休みしようと思っていたところだ。冷たいお茶でもいれよう」

アジールはユーセフをひんやりした石造りの司教館に通し、二つのグラスの載った盆を運んだ。

「ミントティーだ。ここにはわんさとミントがある。ミントってのはしぶといやつでね。あとからあとから出てくる。油断するとほかの植物をだめにしちまう」

アジールは大きな頭から汗を滝のようにしたたらせながら、透明な氷が涼しい音をたてているアイスティーをユーセフの前に置いた。

「どうやら、先生はあっちでつかまっちまったようだな。まあいいさ。時間はたっぷりある。今日はきみに会うのを楽しみにしていたんだ。ヘルメルの施設で育ったんだろう」

「はい。小学校を卒業するまでヘルメルにいました」

アジールはうんうんとうなずいた。

「エリーにはしばらく会ってないなぁ。たしか今はブシャーレの修道院だな。いやなに、彼女とは昔なじみだ。きみの話も何度もきかされていたんだよ」

「そうですか――」

「いくつになった」

「もうすぐ十七になります」

「ふむ。もうそんなになるか」アジールは汗をタオルでぬぐい、ミントティーを一気に飲みほした。「修道女と暮らすのは大変だったろう、え？　なにしろみんな狂ったようにきみに夢中になっておったからな」

アジールは大きな目をくるりとまわした。

「いいえ、そんなことは。本当によくしていただいたと感謝しています」

「まあそう硬くなるな。きみがヘルメルを出たのはいいことだよ。ま、あそこで暮らすもよし、出るもよし、というところかな。君のように育った者はもっと世界を知らなければならん」

「ぼくにベイルートに出るよう勧めてくれたのはエリーなんです」

「そうだろう。彼女はあれでなかなか肝の据わった女性だよ。少々おしゃべりで早とちりするところが欠点だがな。君には広い世界を見せなければならないとずっと考えていたはずだ。本当の母親になるつもりならそうしろと私も言ったんだ」

「あなたが、ですか？」

「ふむ。きみがまだ小学校にあがったばかりだったな。あのころからエリーはそんなことを考えていたはずだよ。ん？　どういう知り合いかって？　実はな、彼女の妹にプロポーズした。むろん、はるか昔の若いころの話だ。みごとにふられてな。で、おかしなことに失恋の痛手ってやつを慰めてくれたのが彼女の姉、つまりエリーだ。あなたには別の道があるはずだってな。どうも、はめられたような気がせんでもないが……はは、なんでこんなことを話しちまったのかな。ともかく、以来、エリーとは妙に気が合う。ま、同志のようなもんだ」

アジールはユーセフが大学に進学する際に、後見人を引きうけた。ベイルート大学に進んだユーセフは、ある日、司祭になりたいと相談にきた。

「きみは無意識のうちに育ててくれた者たちに恩返しをしなけりゃならんと考えている。いいか、そんなことは必要ない。そんな考えは棄てるんだ。きみは自分がしたい勉強をすればいい。そして社会に出るんだ。恩返ししたいなら世界にしろ」

アジールは、司祭館のソファに神妙に腰掛けているユーセフの前をいったりきたりしながらまくし立てた。

「でも、ぼくは司祭になりたいのです」

「いいか、これは一生の大きな選択だぞ」

「もちろんわかっています。思いつきで言っているのではありません」

「ふん。おれは感心せん」

「なぜです。ぼくには無理ということですか」

「無理かどうか誰にわかる。そうじゃない。それがきみの心からの望みかどうかが問題なんだ」

「ですから、ぼくは、本当に司祭になりたいのです」

「ふむ……どうかな」

「ぼくが、司祭になろうと思ってはいけませんか」

「いけないとはいわん。それは私が決める事じゃない。もっといえばきみ自身でもない。これが召命といわれる意味を知っているだろう。それは神の意志だ。もし神がきみを呼ばれているのならなる。でなければなれない。それだけのことだ。しかしな、そもそもきみは世界を知らなすぎる。修道女に猫かわいがりされた温室育ちのくそまじめなクリスチャン、それで大学では哲学科か。感心せんな。え、生物学に変えた？　……ふむ。ならそれを生かせ。生かして世のために働くんだ」

「あなたなら喜んでくださるかと思っていました」

「ふん」と言ったなりアジールはキッチンに消えた。ややあって、湯気のたつクッキーとコーヒーのポットをユーセフの前に置いた。

「さっきオーブンに入れておいたんだ。いい焼き色だろう。ジャムも自家製だぞ。どうだ、うまいだろ」

ユーセフはすなおにうなずいた。

「……きみはいくつだ。二十歳？　恋人はいるんだろう」

「恋人？　なぜです。いませんよ」

「私はその頃には結婚を考えていたよ」

「あなたとは違います」

「ふん、なかなか言うな。きみなら大学でもてないはずはないだろう」

「なぜそんなことをおっしゃるのです」ユーセフは憮然として答えた。

アジールはその顔をしげしげと眺めた。広い額と考え深げな黒い瞳を持ちどこか東洋の香りがする若者。――立派な青年になったものだ。エリーが自慢するのも無理はない。ところが当の本人は自分の持っているものにまったく気づいていない。できればもっと勉強もさせたいし、違う世界も見せたい。しかし、この青年はあきれるほど無欲なのだ。

その後ユーセフは農業生物学の研究を続けることに決め、昨年の秋にローマにやってきた。ローマでの研修をやや強引に実現させたのはアジール自身だった。

そのことじたいは、ユーセフのために良かった。しかし、それがこんな展開になろうとは……。

今年の初め、アジールはユーセフをヴァチカン広場に呼び出すため、肉厚のびんせんに万年筆で用件をしたため、蜜蠟で封をした手紙を送った。いまどきこんな時代がかった通信手段を取る者はいない。おそらくユーセフは苦笑いしているだろう。ベイルートにいたころ、こんな話をしたことがあった。

「ユーセフ、メールや携帯を使うことによって人間が豊かになったと本気で思うかね。手紙を待つ数日間がなくなって、そのぶん何がうまれた？　われわれ聖職者がその時間で、悩みを抱える信徒たちの話をじっくり聴けるようになったかね。病気の友のかたわらに何時間も座り続けることができるようになったかね。いや、われわれはどういうわけかますます忙しくなってしまった。それなら、古風な蜜蠟の匂いをかぐのも、時にはそう悪いことでもなかろう」

約束の日の夕刻、アジールは大司教の僧衣をつけ、サン・ピエトロ広場の中ほどでユーセフを待っていた。

風の強い、空気のピンと張りつめた日だった。すでに日は傾きかけ、クーポラのかなたの雲が薔薇色に染まり始めていた。広場のオベリスクが長い影をひき、救い主の降誕を記念する馬小屋が、うち棄てられたようにたたずんでいた。カトリックの総本山ヴァチカンにしては、馬小屋もそこに並べられた人形も、あっけないほど質素であった。

やがてユーセフが姿を見せた。ふたりは並んで馬小屋をひとしきり眺めた後、楕円形の広場をマデルノ作の噴水のある方向に歩き始めた。

ちょうどその時、カメルレンゴ、すなわち教皇空位期間事務局長のマイケル・スタッフォードは、枢機卿をあらわす深紅色の法衣とベレッタを身につけ、冷たい風の吹きすさぶサン・ピエトロ広場の柱廊の間を一心に祈りながら進んでいた。ルネサンスの奇才ベルニーニが設計した広場の左右には、二百八十四本のドーリア式の柱が、人びとを大聖堂の入り口へ導くように並んでいる。

アジールとユーセフのところからは、枢機卿がポケットに右手を入れ、おそらくなかでロザリオを繰りながら、柱廊を縫うようにゆっくり進む姿が見えた。日中は観光客でにぎわうサン・ピエトロ広場も、木枯らしの吹く日暮れ時になるとほとんど人影が見えず、枢機卿の緋色のケープが太い柱の間から見えたり隠れたりしていた。

ふたりが広場の入り口方面に向きを変えたとき、強い風に乗って目の前に何かがころがってきた。ユーセフがすばやく進み出て拾い上げた。枢機卿の緋色の帽子だった。からだを起こすと、マイケル・スタッフォードが目の前にいた。

アジールはユーセフを枢機卿に紹介した。その間、スタッフォード枢機卿はユーセフにじっと目を注いでいた。

「きみのことはアジール大司教からいろいろと聞いているよ。ローマの暮らしはどうです」

教皇庁の高位聖職者は、細い身体にしては深みのある声で訊ねた。イタリア語だった。豊かな銀色の髪が風で乱れていた。

「はい。最近ようやく地理が頭に入ってまいりました。ただ、イタリア語があまりできませんので、買い物には苦労しています」

ユーセフは会った者を惹きつけずにはおかない澄んだ瞳を枢機卿にまっすぐ向けた。

「それは私も同じことですよ。ヴァチカンに何年住んでも同じですな。語学はわれわれにとっては悩みの種です」

枢機卿は英語で答え、ベレッタを被って去っていった。

——あれは、一種の面接試験だった。

8

ヴァチカン、教皇公邸　3月1日朝

教皇ソテル二世は窓を背にして奥の席にすわり、彼を囲む六つの顔に向き合った。ほとんどの者はこれから始まることを知らなかったが、何か重大な理由によってこの場に集められたことだけは理解していた。

無垢材の大きな会議机も、ひじ掛けのあるゆったりした椅子も、緞帳のようなカーテンも、光沢のあるどっしりした書棚もキャビネットも、壁にかかったルネサンス時代の絵画も、あらゆる調度品が、ローマ・カトリック教会の二千年におよぶ歴史の厚みと並外れた財産の存在を感じさせた。七人はシャンデリアのやわらかな灯りに照らされ、部屋いっぱいにただようコーヒーの芳香のなかにいた。

ソテル二世は就任直後にいくつかの人事異動を発表した。まず、これまで教理省長官であったマイケル・スタッフォード枢機卿が国務省長官に指名され、国務省長官だったアレッサンドロ・ビッフィ枢機卿はカトリック教会の全財産を管理する聖座財産管理局局長になった。ロダ・アジール大司教は東方教会省長官に留任。そしてイギリス人のアンドルー・エヴァンズ神父が新しく教皇個人秘書に任命された。

ソテル二世の左隣にはスタッフォード枢機卿が姿勢を正して座っている。枢機卿の視線の先で居心地が悪そうにしているのが、これまでヴァチカンでは誰も会ったことはないであろうコプト教会総主教イブラハム・ラシドだった。

総主教の右には、真ん中から分けた髪をぴたっとなでつけたコマネズミのように小さな男が、蝶ネクタイをつけた白いシャツと黒いベストを着込み、せわしなくコーヒーをかきまわしている。その特徴的な顔はしばしば経済紙に登場する。名をシモン・バブルスといい、ヨーロッパで知らぬ者のないバブルスチョコレート社の経営者である。

そして、スタッフォード枢機卿の左側にアジール大司教、続いてユーセフ・ナーデルが並び、入り口にいちばん近い位置に頰をまっ赤にしたエヴァンズ神父が控えていた。

「早くからお集まりいただき感謝申しあげる」

ソテル二世が口をひらいた。明るい、若々しい声だった。五十四歳の教皇は黒い髪と広い額、ときどき愉快そうな色をのぞかせる濃い灰色の瞳をもっていた。背はそれほど高くないが、柔道有段者の身体つきはがっしりして丈夫そうだ。けれど、何より人びとの目を引くのはその服装だった。グレーとブルーと白のフランネルのチェックシャツ、ベージュのコットンパンツにスニーカーといういでたちは、最初、ヴァチカンの職員たちを啞然とさせた。教皇といえば、あの白い教皇服に革靴と決まっていたからだ。

中庭を散歩していたソテル二世が、迷いこんだ観光客や庭師に間違えられたのはまだいいほうで、教皇になってからのひと月の間に、不審者として衛兵に捕まったのが二回、教皇居室にしのびこんだテロリストとみなされ、教皇庁とイタリア警察が緊急配備されたことさえあった。そのたびに、側近らがソテル二世にやんわりと、時には憤然として申し入れをしたが、結局のところは、これがソテル二世なのだと受け入れざるをえなかった。世界十一億七千万人のカトリック教会のトップに立つこの人物は、周囲を納得させてしまうある種のオーラを備えていた。

「さて、私は今朝、諸君にマレオティス・プロジェクトのメンバーとしてこの場にお集まりいただいた。本来ならしかるべき手順を踏んでお願いすべきなのだが、そうしてはいられない事態が生じてしまった。こんな形になったがどうかお許し願いたい。このマレオティス・プロジェクトは間違いなく人類に大きな恵みをもたらすものだ。詳細については追って説明があるが、プロジェクトを任せるに足る人間は諸君をおいて他にはないと私は信じている。どうか、ともに働いてほしい」

ソテル二世は言葉を切り、あらためて出席者全員を見まわした。そして、ユーセフと目が合うと一瞬、灰色の瞳をなごませた。

「ユーセフ・ナーデルを紹介せねばならない。レバノン出身で、昨年から国連食糧農業機関で研修中だ。アジール大司教が後見人をつとめている。たしか、二十三歳だったね」

テーブルを囲んだ目が一斉にユーセフに向けられた。ユーセフはおもわず身体を硬くして隣のアジールに顔を向けたが、大司教はうで組みをしてじっと前を見つめたままだ。

「実は彼にはついさっき連絡したばかりなんだ。ユーセフ、急なことで驚いたろうがきみの協力がぜひとも必要なんだ。引き受けてくれるね」

決して有無をいわせぬ口調ではなかったが、そこには人の心を動かさずにおかぬ力があった。

ユーセフが「はい」と答えると、カトリック教会のトップは満足の笑みをうかべた。

「ありがとう。ではさっそく本題に入ろう。枢機卿」

ソテル二世がスタッフォード枢機卿を促した。

「ではまず、このプロジェクトの成り立ちから簡単にご説明をいたします。ご存知のように、ソテル二世教皇は、エジプト、アレクサンドリアのご出身で、お若いころはコプト教の信徒であられました。このことは、もちろん全世界のカトリック信徒に公にされております。さて、先月の初め、アマル枢機卿が教皇として選出されたその日のことでした。こちらにおられるコプト教会総主教のイブラヒム・ラシド師から、至急教皇さまに謁見を願いたい、できればすぐにご意向を伺ってほしいとのお申し入れがございました。もう真夜中になろうという時刻でした。最初、私は翌朝までお待ちいただいたほうがよいと考えました。もちろん、ローマ教皇はローマ・カトリック教会の長であると同時に、ヴァチカン市国の元首でもあるわけですし、いずれはコプト教会の総主教ともお会いになるでしょう。しかし、このような性急なお話は、私にはいささか常道を逸したものに思われたのです。しかし結局、ラシド総主教の尋常ならざる口調と古文書の件でとおっしゃったことがひっかかり、私は執務室のソテル二世のもとに参りました。ドアを開けますと、聖下は白い教皇服を脱ぎすて、厚手のチェックシャツとジーンズ姿で机に向かっておられました」

どこからか小さな笑い声がもれた。

「総主教からの伝言を申しあげると、聖下は書類を山積みにしたデスクから顔を上げられ、頭の後ろで手を組んでしばらく目を閉じていらっしゃいました。それから、よろこんでお会いしようと仰せになりました。コプト教会総主教のイブラヒム・ラシド師、修道士のロフティ・ザヘル師、そしてジョルジュ・ジァジァ医師がアレクサンドリアから到着されたのは、その翌日の夕刻でございました。会見は極秘に行われ、聖下はこの件について何も言及なさいませんでした。新しい教皇としてなさるべき事柄が山ほどございましたので、私自身、そのうちにこの会見は頭の隅に追いやられてしまいました。しかし、聖下はその後ずっと、マレオティス・プロジェクトを計画されておられたのでございます。そして昨夜、私を執務室にお呼びになり、皆様にご連絡をさしあげるようお命じになりました。一部の方はすでにご存知ですが、アレクサンドリアで昨日、ザヘル修道士が襲われるという憂慮すべき事態が生じました。ラシド総主教はただちにこちらに向けて出発されました。犯人はまだ捕まらず、ザヘル師の容態は予断を許さない状態だとうかがっております。皆さまどうかお祈りくださいますように。また、教皇さまはつい先ほど、新たなメンバーを任命なさいました。そのひとりがユーセフ・ナーデルでございます。ここまではよろしゅうございますか」

みんなそれぞれだまってうなずいた。

「では、お手もとの資料をごらん下さいませ」スタッフォードが続けた。「――フォルダの最初にございますのは、七世紀にコプト派のアレクサンドリア修道院の院長であったベンヤミン師が残された文書です。この文書は七世紀以来ずっとアレクサンドリア修道院の奥深く保管され、ごく一部の方々しかその存在を知らないものだとうかがっております」

メンバーがフォルダを開くと、その一ページめに、何かざらざらした紙をコピーしたらしい不鮮明な文字の一群があった。ところどころかすれて読みにくいが、古いアラビア語のようだった。そして、上から三分の二のあたりに一本の点線がひかれ、その下に英語でこう書いてあった。

---

†第一の徴

偽りの白き指導者　戦いのさなかに崩れ、解放者たるラコテの異形の獅子現る

†第二の徴
秘められし漆黒の宝　東方より狼の丘に現る
†第三の徴
世界のことばを集む円筒現る　されどその内面は虚ろなり
《守護者》よ、そなたらの胸の奥ふかく刻め。耳研ぎすませ
これらすべてが世に揃いしとき、ためらわず知の封印を解け
さすれば、人類はふたたび大いなる神の恩恵に与《あずか》るであろう

スタッフォードはメンバーがそれを読み終わる頃をみはからって続けた。

「――最後にございます『大いなる神の恩恵』という箇所にご注目ください。コプト教会の方々は、これが古代アレクサンドリア図書館の蔵書を示していると考えておられます。この点については、ラシド総主教ご自身からご説明があります。なお、アレクサンドリア図書館の歴史につきましては、フォルダの五ページ目以降にエヴァンズ神父が作成した解説が載せてありますので、いちど目を通していただきたく存じます。では総主教、お願いいたします」

指名されたコプト派総主教のラシドは、身体をゆすっておもむろに口を開いた。

「えー、本来このような役はザヘル師が適任でございますが、ご承知のような状態でございま

すので……」ラシド総主教はそこでモゴモゴと言葉をにごした。「うまくお話しできるかどうかわかりませんが、ザヘルがつくっておりましたメモの助けを借りてご説明申し上げることとします」

総主教はそこで背筋を伸ばし、ゴホンとひとつせき払いをした。

「ご存知のことと思いますが、わがアレクサンドリア市は七世紀にイスラム教徒の攻撃を受けております。六四二年、わが町に侵入したアラブの将軍アムルは、おどろくべき大量の書籍を発見したといいます。アムルはこの膨大な書籍をどう扱うべきかと、メディナで指揮をとるカリフに問い合わせをしました。これに対し、カリフは次のように返答したと伝えられます。『もしその本の内容がアラーの本と一致するなら、それらは無用だ。なぜならアラーの本はすでにじゅうぶんあるからである。もしアラーの本と相違するなら、保存の必要はない』。こうしてアレクサンドリアにあった書物はすべて処分されました。のちの史家は、風呂の焚きつけにされた書物が半年間も湯をわかし続けたと記録しています」

ババルスがピューとくちぶえを吹こうとしてあわててやめた。ラシドは髭をしごき、メモに目を落としてだみ声で続けた。

「――さて、アレクサンドリア修道院のベンヤミン院長のもとに聖マルコがご出現されたのは、アラブ軍によるアレクサンドリア占領が迫ったある夜のことでした。聖マルコは院長に三つのことを命じました。ひとつは、アムルが発見した大量の書籍をひそかに安全な場所に移すこと、次に移動先を記録した文書を作成すること、最後に『コプトのもっとも信仰篤き者』三名を《守護者》として選びだし、この記録を代々守り伝えさせることでした。みなさまが先ほどお読みになったものは、ベンヤミン院長が最期の日に書き残した書です。これはまた、書籍の保管場所を記録した文書の、いわば取扱説明書の役割も果たしております。ベンヤミン院長はここに示した三つの《徴》がすべて揃ったら、文書を開くよう命じておられるからです」

ラシドはメモから顔を上げた。

「こうして《守護者》は代々われわれコプトの者のなかから選ばれ、千年以上にわたりその役割を引き継いでまいりました。掟にしたがい、《守護者》の存在は決して外部の人間に明らかにされることはありませんでした。しかし――」総主教はテーブルを囲むひとりひとりを挑むようにみわたした。「もうお気づきのことでしょうが、医師ジョルジュ・ジァジァ、修道士ロフティ・ザヘル、そしてこのわたくしの三人が、現在の《守護者》でございます」

みんな押し黙り、あえて口をきこうとはしなかった。ややあってスタッフォード枢機卿が促した。

「総主教、千年以上ものあいだ保持されてきた秘密を、いまこうしてわれわれに明かすことにされた理由もお話しねがえますか」

「もちろんですとも」ラシド総主教は大きく肯いた。「その前に、恐縮ですができれば少しお時間をちょうだいして、私どもコプト教会のおかれている状況についてお話しさせてください。それが答えにつながると存じますので」

総主教はコーヒーで口をしめらせた。それからメモの束をめくり、めざす部分をさがしだした。

「――伝承によりますと、一世紀のなかごろ、福音記者聖マルコによってアレクサンドリアにキリスト教会が建てられたといわれております。以来、アレクサンドリアの教会は、ローマ、コンスタンティノープル、アンティオキア、エルサレムとならぶキリスト教五本山のひとつでありました。二世紀末にはアレクサンドリアに教理学校が建てられ、古代キリスト教学の中心的存在として、多くの学生が学ぶようになりました。初代校長はかのオリゲネスであります。ところがその後、四百五十一年のカルケドン公会議で、アレクサンドリア総主教ディオスコロスが単性論者として異端宣告を受けるという事態がおきました。ご存知のように単性論というのは、キリストの持つ二つの性――すなわち神性と人性に関して、受肉したイエスにおいては人性が神性のなかに吸収されたと信じる立場であります。つまり、主イエスの神性をより強調する立場ということになります。しかるに、カルケドン公会議の結論は、ディオスコロスの信仰は神性を強調しすぎるというのですな。そのあと、異端宣告をうけた者たちは、独自の教会を形成することになりました。これがコプト教会の始まりです――とまあ、これが一般的なコプト教会の理解でありましょう。しかし、われわれとしてはこの説明にはいささか異議がございます。われわれはキリストの神性と人性が融合して唯一の性となったと信じるものでございまして、決して人性が消えたと考えているわけでは――」

ラシド総主教の横でバブルスがそっと欠伸をした。ラシドは目ざとくそれに気がついた。

「――いや、神学論議をする場ではございませんでしたな。失礼いたしました。あとひと言だけ、最近はコプト教会とカトリック教会との歩み寄りがすすんでいることを申し添えます」

総主教はひと息つき、カップに手をのばした。エヴァンズ神父が新しいコーヒーを淹れようと立ちあがったが、ラシドは手をふってそれを制した。

「では、本題にはいります。現在のコプト教会の状況を申しあげます。近年、エジプトにおけるコプト派の人口は減り続けております。イスラム教に改宗する者も多く、いっこうに後を絶たないイスラム教徒とのいさかいもわれわれを悩ませております。加えて、エジプト政府との関係もかならずしも良好とは言えません。コプトの信徒数をわれわれはエジプト人口の二割近くと公表しておりますが、政府発表は一割弱です。率直に申しあげてこちらの方が実情に近い数字だと言わざるをえません。エジプト政府側もコプト教徒との共存をはかろうと努力はしてくれておりまず。ムバラク大統領が、コプト教のクリスマスをエジプト国民の休日に制定したのもその試みのひとつと申せましょう。しかし、イスラム・コプト両教徒の対立は絶えることがありません。コプト派の大学生が、聖書を所持していたとの理由で逮捕されたり、キリスト教系の施設が政府軍によって攻撃されるといった事件も相変わらずです。最近も、エジプト南部の村のコプト教会が、献堂式のさなかにイスラム教過激派の一群から火炎瓶を投げつけられるという事件が起きたばかりです。こうした事態に対処したくても、われわれは非常に小さな勢力です。エジプト社会のマイノリティとしてどのように生き残ってゆくか、これがコプト教会総主教としての私の最大の仕事のひとつであります」

ラシド師は冷たくなったコーヒーをがぶりと飲み干した。

「そこで先ほどのお訊ねでございます。《徴》が揃い時が満ちたら、ためらわず封印を解け、とベンヤミン院長は命じておられます。しかしながら現在のわれわれにはベンヤミン院長の遺志を継いでこの事業をすすめるだけの力がございません。端的に申しあげれば財力です。アレクサンドリア図書館の蔵書発見がどれほどの大事業であるかどうかご想像ください。どこにどんな状態で保管されているかにもよりましょうが、私ども三名の《守護者》の手に負えるものでないことだけは、遺憾ながら火を見るより明らかであります。ではどこに、誰に、助けを求めたらよろしいでしょう。エジプト政府でしょうか？　もちろん、それも考えました。ただ、さきほど申しあげたような状況のなかで、私ども《守護者》がエジプト政府と対等な関係を保てるとはとうてい信じられません。かといって、ベンヤミン院長の遺志を鑑みれば、このことを公にすることには躊躇いがありました。そこで私どもは熟考のすえ、第一の《徴》そのものであり、かつてコプト教徒でもあられたソテル二世聖下に協力を仰ぐのが最良であるとの結論にいたりました。この決断が容易なものでなかったことをどうぞお察しください」

「教皇さまが第一の《徴》!?」

バブルスが素っ頓狂な声をあげた。

「さようでございます。驚かれるのも無理はございません。少々ご説明が必要ですが、結論から申し上げますと、ベンヤミン院長が書き残された第一の《徴》の『偽りの白き指導者』とはハドリアヌス七世、『ラコテの異形の獅子』とはソテル二世ご本人をさしているというのがわれわれの識別の結果です」

「ラコテの獅子？」

バブルスがまたも目を丸くした。

「シモン、シモン」ソテル二世が笑った。「このシモン・バブルスという男は、今や押しも押されもしない会社経営者におさまっているが――おそらくこのなかでバブルスチョコレート社のお菓子を食べたことのない人間はいないだろう――私と初めて会ったときは町のチンピラでね。いや、シモン、どうせきみはそのうちあることないこと武勇伝よろしくしゃべり出すだろうから、私から先に言っておこう。この通り、ちょっとおかしな男だが、裏表のない信頼できるやつだ」

ラシド総主教は鷹揚な笑みをうかべ、言葉を続けた。

「私ども《守護者》は、いくつかの理由により初めから《ラコテの異形の獅子》とはソテル二世聖下——当時はハーニー・アマル枢機卿でありましたが——をさしていると信じておりました。ですから 二〇〇八年のクリスマスにハドリアヌス七世が崩御されたとき、次に選ばれるのはアマル枢機卿であると、こう申しては不謹慎ですが結果のわかっているレースを見るような心境でコンクラーベの結果を待っておったわけでございます。ところがご存知の通り選ばれたのはリオン・ベルナール枢機卿でした。そのときの私どもの驚きをどうかご想像ください。私どもは《徴》の読み違えを犯してしまったと戦《おのの》きました。とはいえ、現実は現実として、正面から受け入れねばなりません。私どもはグレゴリウス十七世の俗名が〝リオン〟つまりライオンであることから、彼が《ラコテの異形の獅子》なのだと、不本意ながら納得せざるをえませんでした。実際、そのように考えられなくはないわけですから。それに、実はあとの二つの《徴》はこの時点ですでに出現しておりました。そういうわけで、われわれはすぐに行動に移る必要があったのです」

「お待ちください。ということは、一月にリオン・ベルナール枢機卿が教皇に選出された時点で、《徴》は三つともすべて揃った、そういうことですね」

アジール大司教が確認した。

「さようでございます」ラシドが重々しくうなずいた。

「ということは、その時に文書の封印を解かれたのですね？」アジールはさらに問いただした。

「私ども《守護者》には重い使命がございます。三つの《徴》がすべて出現した以上、ただちに行動を開始するのがつとめです。おっしゃる通り、私どもはグレゴリウス十七世の着座式が行われた一月一二日にベンヤミン院長がのこされた文書の封印を解きました」

次の言葉はどこか芝居がかって聞こえた。

「しかしそのわずか四日後にグレゴリウス十七世の身に何が起きたかは、みなさま方もご存知の通りです。私どもは打ちのめされました。やはりリオン・ベルナールは《徴》ではなかったのです。私どもは聖マルコに祈り、身を縮めるようにして恐ろしい何週間かを過ごしました。――しかし、結局、われわれは正しかったのです。ハーニー・アマル枢機卿が教皇に選出されたのですから。こうして、ベンヤミン院長の《徴》はすべてみごとに出現しました。私どもがどんなに安堵したか、言葉ではとても言い表せません」

「しかし――」アジール大司教がまだ納得できないとばかりに口をはさんだ。ラシド総主教はかすかに不快感をのぞかせた。

「みなさま方がソテル二世に面会を求められたのは、たしか、コンクラーベの結果が出た二月一日の深夜でした」

「いかにも、その通りです」

「ところが今のお話では、リオン・ベルナール枢機卿が教皇グレゴリウス十七世に選出された一月の時点で《徴》がすべて出そろったと、いったんはお考えになったわけです。それならなぜその時にヴァチカンにコンタクトをとられなかったのですかな」

総主教はいかにも意外だといわんばかりの顔をした。

「あえて申しあげずともおわかりいただけると存じましたが。失礼ながらあのリオン・ベルナールに秘密を明かすなど、断じてするわけには参りませんでした」

誰もそれ以上質問しようとはしなかった。

「あの、ひとつ、よろしいでしょうか」と、部屋の隅から遠慮がちに声を出したのは、アンドルー・エヴァンズ神父だった。「半年分の風呂のたき付けになるほどの本が燃やされたという先ほどのお話ですが」

「いかにも。アラブの将軍はアレクサンドリアで大量の書籍を焼却しております」

「にもかかわらず、アレクサンドリア図書館の書籍は残った。いったいそれはどういうからくりなのでしょうか?」

「ああ、それを先にお話しすべきでした。じつは将軍が焼却したのは、アレクサンドリア図書館の蔵書ではなかったのです」皆の物問いたげな視線が集まった。ラシド総主教はふたたびメモに目を落とした。

「ベンヤミン院長は聖マルコの命令を忠実に実行にうつし、アラブの将軍が火をつける前に、アレクサンドリアに保管されていた書物をすべて避難させることに成功しました。数十万冊にのぼったであろう蔵書を運び出すのは、もちろんベンヤミン院長ひとりだけでできることではありませんでした。しかも時は刻々と迫っています。ついに、院長は危機感をつのらせていたアレクサンドリア在住の学者たちに協力を求めました。ベンヤミン院長がどの程度まで真実を明かしたかはわかりません。おそらく一部の学者はある程度真相に気づいていたでしょう。しかし事情がなんであれ、異教徒の手から貴重な書物を守りたい気持ちはみな同じでした。彼らは見事な連係プレーをみせました。書籍は油紙に包まれ厳重に荷造りされ、闇に紛れて船に積み込まれ、ひそかにアレクサンドリアを出航しました。すべての作業が終了し、最後の船が港を出たのは、アムルが火を放つ直前でした。しかし大事な作業がまだ残っておりました。書籍を移したことが将軍アムルに気づかれてはなんの意味もありません。ベンヤミン院長は、空っぽになった書庫に、アレクサンドリア中からありとあらゆる書物をかき集め、山積みにさせました。もちろん、アラブ人にはそれらの書物の中身をいちいち吟味することなど、とうていできるはずもありません。将軍アムルはなんの疑いもなく意気揚々と書庫に火を放ちました。そしてベンヤミン院長は、それらの書物とともに猛火のなかで亡くなったのです」

「それで、アレクサンドリアにあった蔵書はこの世から完全に焼失したという歴史がつくられたわけですね」エヴァンズ神父が嘆息した。

「さようです。しかし実際は、古代アレクサンドリア図書館の貴重な書籍は難を逃れ、千年以上ものあいだ眠り続けているというわけです」

「しかし、港を出た船が無事に役割を果たしたという証拠はあるのですかな？」

アジール大司教がたずねた。ラシド総主教は大きく首を振った。

「わかりません。と申しますのも、この作業の全容を知っていたのはベンヤミン院長だけでありますし、院長は聖マルコの指示にしたがい、船の行き先、つまり書籍の保管場所を示した記録を作成したのち、それを厳重に封印したからです。したがって蔵書がどこに運ばれたのかはもちろん、はたして船が目的地に無事到着したかも確認されていないのです」

「なぜ、これまで確認してこられなかったのですかな？」

アジール大司教がたたみかけた。

「時が来なかったからです」ラシド総主教はアジールを正面から睨みつけるかのように答えた。

「フォルダのベンヤミン院長の文章をもう一度ごらんください。聖マルコは三つの予言をしております。そして、これらの《徴》がすべて世に現れた時にのみ封印を解くよう命じておられます。われわれ《守護者》は固くこの誓めを守ってまいりました」

「なるほど。ベンヤミン院長以来今日まで、《徴》が三つとも揃ったときは一度もなかったというわけですな」

「結果的にはそうだったと申し上げます」

「結果的というと？」

「実は、少なくともこれまでに二度、われわれの先人は《徴》の識別を誤りました」

「ほう？」

「もちろん古い時代のことですから、記録も正確とはいえません。しかし十字軍時代末期、つまり十三世紀後半に、文書が一度開かれたことは確実です。当時の《守護者》が何を徴と認定したのか、今となっては定かではありません。しかしその結果、重大な災いが襲いました」

「それは？」

「一二九一年のアッコン陥落です」

「アッコン？　それはたしか十字軍の拠点があった都市ですね」

エヴァンズが口をはさんだ。驚いている。

「いかにも。十字軍最後の拠点都市でした。アッコンの陥落によって、十字軍はその二百年近い歴史の幕を閉じたのです」

「それが徴の読み違えによるというのですか」

アジールの声には信じられないというトーンがあった。

「さようです。もちろん、歴史家たちは別の見解をもっているでしょう。アッコン陥落には、政治的、戦略的な理由をいくらも挙げることができるとザヘルも申しておりました。しかし、私ども《守護者》から見れば、《徴》の読み誤りとそれに基づく古文書の開封がアッコン陥落の原因となったのです。われわれはそう解釈しております」

「なるほど。それで、二回目のケースは？」アジールの顔がだんだん険しくなっていった。

「二度目は十六世紀です。当時、エジプトを見舞った天変地異とコプト内部で起きたある殺人事件が《徴》ととらえられたようです。しかし、これも誤りでした」

「今度は何が起きたのです？」

「マムルーク朝の滅亡でした」

「マムルーク朝……これはまた」

アジール大司教の声には呆れたような響きがあった。

「どうお取りくださろうとかまいません。私どもの手もとには《守護者》の記録が、断片的ではありますが残っております。それらを精査した結果、徴を読み間違えた場合にはかならず大きな災いが襲うと私どもは信じるに至ったのです」

参加者の空気が微妙に変化した。《守護者》だとか《徴》だとか、大がかりなおとぎ話を聞かされているような気がしてきたのだ。それを感じ取ったのか、シモン・バブルスが小学生のように手を挙げた。

「あのう、私はみなさん方とちがってまったく学問のない者ですので、馬鹿なことを申しあげちまうかもしれませんがお許しくださいよ。私にはですね、正直いって古代アレクサンドリア図書館なんてのも初耳でしたが、そもそもこの、院長さまのお言葉の意味がさっぱりわからないんですよ。なぞかけみたいじゃありませんか。いったいこの、三つの《徴》とやらは、なんのことをさしているのですか？」

「いや、まったくもってバブルス社長のおっしゃる通りです」ラシド総主教はいくぶんほっとした様子をみせた。「私ども《守護者》が長い間頭を悩ませてきたのもまさに、ベンヤミン院長のおっしゃる《徴》が具体的に何を示しているか、ということでございました。つまりそれが《徴》の識別というものです」

「はあ……」

バブルスはさらにわからないという様子で肩をすくめた。アジール大司教が少し表情をなごませた。

「識別ですか。おそらく大変なご苦労があったと拝察いたしますよ。でもいまや、間違いなく三つの《徴》がそろったと《守護者》の皆さんは確信しておられるわけですね。でなければ、こうして私どもが集められているはずがありませんから」

ラシドは背筋をのばし、少し間を持たせてうなずいた。

「いかにも、私ども《守護者》は、今度こそベンヤミン院長の《徴》がすべて現れたとみております。ただ、ここでひとつ大きな問題がございます。第一の文書には欠落があるのです」

「第一の文書？」アジール大司教が大きなぎょろりとした目をまわした。

「はい。じつはベンヤミン院長の記録は三部構成になっているのです」ラシドが急いで続けた。

「なおかつ、それぞれの文書は暗号文になっておりまして、順を追って暗号を解くことによって初めて隠し場所が明らかになる仕組みでございます。ところが第一の文書は、二十世紀初めにすでに開封されてしまっているのです」

「ちょ、ちょっと待ってくださいよ！　また頭がこんがらがってきましたよ。古文書に手をつけたのは、十字軍の陥落のときと、その、なんとか朝が滅んだときだけだったのでは？」

　バブルスが悲鳴のような声をあげて目をぱちくりさせた。総主教はあわてて、手の中のメモをばさばさと探した。

「や、これは、たいへん失礼いたしました。ザヘル師でしたらもっと整然とお話しできたはずなのですが……どうかお許しください」

　ラシド総主教はくしゃくしゃになったメモ用紙のなかからようやく一枚を見つけだした。「えと、これだ。二十世紀の初めのことです。私どもの修道会に所属していたひとりの修道士が、やむにやまれぬ事情から第一の古文書を開けてしまったのです。彼の状況を推し量れば同情すべき点はございます。とはいえ、もちろん、修道士にはそんなことをする権利はなかったのです。この修道士のとった愚かな行動により、我々はさらに困難な問題をかかえ込むことになってしまいました」

「バブルス社長でなくても混乱しますな。では、ベンヤミン院長の掟にもかかわらず、一部とはいえ、文書の封印は二十世紀の初めに、《徴》とは無関係に解かれてしまったというのですね。で、その文書はどうなったんです。修道士がどこかに持ち去りでもしたのですか」

アジール大司教は容赦なく追及した。

「いいえ。文書そのものは残っております。ですが、暗号を解く鍵となる物が行方不明になってしまったのです」

「よくわかりませんな。暗号を解く鍵とはなんなのです？」

「一九八七年くらいまで、ある人物がその鍵を所有していたことまでは、私どもも突き止めたのです。しかしそれ以後、また消えてしまいました」

ラシドはふところから取りだした布で額の汗をぬぐった。

「総主教さま、その、暗号を解く鍵とやらのことをもう少しお話しください」

バブルスがやさしく取りなすように言った。

「第一の文書を開けてしまった修道士はその直後に亡くなりました。が、関係者の告白によってこの件はすぐに明らかになりました。現在の《守護者》のなかでもっとも古くからこの任にあったのは医師のＪＪでございますが、彼はこの失われた鍵を長年探し求めてきました。もちろんザヘル師も私も捜索を続けてきたのはいうまでもありません。しかし、残念ながらまだ鍵は行方不明のままです。ですから、マレオティス・プロジェクトでは第二、第三の文書の解読を進めながら同時に、第一の文書で明らかにされた鍵を探す仕事を進めなければならないのです」

沈黙がながれた。バブルスは大きなため息をついて頭を振り、アジール大司教はうで組みをして目を閉じていた。スタッフォード枢機卿はいつものように額に深い皺を刻んでいる。そして、ユーセフとエヴァンズは机にかがみこみ、フォルダの資料を熱心に読み直した。

沈黙をやぶり、アジールがソテル二世に改まった口調でたずねた。

「失礼ですが、教皇さまはアレクサンドリア図書館の蔵書が今もこの地上に存在していると信じておいでですか」

「私はベンヤミン院長に聖マルコが現れたことも、古文書がアレクサンドリア図書館の蔵書の行方を示すものだということも、そして今もどこかに蔵書が眠っていることも事実だと考えている」ソテル二世が静かに答えた。「諸君も知っているように、私はアレクサンドリアで生まれ育った。ロフティともＪＪともアレクサンドリア時代を通じて親しい間柄だった。もちろん私はコプトの信仰からは離れたし、カトリック司祭になる時には信仰上の審査も受けた。だが、個人的な友情まで捨てたわけじゃない。ただし、これは単なる友情からでもコプト教会との関係からでもない。私は、人類共通の知的財産である古代アレクサンドリア図書館の蔵書を、ぜひともわれわれの手に取り戻したいのだ」

「ラシド総主教、プロジェクトの遂行にはたいへんな困難がともなうことがよくわかりました。そこで単刀直入にお伺いしますが、あなた方はこのプロジェクトを進めるにあたり、どのような条件をお考えなのですか」

スタッフォード枢機卿が実務的口調で訊ねた。ラシドは一瞬迷い、助けを求めるようにソテル二世を見た。

「それは私から答えよう」ソテル二世が言った。「われわれは資金を含め、あらゆる面で書籍の発見に全面的に協力する。それから、今後コプト教会をヴァチカンとしてできる限りバックアップする。それとひき換えに、発見されたものすべての管理はヴァチカンが行う。私はそういう条件で、お手伝いをしようと答えたんだ」

エヴァンズ神父が最初に賛成した。

「私も考古学者の端くれとして、もしこれが古代アレクサンドリア図書館の蔵書の発掘事業であるなら、まさしく人類共通の遺産の発見になるものと思います。そして、私ども以外の組織がこのプロジェクトにたずさわった場合、その管理が適正になされるかが非常に危惧されます。その点では、ヴァチカンが責任者となることが最良の選択だと思います。ヴァチカン博物館であれば、人類の遺産を一括して良好な状態で保存することが可能ですし、今後、必要となればエジプト政府との交渉もできるでしょう」

「私もエヴァンズ神父と基本的には同じ意見ですよ」とアジールが言った。「そして、発掘への資金援助、今後のコプト教会への協力という条件も、東方教会省長官という私の立場からみても法外な要求とはいえんでしょう。ラシド総主教、いろいろとぶしつけな質問をさせていただきましたが、私は教皇さまのご判断を尊重します。どうやらなかなか困難な道のりが待っていそうですが」

「さしあたって、この私に期待されているのは資金でしょうな。ようございます。難しいことはわかりませんが、ハーニー・アマル、失礼、教皇さまの判断に間違いはない。このことだけは私は昔から知っています。教皇さまがそうしたいとおっしゃるならわたしは協力を惜しみませんよ」

バブルスが大きな眼をくりくりさせてにっこりすると、ようやく場の空気がなごんだ。

「ありがとう。そう言ってくれると信じていた。ただ、ザヘル師が襲われたことを忘れないでくれ。くれぐれも用心して動いてほしい。相手はまだわからないが、このプロジェクトの進行を阻止しようとしている者が存在する可能性は排除できない。私は誰も失いたくない」

9

ローマ行きの列車　3月1日

さっきまでの霧雨がいつのまにか本降りになり、太い雨筋が何本も車窓をつたって流れ始めた。パオロ・アルベルティーニはそれをしばらく見つめていたが、やがて目を閉じ、シートに沈みこんで弱々しく息を吐いた。向かいに座っているロレンツォ・トレリ司教はその憔悴しきった顔をそっと盗み見た。

列車はローマに向かって疾走している。昨日のミラノでの長い会議のさなかから、この昔気質の老枢機卿の気持ちが揺れているのがトレリには痛いほどわかっていた。

コンパートメントのドアはぴったり閉ざされている。にもかかわらず、アルベルティーニ枢機卿は時おり怯えたようにドアの方に視線をおくっていた。

トレリは枢機卿の深い皺が刻まれた善良な顔に口を近づけ、この一時間あまりのあいだ繰り返してきた言葉をもう一度ささやいた。

「アルベルティーニさま、どうか、われわれの気持ちを汲んでください。このままではカトリック教会は取りかえしのつかない道に踏み込んでしまいます」

枢機卿は身をよじり、また苦しげな吐息を洩らした。

古き良き時代の指導者パオロ・アルベルティーニ枢機卿。七十七歳になり背はいくらか縮んだが、いつも聖職者らしく威儀を正し、乱れを見せたことがない。その枢機卿がいま背中を丸めてシートにうもれ、めがねの奥の眼をぎゅっと閉じている。眉間のシワから、枢機卿の苦悩の深さが察せられた。

トレリはこの愚直ともいえる枢機卿をずっと尊敬してきた。カトリック教会のトップに立つべき方はアルベルティーニ枢機卿をおいてほかにない、という気持ちに偽りはなかった。枢機卿には長いカトリック聖職者としての生活を通して、己を律する術が身についている。それは近ごろの聖職者にもっとも欠けているもののひとつだ。「対話」や「共同決定」などという耳触りのよいフレーズで甘やかされて育成された最近の若い司祭らにそれを求めるのはどだい無理というものだ——。

二十世紀後半から、既存の宗教はおしなべて力を失った。カトリック教会とて例外ではない。代わって雨後の竹の子のように登場したのは、神秘体験を強調したり宇宙生命体との交信とやらを呼びかける新興宗教団体、世間との接触を断ち極端なまでに自らを追いつめる修行者の群れ、地球は神の壮大な実験場にすぎぬと主張するグループ、世の終わりが間近に迫っていると煽る怪しげな教祖……。これらを「宗教」と呼ぶべきかどうかは別として、人びとは雪崩をうつようにそれらに流れていった。

対するカトリック教会はまったくなすすべをもたなかった。ロレンツォ・トレリはそれを歯がゆく見守ってきた。宗教に無関心を装う人びとも、その実、必死に「救い」を求めているのだ。ただ、その救いを教会はもはや信徒にさえ与えることができなくなってしまった。教会に通う信徒の割合は激減し、あらたに洗礼を受ける者も減少傾向にある。その傾向はとくにヨーロッパや北米で顕著だった。二十世紀末には、全世界のカトリック信徒のうち、七割以上が発展途上国に住む者で占められた。むろん、それ自体は悪いことではあるまい。しかし、トレリはイタリア人のひとりとしても、ヨーロッパにおけるカトリック勢力の回復を熱望していた。

皮肉なことに、カトリック教会にとってのマイナス要因には事欠くことがなかった。敬虔なキリスト教徒であることをアピールするアメリカ大統領が主導したイスラム教徒への攻撃は、それが長引いて展望が見えなくなるにつれ、うんざりした空気と、キリスト教への不信を加速させた。カトリック聖職者による未成年者への性的虐待に代表されるスキャンダルもあとをたたない。加えて、避妊に対する非現実的と評される姿勢——ＨＩＶの蔓延や貧困を助長しているのは教会の硬直した教えだとさえいわれた。最悪なのは、それに対して教会がはっきりした態度を示すことができなかったことだ。

真の救いに至る道はカトリック教会を通してよりほかにはない——トレリにとってこれは一点も疑いようのない真理だった——今こそ人びとを教会に呼び戻し、真の救いに導かねばならない。けれど、だからといって、第二ヴァチカン公会議以後のカトリック教会が「教会の現代化」の名のもとにしてきたように、世に自らを合わせるのが正しい道とは思わない。いや、むしろ、それこそが失敗の原因だったのだ。リベラル派を標榜する連中からは時代遅れとか、保守的だとか言われるけれど、そういう輩は信徒が教会に求めているものが本当はなんなのかわかっていない。彼らが求めているのは、新しさではない。揺るがない伝統の上に立つ、強力で自信に満ちた教会なのだ。

ここ二、三年、アルベルティーニ枢機卿のまわりには、彼の人柄を慕う聖職者らが集まり始めていた。なかには、枢機卿の知名度を利用して出世を目論む連中もいたが、大半はカトリック教会の将来を真剣に憂える者たちだった。トレリは彼らのリーダー格であり枢機卿とのパイプ役であった。

着座して間もないソテル二世の人気が日に日に高まりつつある今、トレリの心配はアルベルティーニ枢機卿のようにただ善良なだけでは、いずれ世界中の信徒がソテル二世の路線に流れていってしまうかもしれないということだった。枢機卿に群がっている連中の野心を、ここはうまく利用しなければならない……。あの蛇のような眼をしたビッフィ枢機卿と手を結んだのもそのためだ。

――トレリがビッフィ枢機卿と通じるようになったのは、二年前の教皇選挙のときだった。われわれが一致協力してジョシュア・ナイト枢機卿を推そうともちかけられた時、トレリはビッフィの真意を測りかねた。ビッフィ枢機卿自身が有力な候補者のひとりであったからだ。フィレンツェ生まれのビッフィ枢機卿は、ウフィツィ美術館にあるコジモ・デ・メディチの肖像画そっくりの、がい骨に薄い皮膚をぴたっと張りつけたような顔立ちの男だった。その頬はときおり神経質にぴくぴく動き、青い血管が透けるまぶたの下の濃い緑色の瞳は、ときに獲物を狙う蛇のように冷たく細く絞られた。そんなときトレリはぞっとした。神により頼む者の眼が、このような底知れぬ絶望の色を宿しているはずがない。

「おかしいですか。私自身はコンクラーベで選ばれたいなどとはつゆほども思っておりません。私はずっと、アルベルティーニ枢機卿こそが教皇になられるべきだと考えております――」話すあいだ中、ビッフィ枢機卿の深緑色の眼は油断なくトレリの表情を探っていた。車いすにすわっているにもかかわらず、ビッフィ枢機卿には相手を丸呑みにしてしまうような威圧感があった。「しかし、現状ではアルベルティーニ枢機卿が選出される可能性はかなり低いと言わざるをえないのはあなたもご承知のはず。そこで今回はジョシュア・ナイト枢機卿に教皇になっていただき、その間にアルベルティーニ枢機卿の票をかためましょう」

――ビッフィはそう提案したのだった。アルベルティーニ枢機卿がすでに高齢であることに危惧の念を洩らすトレリに、ご心配には及びません、ナイト枢機卿の時代はそう長くは続きませんよ、とビッフィは事も無げに言ったのだった。

ジョシュア・ナイト枢機卿が選出され、ハドリアヌス七世となったことに、周囲は驚いたが、アルベルティーニ票とビッフィ票が、すべてナイト枢機卿に投じられた結果、圧倒的多数でナイト枢機卿が選出されたのは当然であった。ハドリアヌス七世はビッフィの傀儡でしかなかった。ただ、ビッフィの思惑が外れたとすれば、ハドリアヌス七世が予想をはるかに超えた人気を博したことだけだろう。でなければ、例の「聖ハドリアヌスの殉教」はもっと早くやってきたのではないか……。

教皇ハドリアヌス七世が「聖ハドリアヌス」の愛称で呼ばれ始めたのは、昨年の春くらいのことだ。当時、国務省長官ビッフィ枢機卿の車いす姿は、教皇が行くところどこにでもみられた。

諸国を歴訪したハドリアヌス七世は、雪をいただいたような白髪と笑顔を最大の武器に、世界中の信徒をとりこにした。すべてを演出していたのがビッフィ枢機卿であることをトレリはよく知っていた。

ハドリアヌス七世の在任一周年がまたたく間に過ぎ、トレリがビッフィ枢機卿の心変わりを疑いだしたころ、教皇がとつぜん崩御した。そのあまりに劇的な死に、トレリはひとり震えあがった。それからコンクラーベ開催までのあいだ、トレリはビッフィ枢機卿が何か言ってくるはずだとしんぼう強く待った。自分からビッフィのもとに出向くのは、知ってはならぬ世界に足を踏み入れる行為に感じられてどうしてもできなかった。やがて、ビッフィからなんのコンタクトもないままコンクラーベの日がやってきて、あの粗野なリオン・ベルナール枢機卿が選ばれてしまったのだ。

さすがにトレリは欺されたと思った。ビッフィにはアルベルティーニ枢機卿を推す気持ちなどさらさらなく、自分が意のままに操れる人物を教皇につけたいだけなのだ。トレリは、アルベルティーニ枢機卿の無欲なやさしい眼差しを思い浮かべた。あいかわらず背筋をぴんと伸ばし、規則正しい禁欲的な生活を送ってはいるが、年齢からくる衰えは隠しようもない。もっとはやく気づいていたら、アルベルティーニさまの貴重な時間をこんなふうに空費することはなかったのに……。

今度こそ、はっきりビッフィ枢機卿と訣別しなければ——トレリは日頃の怖れも忘れてビッフィ枢機卿の執務室のドアをたたいた。枢機卿は車いすのなかから、薄笑いをうかべて暗緑色の眼でじっとトレリを見上げた。

「なぜ来られたのか承知しておりますよ。もっと早くいらっしゃると思っておりましたが、あなたは案外忍耐強い方のようですな。コンクラーベの前にお見えになれば良かったのに。さあ、おかけください。あなたは私が約束を違えたと考えておられる。そうでしょう。初めに言っておきますが、私はあの約束を忘れてはおりません。アルベルティーニ枢機卿の支持を固め、時期をみて動く、そう最初に申しあげた通りです」

「ですが……」トレリは不信感を露わにした。「アルベルティーニさまに比べたら、失礼ながらベルナール枢機卿は数段劣る方だと言わざるをえません。ヴァチカンの誰もが、あの方はとうてい教皇の器ではないとささやき合っております。なぜ、今回、アルベルティーニ枢機卿を推してくださらなかったのですか。皆はもうアルベルティーニ枢機卿にチャンスはないと噂していますす」

「まあ、そう興奮なさらずに。見ていてください。すぐに時が巡ってきますよ」


——あの時点で、もしかしたらビッフィ枢機卿と縁を切るべきだったのかもしれない。ビッフィは、自分などがとうてい知るよしもない怖ろしい力と結びついているに違いなかった。ビッフィの「予言」は的中し、俗物リオン・ベルナールの命はあっという間に尽きた。トレリはその死因について考えることを自分に禁じた。そして、アルベルティーニ枢機卿の事だけを考えた。しかし、心のうちにわずかに芽生えた希望も、ハーニー・アマル枢機卿が教皇に選出されたことで潰えてしまった。

トレリは、今度ばかりはビッフィ枢機卿に物を言う気持ちも失せていた。あの爬虫類のような男とは二度と口をききたくなかった。周囲はもう、アルベルティーニ枢機卿を完全に〝終わった人〟とみなしていた。

ビッフィ枢機卿から呼び出しがあったのは、ハーニー・アマルが着座して半月ほどしたころだった。今さらどんな言い訳をするつもりなのかと、冷めた気持ちで執務室を訪れたトレリを、ビッフィ枢機卿は上機嫌と言っていいほどの態度で迎え入れ、ソファをすすめた。

「いよいよです。ソテル二世を退位に追い込める材料が手にはいりそうです。やっとチャンスが巡ってきました」

「おっしゃる意味がよくわかりません。それに、退位など……、今さら何をどうされようというのです」トレリは憮然として答えた。

「それはまだ申しあげることができません。ただ、あなたには心の準備をしていただきたいと思って申しあげました」

「お言葉ですが、もし、退位させるべき教皇がいたとしたら、それはあのリオン・ベルナールだったのではありませんか。彼には山ほどいかがわしいことがあった」

「いかにも」

「では、なぜ今になって」

「今だからこそですよ。リオン・ベルナール、つまりグレゴリウス十七世のスキャンダルを暴いたとて、世間はさして驚かなかったでしょう」

「……？」

「わかりませんか。人気絶頂のソテル二世だからこそ意味があるのです。ソテル二世側の受けるダメージは計り知れません」

トレリの頭にぼんやりとひとつの考えが形づくられてきた。

「で、ですが、それはカトリック教会の受けるダメージでもある」

「たしかに、ある程度のイメージダウンは避けられないでしょう。それくらいの痛みは引きうけねばなりません。ですが、これはカトリック教会というより、純粋にソテル二世個人にかかわるスキャンダルです。トレリ司教、世間や信徒たちにそう思わせることなど簡単ですよ。〝聖ハドリアヌスの殉教〟を覚えておいででしょう。いいですか。カトリック教会は今度こそ、清廉潔白で教会の普遍的価値を体現する人物、つまり、アルベルティーニ枢機卿のような指導者を待望するようになる。あなたはこのチャンスを逃すつもりですか」

ビッフィ枢機卿は危険だ、これ以上関わりを持つべきではない……トレリの理性は激しく警鐘を鳴らしていた。しかし、一方で、アルベルティーニ枢機卿が教皇の座につけるのはこれが最後のチャンスだということもわかっていた。そしてトレリは、何をおいてもそれを実現させたかった。

……そして、自分はビッフィとともに堕ちる道を選んだのだ。

トレリはアルベルティーニ枢機卿の隣の席に移り、熱心にささやき続けた。

「枢機卿さまが教皇になられるのを、多くの聖職者や信徒が望んでいました。今回、私たちはどんなに落胆したことでしょう。いえ、落胆などという言葉ではとうてい言いあらわせるものではありませんでした。しかし、われわれには気落ちしている時間などありません。これは危機です。私たちはみな、カトリック教会がこれまでにない危機の時代に突入したと認識しています。そして、なんとしてもカトリック教会を正しい道にひき戻したいと願っております。アルベルティーニさま、もはやじっと成りゆきを見守っている時は過ぎました。アルベルティーニさまにもわれわれとともに行動を起こしていただきたいのです」

アルベルティーニは、激しさを増した雨の音をしばらくぼんやり聞いていたが、ぽつんとつぶやいた。

「教会はどこに向かおうとしているのかの……」

「それです。まことに憂慮すべき状況です。せめてハドリアヌス七世聖下がもう少しご存命であったら……」

「そうだな。たしかにあの頃は希望がもてた。それが…、神のなさることとはいえ、私もどんなに……」

「こう申し上げてはなんですが、ベルナール枢機卿、いえ、グレゴリウス十七世聖下があれほどの短期間で逝去されたことは、むしろ教会にとって救いだったのではないでしょうか。やはり、教皇になるべき方ではなかったと……」

「いや、トレリ司教、それは違う。教皇を選ばれるのは神なのだよ。神のなさることに誤りはない。われわれは神の意志が正しく働かれるように、祈りをもって投票にのぞむだけだ。私はグレゴリウス十七世の選出に際しても、神の意志が働かれたことに疑いをもったことはない」

「はい…申し訳ありません。聖職者でありながら、このようなことを口にするとは——。私はいまあらためて思いを強くしております。カトリック教会を正しい道に導くことができるのは、やはりアルベルティーニさまをおいてほかにはありません」

「いや、トレリ司教、きみたちの期待は感じておるが、私はもう老いた。いまさら何ができよう。ハーニー・アマルは立派な人物だよ。私は彼をよく知っておる。この手で司祭に叙階したのだから。だいいち、まだひと月しかたっておらんのだ。なぜそんなに急ぐ」

「たしかに着座されてまだひと月ですが、じつは、ソテル二世は第三ヴァチカン公会議の開催を計画されています。ご存知のようにソテル二世は、司祭の妻帯と避妊について非常に新しい考えをお持ちです。女性司祭に関しても基本的には賛成でおられます。会議が開かれれば、これが主要な議題に上ることは間違いないでしょう――教会にとっての長い間の懸案でありましたから。いまカトリック教会は劣勢を挽回しようと必死です。世が教会に合わせるのではない、教会が世に合わせるのだと考える者も大勢います。でも、アルベルティーニさま、こうした方向にカトリック教会が進むのは果たして正しいことなのでしょうか」

枢機卿はシートから背中を起こした。

「私はむろん、司祭妻帯も女性司祭も神の意志にそうものでないと信じておる。議論の余地のないことだ。世間ではこれらを認めないことが、カトリック教会の衰えの原因だと主張する者もいるが、それはちがう」

「仰せの通りでございます。ですが、このごろはその根拠を示せという者も多いようでございます」

「ばかな。教会の伝統に照らせばそれは明らかだ。そもそもイエスは男性だった。そしてイエスが選ばれた使徒も男性だけだ。マリアでさえ司祭ではなかったのだぞ。パウロも言っている――

婦人は静かにまったく従順に学ぶべきです。婦人が教えたり、男の上に立ったりするのを私は許しません、とな。パウロ六世の一九七七年の回勅にも、『われわれの主は男性なので』女性は聖職に就くことができないと述べられておる。ヴァチカン宣言にもあるようにこれは教会の打ち破ることのできない伝統、神による計画なのだ」

アルベルティーニ枢機卿の語気が荒くなった。トレリはもう一押しした。

「若い司祭が還俗するケースが多いのも大きな問題となっておりますが、それを食い止めるには司祭の妻帯を認めることも必要だとの考えがひろがっています」

「それも見当違いだな。近頃の司祭には修行という面が足りぬ。司祭になるときの覚悟も足りぬのだろう」

「ですが、じっさいのところ、還俗の理由の大半は、女性です。ほとんどの司祭が結婚のために職を離れているのです。今から五十年前の一九六〇年代にすでに、八千名以上の司祭が特免を申請して聖職を離れています。加えて、許可を待たずに去った者が三千名いたとのことです。その後、この半世紀間に状況がさらに悪化していることは言うまでもありません。神がわれわれにお与えになった欲求のひとつである性欲を抑えつけようとするのが、そもそも自然に反することであると分析する者もいます」

「ふむ…その数字をすべて丸のみにするのはどうであろうな。むろん、神はわれわれにすべてを恵みとしてお与えになった。すべてを、な。だが、性欲はなんのために与えられたのか——人間の肉の楽しみのためではない。そもそも結婚とは子を産み、育てるためのものだ。アウグスティヌスは放縦の生活ののちにこう言ったではないか——性欲こそ生まれながらに備わった悪、悪魔のような性器の興奮はアダムの原罪の証しであるとね。セックスとは本質的にあさましく、見ぐるしいものだ。キリストにしたがう最良の方法が独身だということを、きみも知っているだろう。現代のように、人工的手段によって避妊することが、いかに神の意志に反することであるかはいうまでもない。還俗の問題と、妻帯の問題は離して考えるべきだと私は思うね。もし第三ヴァチカン公会議が開かれるというなら、私は自分の考えをきちんと話すつもりだ。おなじ考えを持つ者も少なくないと思うがの」

「アルベルティーニさま、お言葉ですが、現状はもう少し厳しいと存じます。ソテル二世聖下は着座されてまだ日が浅いですが、自由でリベラルな人物として、世界中の期待を集めています。評判は日ごとに高まり、このまま行けばやがてかつてのハドリアヌス七世をしのぐでしょう。ヴァチカンのなかでも外でも人びとは改革を望んでいます。このまま待っていれば、この流れを止めるのが難しくなってしまいます」

「止めるといってもな……」

「アルベルティーニさま、教皇ソテル二世の進む方向は本当に神ののぞまれるものでしょうか。われわれ人間は弱い存在です。あまりに弱い存在です。だからこそ、教会による強力な指導が必要なのです。いま、ソテル二世のもとで第三ヴァチカン公会議が開かれてしまったらもう後戻りできなくなります。どうぞ、カトリック教会を守るために、われわれと行動を共にしてください」

「いったい、きみたちはどんな計画をもっておるのだ」

「はい。何度も申しておりますように、私たちはアルベルティーニさまが教皇になってくださるよう常に祈って参りました。ですが、ソテル二世は五十四歳にして壮健。あと二十年、ひょっとしたら三十年も在位される可能性があります。ならば、早期に教皇ご自身が退位を表明されるしかありません」

「退位？」

「はい」

「何を言う。退位などありえんぞ」

「たしかに、現状では」

「むろん、制度上は教皇の退位は認められている。しかし、それにはよほどの理由が必要だ。彼に退位せねばならぬどんな理由があるというのだ」

「ですから、われわれとしては、ソテル二世が退位を表明せざるをえない状況にもってゆかねばなりません」

　アルベルティーニ枢機卿のくぼんだ眼窩の奥がするどく光った。

「何を考えておるのだ」

「アルベルティーニさまは、モース枢機卿をよくご存知でいらっしゃいますね」

「モース？　フランソワ・モースか。ああ、ヴァチカンで十年一緒に働いた」

「モース枢機卿はある重要な情報をもっています。わたしたちは、その情報を入手したいと考えています」

「情報？　モースが？」

「さようでございます」

「あのモースがか？　どういうことだ。カナダで隠退生活をしているはずだぞ」

「はい、そうです。ですが、モース枢機卿は、考古学上のある重要な発見に関係しておられます」

「考古学の発見だと？　ますますわからん。だいいち、その発見と今の話となんの関係がある」

「関係があるかどうかは発見されてみなければわかりません」

「トレリ司教、要点を言ってくれ」

アルベルティーニ枢機卿は苛立ち始めていた。

「はっ、申し訳ございません。重要なのは、ソテル二世が早期退位を表明するような状況にもってゆくことです」

「ふむ。そこまではわかった。で、モースがそれに関する情報を持っているというわけか」

「まあ、そういうことになります」

「トレリ、はっきり言ってくれ」

「じつは、モース枢機卿の情報とひき換えに、ある人物からソテル二世に関連する情報を得ることになっております」

「……ある人物といったな」枢機卿はするどくたずねた。

「はい」

「では、これに絡んでいる人間がほかにもいるのだな」

「アルベルティーニさまは次の教皇になっていただく方です。どうか、このようなことはわれわれにおまかせください。ただ、ひとつだけ、アルベルティーニさまにお願いしたいことがございます。カナダでモース枢機卿にお会いいただき、なんとかその情報をさぐっていただきたいのです」

「モースがもっている情報をさぐれというのか……。しかし、私は不正なことはゆるさんぞ。それに、モースを裏切るようなこともしたくない」

「いいえ、決して裏切るわけではありません。われわれが得た情報によれば、モース枢機卿はご自分の役割に気づいておられない。つまり、利用されているのです」

トレリは最後の言葉を強調した。枢機卿の目が黒く光った。

「モースが利用されていると？」

「さようでございます。おそれながらモース枢機卿は、ご自分も知らぬまに重要な役割を担わされておられます。おそらくそれはパスワードに関するもののはずです」

「パスワード……」

「はい。どうやらソテル二世側はなんらかの重大情報を入手した模様なのです。パスワードもそれにかかわるものであるはずです。これがどんな形でモース枢機卿に託されたかはわかりません。枢機卿に届いた手紙や本、あるいはさりげなく手渡された贈り物といったものに紛れ込んでいるかもしれません。アルベルティーニさま、このことを知ったら、モース枢機卿もわれわれの側についてくださるのではないでしょうか」

「ふむ、そうかもしれん。しかし、そうでないかもしれん」

「ですが、すくなくともモース枢機卿はご自分が利用されていることを知るべきではないでしょうか」

「利用されているのだとすれば、な。あとは彼が決めることだ」

「もちろんです。なんの強制もありません。アルベルティーニさまには、モース枢機卿とお話しいただき、ヒントとなる事柄をそれとなくさぐっていただきたいのです。とくに最近、枢機卿の身辺になにか変わったことがなかったかどうかについて」

「ふむ……モースと話すのはかまわん。が、パスワードなど私はわからんぞ。うまくいくとは思えんがの」

「ええ。けれども、アルベルティーニ枢機卿さまにしか、このことはお願いできないのです」

「それはどういうことだ」

「じつは、モース枢機卿は一週間ほど前、手首を骨折され手術をおうけになりました。現在はバンクーバーのセント・ポール病院に入院していらっしゃいます。ところが、キュート大司教の意向で、誰もモース枢機卿に面会できない状態になっています。そこでアルベルティーニさまには、お見舞いという形でお訪ねになっていただきたいのです。アルベルティーニさまでしたら面会がかなうはずです」

「モースが骨折したと？　それは誰かが仕組んだことなのか」

「私どもも最初はそれを考えました。しかし、われわれが知りえたかぎりではこれはまったくの事故で、モース枢機卿以外にその場にいた人間はおりません。なんでも、朝、ベッドから落ちたとのことでございます」

　枢機卿は眉のあいだに皺をよせて考えこんだ。

「じつはモース枢機卿はヴァチカンに召還されることになっておりました」

アルベルティーニは顔を上げた。

「召還？　理由は？」

「教皇の聴聞司祭としてです」

「そうか。聴聞司祭としてモース以上の人物はおらんだろうな」

「実際は、他の理由であるかもしれません。しかし、骨折というアクシデントで、モース枢機卿はしばらくカナダにとどまらざるをえません。われわれとしては、枢機卿がヴァチカンにやってくる前のこの機会を利用するしかないのです」

10

バンクーバー行き機内　3月1日昼

機体整備のため三時間遅れで離陸したフランクフルト経由バンクーバー行きのエア・カナダ機は、アルプス上空にさしかかったところだった。翼で視界がさえぎられてはいるが、それでもユーセフの座席から、陽の光を反射したアルプスの勇壮な姿がちらりと見えた。

ユーセフはさりげなくあたりに目をやり、自分に注意を向けている者がいないか確認した。客席は八割方埋まっていたが、そんなことをしてみるのがばからしく思えるほど機内は平穏そのものので、乗客たちの大半は本を読んだり、ヘッドフォンをつけて目を閉じたりしている。ユーセフのとなりの席の中年の白人男性は、さっきまで旺盛な食欲をみせて機内食を平らげていたが、いまは太いいびきをたてて眠りこけている。客室乗務員が婉然たる笑みをユーセフに投げながら通りすぎていった。

ユーセフは襟元に手をやってネクタイの結び目をゆるめた。髪にくしをあてスーツなど着ているのも、落ちつかない気分の一因だろうか。ユーセフは右手でスーツの胸をおさえ、内ポケットに入れてきた腕時計の感触をたしかめた。およそ十二時間後にバンクーバー国際空港に到着する。しかし、そこに迎えにきているという人物については名前しか教えられていない。


いったいどうやってその人を見つけろというのです、と迫るユーセフに、大司教は片目をつぶってみせた。

「心配ない。向こうから接触してくる。名前はゼノビア・アンタール。とびきりの美人らしいぞ」

こういう時のアジールは始末がわるい。本心は心配なのに、わざと自信ありそうな態度を見せる。ここ数年のつきあいで、大司教が大胆さと繊細さを併せ持ったこまやかな感性のもちぬしであり、ことにユーセフのこととなるといつもの冷静さがやや怪しくなることを知っていた。アジール大司教の血色のよい大きな顔を見ながら、ユーセフの心配はつのるばかりだった。いや、むしろ、何を心配したらいいのかさえわかっていないといった方がいいだろうか。

フィウミチーノ空港へと車を走らせる大司教の隣で、ユーセフはけさ早く国務省長官スタッフォード枢機卿の電話をうけてからのことをこまかく思い返してみた。あの奇妙な会議。そして、おとぎ話かスパイ映画に登場しそうな古文書。そもそも、どうしてそこに自分が加えられたのか――。

　あのとき、参加者がめいめい協力を表明したあと、ラシド総主教はずんぐりした身体を大儀そうに動かして立ち上がった。

「みなさま方のご協力を得られることになりまして、私からも心からお礼を申し述べます。みなさま方のお力なくしては、とうていこの使命を果たすことはできまいと危惧しておりました。ベンヤミン院長もさぞやお喜びにちがいありません。ただ、私としては、同志ザヘルを守ってやれなかったこと、まことに慚愧にたえません。どうかみなさま方もくれぐれもご用心くださいますように」

　総主教はそれきり沈痛な面持ちで椅子にしずみこんでしまった。

　それが合図となったかのように、スタッフォード枢機卿が時計を見た。ソテル二世が肯き、ユーセフに呼びかけた。

「ユーセフ、時間だ。きみにはこのあとの便に乗ってもらわねばならないのだよ」

　便？　ユーセフは面食らった。隣のアジール大司教はすでに立ち上がりかけている。

「行こう。アパートに戻り、出発の準備をするんだ。いいか、ユーセフ、教皇さまがきみをメンバーに選ばれたのだぞ」

「ユーセフ、きみの任務が成功したら、われわれは次の段階に進むことができるのだ。たのんだよ」

　ソテル二世が言った。その声を背に、ユーセフはアジールにせき立てられるように部屋を出た。

外に出ると目立たないグレーの小型車が用意されていた。ふたりはそれに乗って、ほんの二時間前に後にしたアパートに引き返した。あわただしく出てきた部屋は、ベッドもクロゼットもくしゃくしゃのままだ。

ユーセフがしかたなくベッドの下から古びたスーツケースを引っぱりだそうとすると、大司教が制した。

「いや、それはまずい。きみは今から実業家になるんだ」

「なんですって？」

「まず着替えだ」

いつのまにか大司教は大きなボストンバッグを手にしていた。なかにはピンストライプの濃紺のビジネススーツがひとそろいと革靴が入っていた。

「君はカナダでレバノン料理レストランの出店を計画しているビジネスマンだ。今回の渡航目的はさしずめ現地調査というところだな。いいか、きみの任務は、ある人物をヴァチカンに連れてくることだ。フィアンセと一緒にな。新しいパスポートと必要書類もここにそろっている。ほう、さすがだな。ヴァチカンはこれをみんな一晩で用意したらしい」

大司教は感心してパスポートの写真を眺めた。その写真をちらと見てユーセフは気分が悪くなった。

「メガネをかけるんだな。たぶん鞄に入っているはずだ。君は向こうで、ある女性に会う。われわれの仲間だ。以後の指示は彼女が伝えることになっている」

「向こうとは？」

「言わなかったかね。バンクーバーだ」

「レバノン料理レストラン？」

「そういう設定だ」

「いったい……」

「聞くな。なんだっていいんだ」

大司教は顔の前で手を振った。

「まってください。これは例のマレオティス・プロジェクトの一環なのですよね」

大司教は当たり前のことを聞くなとばかりに目をむいた。

「大司教、だいたい、プロジェクトのことをなぜもう少し前に教えてくれなかったのですか、ぼくはこんな風に――」

「さっき聞いただろう。急に決まったんだ。私だって知ってることはきみと大して変わりはない」

大司教は議論は無用だとばかりにそっけなく言った。

「ある人物とは誰なんですか？　フィアンセってどういうことですか？」ユーセフはくいさがった。

「きみはこのプロジェクトに欠かせない人物をヴァチカンまで連れてくることになったんだ。彼は老いた枢機卿で、いまはバンクーバーのセント・ポール病院に入院している。いいか、ユーセフ、どうやら昨夜の事件で枢機卿の身も安全とは言いきれなくなったらしい。それで事が早まった。枢機卿はこのプロジェクトのキーパーソンのひとりだそうだ。きみたちは身分をかくし、枢機卿をヴァチカンに移送するのだ。ユーセフ、おそらく何者かがこのプロジェクトを狙っている。君はローマに来て日が浅いし、ほとんど顔を知られていない。が、用心にこしたことはない。レバノン料理レストランも、フィアンセも、ま、カモフラージュのひとつだ」

ユーセフは呆気にとられ、次にからかわれているのではないかと思った。

「こっけいに感じられるかもしれないがね。私もこれがあとで笑い話になればいいがと思うよ」

大司教はそっとため息をつき、スーツを着るよう身振りで指示した。ユーセフはポロシャツとジャケットを脱ぎ、光沢のある絹のシャツを手に取った。手のひらに吸いついてくるしなやかな生地だ。ネクタイを結ぶのに苦労しながら懸命に自分がおかれている状況を理解しようとした。

「正体をかくし、偽のパスポートを使ってレバノン人ビジネスマンとしてカナダに行くということですね。そして婚約者なる女性と一緒に枢機卿を、それとわからないようにヴァチカンに連れてくる。……どうやらぼくに選択の余地はないようですね。よくわからないけれども、ぼくなどがこのプロジェクトに加えていただいたのもきっと名誉なことなのでしょう」

「皮肉を言うな。きみ自身、さっき教皇さまにイエスと返事をしたじゃないか。なあユーセフ、安全のためにはよけいなことはむしろ知らない方がいいということもある。言い方は悪いが、きみも私もすでに巻き込まれたんだ。さっきの会議でわかっただろう。私だって初めて知ることばかりだった。信じられない気持ちは一緒さ。きみとたいして違わないんだ。だが、プロジェクトはすでに動き出している。そしてきみがバンクーバーから枢機卿を連れて来なければ先に進めないことも確かだ。ともかく、あっちでの動き方については、向こうで聞いてくれ」

ユーセフは質問と抗議をのみこんだ。口に出したところでどうにもならない。大司教が言う通り、たしかにもうプロジェクトは動き出し、自分もその歯車のひとつに組み込まれたのだ。少なくともアジール大司教は愚かな判断はしない。彼はリアリストだ。そして、大司教はソテル二世を心から信頼している。今は言われた通りにするしかない。

11

ヴァチカン　3月1日昼

マイケル・スタッフォード枢機卿は何度か短い返事をして携帯電話を切った。教皇執務室にはもう昼の太陽がさしこんでいる。朝の会議のあと通常業務をこなしたスタッフォード枢機卿は、小さなテーブルにソテル二世と向かいあってすわり、軽い昼食を取りおえたところだった。

「アジール大司教からでした。ようやく離陸しました。三時間遅れだそうです」

「行ったか。うまくやってくれることを祈ろう」

「大司教とエリー・ハビブ院長がもっとも期待している青年です。私も先日、彼とサン・ピエトロ広場で話しましたが、なかなか良い青年です」

「ああ。無事にモース枢機卿を連れてきてくれるのを待つとしよう。レバノンの方は？」

「あちらも順調です」

「名前はなんといったかな」

「ナディア・アンタールです。彼女のこともハビブ院長が太鼓判を押しています」

「それなら安心だ」

ソテル二世はぶらぶらと窓際まで歩き、大きく伸びをした。

「少しお休みになったらいかがですか。今日はこのあと少し余裕がございます」

スタッフォード枢機卿は教皇の背中に声をかけた。

「なに、だいじょうぶさ。きみの方こそ昨日は徹夜だろう」

「いえ、徹夜したのはエヴァンズです。私は少し眠りました」

「そうか。おたがい辛抱だな。しばらくは気が抜けぬ」

「ザヘル師のことはお気の毒でした。お察し申し上げます」

スタッフォードは事件以来、なかなか言う機会がなかった言葉を口にした。

「ありがとう。だが個人的な気遣いなら無用だよ。われわれがひるまずにプロジェクトを成功させることを、彼も望んでいるにちがいないさ」

ロフティ・ザヘル修道士は、アレクサンドリア時代からのソテル二世、いや、ハーニー・アマルの親友であった。ザヘルとの出会いについて誰かに聞かれるとき、アマルはいつもこう答えた。「生後一週間めの日だよ。われわれは同じ日に生まれたんだ。洗礼式で一緒に水をかぶったときからの同志さ」

親同士が親しかったこともあり、アレクサンドリアでは同じ学校に通い、長じてからはエジプトにおけるコプト教会をとりまく困難な状況について熱く語り合う仲になった。明るく開放的なアマルとちがい、ザヘルは思慮深く物思いにしずむタイプだった。性格の違うふたりがどうしてこんなに気が合うのだろうねとよく言われたが、むしろ違うからこそふたりは互いに尊敬しあっていた。

昨夜、ザヘル修道士がアレクサンドリアの修道院の裏庭で撃たれたという知らせを伝えにきたのは、スタッフォードだった。弾は急所をはずれたというものの、ザヘルの意識はまだ戻らない。

「事件の調査は難航しているようです」スタッフォードが硬い口調で言った。

「うむ。修道院としても、古文書の件は伏せておきたいだろうしな」

「ラシド総主教のお話では、最近ザヘル師は不安そうで、ときどき誰かに見張られているようだとおっしゃっていたそうです。また、数日前にはザヘル師のＰＣが盗まれまして、まだみつかっていません。さいわい、師は非常に用心深くしておいでで、パソコンにはプロジェクトに関するデータはいっさい入れておられなかったそうですが。しかし、これらは、昨夜の襲撃事件と無関係ではないでしょう」

「そうだろうな……」

「相手は誰なのか、われわれの動きがどこまでつかまれているのか——。万一、ユーセフまでも追ってくるとしたら、こちらの動きをそうとう正確に知っていると考えねばなりません」

「ふむ……。枢機卿、われわれを快く思わない人びとがヴァチカンのなかにいるのは事実だ。私を失脚させる機会を虎視眈々と狙っている人間がいることを、きみなら知らぬはずはない。どんな小さなことであれ、われわれの不利になる材料を必死になってさがしている連中もいる。マレオティス・プロジェクトがあろうとなかろうと、われわれの一挙手一投足は、つねに見られているのだ。なあ、枢機卿、ヴァチカンとはいつからこんなところになったのかね。——いや、これは愚問というものだな。きみは先々代からここにいて、ヴァチカンの中をつぶさに見てきた。きみにはよくわかっているだろう、人間とはこういうものだ。ヴァチカンだけが例外なのではない」

「はい。仰せの通り、ヴァチカンはおそらく地上でもっとも人間くさい場所であろうかと存じます」

ソテル二世はスタッフォード枢機卿のめったに感情を表わさない顔をあらためて見た。スタッフォードは人間の弱さをよく知っている。しかし、彼はそのことに必要以上に絶望したりはしない。ソテル二世はスタッフォード枢機卿の額に深く刻まれたしわをみつめ、このアメリカ人の枢機卿がどんな人間の地獄を見てきたのだろうと考えた。

「たしかにきみの言う通りだな。なあ、そもそもコプト教会の歴史は古い。そのあいだ、古文書や《守護者》の秘密というものが、われわれが信じるほど完全に保たれてきたのだろうか。そこに秘密があれば、知ろうとするのが人間というものの常だ。その気になって調べれば、どこかにアレクサンドリア図書館のたどった歴史の痕跡が残されていたとしても不思議じゃない。われわれとは別に、その痕跡を発見した者がいて、動いている可能性だってある」

「あるいは、われわれのプロジェクトをかぎつけた誰かがです」

「そうだな……ま、そう考える方が現実的だな」ソテル二世はあっさり認めた。「ともかく、モース枢機卿が無事にヴァチカンに到着するのを待とう」

「ええ、うまく事を運んでくれるのを祈るしかありません」

ふたりはしばらく黙りこんだ。

「うかがいたいのですが――」スタッフォード枢機卿は、かすれ声で切りだした。「第二と第三の《徴》はなんだったのでしょうか。さきほど総主教はそれについてはおっしゃいませんでしたが」

「おや、そうだったかな?」

そのときノックの音がして、ノートパソコンと書類を手にしたエヴァンズ神父が現れた。

「今朝の会議の記録をお持ちしました……」

エヴァンズは、部屋にスタッフォード枢機卿がいるのに気づくとそのまま下がろうとした。

「やあ、エヴァンズ。きみこそ不眠不休のヒーローだな。ありがとう。はいってドアをしめたまえ」

エヴァンズはスタッフォード枢機卿に一礼して部屋をよこぎり、書き物机にパソコンと書類をおいた。若いとはいえ、さすがに疲れた様子で目がまっ赤だ。

「いま、第二、第三の《徴》について話そうとしていたところだ。ちょうどいい、きみもそこにかけなさい」

エヴァンズは遠慮したが、ソテル二世はエヴァンズの肩に両手をおいてむりやりソファに座らせた。

「昼食もまだだろう。きみがダウンしたら大ダメージだ。いま、何か運ばせよう」

ソテル二世は自分で厨房に電話をかけて、サンドイッチと温かいスープ、そして三人分の新しいコーヒーを頼み、枢機卿にもソファを勧めた。そして、ふたりに向き合ってすわり、両肘を膝の上につき、しばらくそうして手のひらにあごをのせていた。

「さてと。では第三の徴からいこうか。《世界のことばを集む円筒現る　されどその内面は虚ろなり》。きみたちは、二〇〇二年に開館した新しいアレクサンドリア図書館のことを知っているかい。あれは、かつて古代アレクサンドリア図書館があった場所に再建されたんだ」

ソテル二世は立って、デスクの引き出しを開け、大きなカラー写真をひっぱりだした。

「これが現代のアレクサンドリア図書館だ。エジプト政府は最終的にはここに八百万冊の蔵書をあつめる計画だという。設計したのはノルウェーのスノーヘッタという小さな設計事務所だ。これを見て何か気づかないか」

スタッフォード枢機卿とエヴァンズ神父はローテーブルにおかれた写真のうえにかがみこんだ。ゆるやかにカーブするコンクリートの外壁の表面には、全体に細かな模様が刻まれている。建物の上部はするどい刃物でスパッと斜めに切りとったようなデザインで、いかにも現代建築風だ。まるで、巨大な杭が地面に無造作に打ちこまれているような……エヴァンズがはっと息をのんだ。

「気づいたかい？」

「はい。これはまさに《円筒》ですね」

「なるほど。たしかに円筒形だ。これまで気づかなかったのが不思議なくらいだ。しかしこの、建物の表面に見える模様はなんでしょうか」

スタッフォード枢機卿は、眼鏡をはずして写真に顔を近づけた。

「壁面に刻まれているのは、世界中の言語だそうだ。英語、フランス語、ドイツ語、日本語、アラビア語、中国語……、あらゆる言語だ」

「なるほど。つまり《世界のことばを集む》というわけですね。そしてたしかに《その内面は虚ろ》だ。この現代アレクサンドリア図書館の書架に並んでいるのは、かつてアレクサンドリア図書館を充たしていた蔵書ではないのですから」

スタッフォード枢機卿は顔を上げ感心したように言った。

「そういうことだ。想像するに、ベンヤミン院長は聖マルコによってあるヴィジョンを見せられたのだろうな」

「《守護者》はアレクサンドリアに建設されたこの新しい図書館にすぐ気づいたでしょうか」とエヴァンズ。

「もちろんだ。エジプト政府とユネスコが、現代にアレクサンドリア図書館を甦らせる計画を思いついた時点から注目していた。そして、コンペで優勝した設計デザインを見たときには驚いたそうだ」

「よくわかります」

「そういう意味で第三の徴の識別は《守護者》にとってそう難しいものではなかった。さて、つぎは第二の徴だ。ベンヤミン院長の言葉はこうだ。《秘められし漆黒の宝　東方より狼の丘に現る》。きみたちはこれをきいて何を想像する?」

ソテル二世はふたりの顔を代わる代わるのぞき込んだ。

「狼の丘という言葉は、ロムルスとレムスの伝説を思い出させますね――」エヴァンズが答えた。「有名なローマの伝説上の建国者とされる双子の兄弟です。彼らは生まれてすぐにテヴェレ川に捨てられましたが、牝オオカミに育てられ、やがてローマ市を建設したといわれます。ローマにはたしかに七つの丘がありますし」

エヴァンズ神父は同意を求めるようにスタッフォード枢機卿を見た。

「ええ。私もそれを考えました。つまり、ローマの七つの丘に漆黒の宝が現れる――。そこまではわかります。しかし、この漆黒の宝とはなんでしょう」

「《守護者》も最初からローマの丘に注目していたようだ。ベンヤミン院長だってもちろんローマ建国にまつわる伝説を知っていたに違いないからね。そして昨年暮れ、カピトリーノの丘であるものが発掘された。たいした話題にはならなかったからきみたちの記憶にはないだろうが」ソテル二世の灰色の瞳が躍った。「ジェットという言葉を聞いたことは?」

スタッフォードもエヴァンズも首を振った。

「太古の昔、二億年ちかくまえの流木の化石をジェットというそうだ。黒琥珀とも呼ばれるらしいから一種の宝石と考えてもいいのだろう。イギリスのヴィクトリア女王が愛用して大流行したらしい。古くはローマ帝国でも使われていた。そのころは、心をいやす作用があると信じられてロザリオに加工されることもあったそうだ。昨年十二月、カピトリーノの丘からこの古代ローマ時代のロザリオが発掘された。それがこの写真だ」

ソテル二世はもう一枚のカラー写真を、アレクサンドリア図書館の写真とならべてみせた。

「品質の良いものは、磨き加工をほどこすことができるほど硬いそうだ。このロザリオもとても流木でできているとは思えないだろう」

ふたりともじっと写真を見つめていた。ロザリオの表面はなめらかで落ち着いた光を放ち、このままサン・ピエトロ広場の売店で売られていても、違和感がないだろう。十の玉ごとの区切りには、少し大きめのジェットを花びらの形にカットしたものが配置されている。

「みごとなものです。ずいぶん価値のあるものなのでしょう」スタッフォード枢機卿が感心した声で言うと、エヴァンズも肯いた。「それに、長いあいだ地中に埋もれていたわけですから、秘められたという表現もぴったりですね」

「ロザリオを分析した学者によると、このジェットは一億八千年前の流木だそうだよ。そして、産地は地中海東岸地方と推定される」ソテル二世は目の前のふたりがこの話を完全に呑みこむまで待っていた。「そうだ。《守護者》はこれを漆黒の宝と識別したんだ。そんなわけで、《守護者》は先日のコンクラーベが始まった時点ではすでに二つの《徴》を手に入れ、三つ目の徴——それはベンヤミン院長の第一の《徴》に相当するものだが——その実現を待っていたんだ。あとは今朝、ラシド総主教が話してくれた通りさ」

12

日本　3月1日

東京郊外の丘陵地帯に建つログハウスのなかで、十三人の男女が足を組み瞑想していた。窓のない部屋の中央部には、二十本のろうそくが円形に据えられ、ゆらめく影を壁になげかけている。ろうそくが作る円の中心には、ダチョウの卵によく似た白っぽい石が、クリーム色の絹のクッションに載せられていた。石は内側からぼんやりと光をはなち、もし触ってみたら、体温ほどの温かさがあることがわかるだろう。

宗教家ヨハン・モーゲンソーが東京から二時間あまり離れたこの荒れ地を新たなる聖地と定

め、一帯の土地を購入して自給自足可能な耕地と牧場をととのえたのは十年まえのことだった。モーゲンソーはそれまでにインドとカナダにひとつずつ支部を所有していたが、それらはビルの一室を賃借りしたものにすぎなかったので、日本のこの施設が名実ともに彼の教団の中枢となった。

その後、周囲には開発の波がおしよせたが、シラカシの生け垣が高さ五メートルに達する緑の城壁をなして敷地の四方を囲み、土地に古くから住む一握りの人間をのぞけば、このような施設があると知る人はほとんどいなかった。

十年前にはひとつだけだったログハウスは、いまは大小あわせて十五に増えていた。

もっとも古くかつ最大規模の建物は「聖堂」と称された。大きく軒が張りだした八角円堂で、一見して、かつてモーゲンソーが心酔した聖徳太子の夢殿を意識したものであることがわかる。聖堂の中央部には聖なる石を安置した祭壇があり、それを囲むように十三の居住スペースが配置されて、二十四時間交代で石を守っている。ここが教団施設のもっとも神聖なエリアであった。

モーゲンソーの住居は聖堂と長い回廊で結ばれた、ずっとコンパクトな八角形の構造で、こちらは教団精鋭のセキュリティ部隊が二十四時間態勢でガードしていた。そして、この二つの建物と正三角形をなす位置に、この施設で二番目に大きな建造物があった。これだけは他とはまったく異なる無機質なコンクリート造りで、屋上には巨大なパラボラアンテナが設置され、教団の情報収集と発信の役割を担っていた。

現在、ログハウスに居住する信徒は男女あわせて約三百人。なかでも、救いの道を真摯に求め、崇高な目的のためにはどんな犠牲もささげる覚悟があることを自らも表明し、モーゲンソーからも認められた教団のエリート十三名には「使徒」の位が授けられた。彼らは聖堂内に住むことをゆるされ、一般信徒とは異なるさまざまな特権を与えられた。さらに、彼らのなかで最古参の信徒であるネパール人のクリシュナだけが、モーゲンソーの八角形の住居への入室を許可されていた。

「使徒」は一日数時間の農作業をする以外はほとんど聖堂にこもり、聖なる石を護る生活を十年間たんたんと続け、今や多くが三十代半ばに達していた。


ヨハン・モーゲンソーが聖なる石の存在を知ったのは十一年前、コルカタで行われた継父の葬儀の時だった。

ドイツ生まれのヨハンは、八歳の時、母の再婚にともなってインドに移住した。再婚相手は、ポツダムの建設会社に出向していたインド人土木技師であった。継父はさいしょから、妻の連れ子にまったく関心をしめさなかったし、その後起業したジェネリック医薬品関係の会社の経営にヨハンがかかわることを望みも否定もしなかった。母は母で、インドに来てからの息子が水を得た魚のように生き生きしていることに満足し、彼のすることには何ひとつ口を出さなかった。ヨハン・モーゲンソーの不幸のひとつは、働く必要のない身分であったことかもしれない。

コルカタの生活はヨハンに合っていた。彼は十代の初めからヨーギーたちの道場に出入りし、修行のしかたを学んだ。修行を積むにつれ、瞑想中に深い澄みきった心の状態にはいることが容易になった。これが三昧《サマーディ》といわれるものだろうかとモーゲンソーは考え、ますます修行にのめり込んでいった。こうしてまたたく間に二十年が過ぎた。

その間モーゲンソーは、宗教家としてたつことをずっと考え続けていた。あるときにはヒンドゥーの教えのなかに答えがあるかもしれないと感じ、きびしい修行にあけくれた。またあるときには、未来の金星からやってきたと自称する美しい銀髪の女性に会いに行き、地球人の未来についての予言に心動かされもした。その一方で古今東西のありとあらゆる宗教書や哲学書を読みあさり、仏教やユダヤ教やイスラム教の指導者に直接教えを請うた。世界各地の聖地にも足を運んだ。アンデス山脈の奥地に行ったときには何かをつかみかけた気さえした。

しかし、こうした長い魂の遍歴の末にモーゲンソーが得たものは、どんな宗教も思想も、知れば知るほど、彼が希求したものとは正反対のあまりにも俗物的な本性を見せつけるという事実だった。魚を求めて蛇を与えられる体験を繰り返すうち、いつしか彼はシニカルで虚無的な表情をうかべた人間に変わっていった。それと同時に、彼は宗教指導者に対して凄まじいばかりの不信と恨みを抱くようになった。

当時すでに彼のまわりに小さな「教団」が形成されつつあったが、モーゲンソーは自らの死か、あるいは教団メンバーとともに大きな破壊行動を遂行して腐りきった宗教すべてに鉄槌を与えるしかないと考えるまでに追いつめられていた。

継父が亡くなったという知らせを受け取ったのは、彼の精神状態がもっとも危機的状況にあったときだった。モーゲンソーはチベット南西部のマーナサローワル湖畔で長期にわたる断食業のさなかであった。マーナサローワル、チベットではマパムユムツォとよばれる美しい透明な湖は、仏教やヒンドゥー教の聖地のひとつとされ、モーゲンソーは側近のクリシュナにすすめられ、なかば死を覚悟でこの地に入ったのだった。

コルカタで営まれた葬儀の場で、安藤と名のるその日本人は、継父の会社の共同経営者だと自己紹介した。モーゲンソーの表情をうかがう安藤の小さな目には、臆病な、それでいて不遜な色がちらついていた。やがて、社長の息子が会社の経営にはなんの興味もないことを知ると、彼の態度が一変した。

「宗教家でいらっしゃる？　さようでございますか。社長にこんなご立派なご子息がいらしたとは。なにしろ社長は仕事にプライベートなことはいっさい持ち込まない主義でしたから。いや、感心なお心がけでおられますな。現代人は心をなくしたなどといわれますが、私などその最たるもので、もう毎日頭にあるのは経営のことばかり――お恥ずかしい限りです」

その日、最後まで残って葬儀の後かたづけを指示していた安藤は、あたりに誰もいなくなったのを見はからってモーゲンソーのそばにやってきた。

「じつは、先ほど来、子どものころ体験したことがしきりに思いだされまして……。こんなときになんでございますが、ひとつ聞いてはいただけませんか。宗教家でいらっしゃるあなたに、ぜひ」

安藤の態度からは昼間みせた如才なさが消え、目のなかにかすかに恐怖の色がみえた。モーゲンソーが頷くと、安藤は礼を言い、堰をきったように話しだした。

「私は沖縄の出身なのですが……沖縄というところはおわかりですか？　はい、日本の南の方にある県です。私はそのなかのある小さな島に生まれました。じつは、そこにイエス・キリストの墓があるのです。そうです、あのイエス・キリストです。ふつうの方にこんな話をすると、安藤は頭がおかしいと思われてしまうのですが、先生になら……」

——初めにお断りしておきますが、私はキリスト教の信者ではありません。また、とくに何かの宗教を信じているというわけでもありません。つまりまぁ、平均的な日本人といってよいと思います。ただ、私が生まれ育った離島には、古くから霊場とよばれる神聖な場所がいくつかありまして、ユタが数名存在していました。ユタというのは、そうですね、一種のサイキックと考えていただければいいでしょうかね。あるとき、私の友だちがイエス・キリストの墓の話をしました。彼の祖母はユタでした。おそらく祖母からの受け売りだったのでしょうが、イエスという人物は二千年まえに十字架にかけられて死んだことになっているが、じつは十字架で死んだのはにせ者で、本人は追っ手を逃れてインドまで赴き、その後、この島にやってきて結婚し、百十八歳で大往生したというのです。いわれてみれば、たしかに島にはキリストらしき像が祀られた小さな祠がいくつもありました。そいつの家のなかにもそういうものがあったと記憶します。けど、イエスという人がこんな離島まで逃げてきたなんて話、小学生の私にとってもインチキくさくきこえました。へらへら笑う私に、うそだと思うなら証拠を見に来いとそいつがいうのです。小学五年生の夏でした。じゃあ行ってやろうじゃないかと、私は彼と一緒にイエスの墓石を見に行く約束をしました。

——夏休みにはいってすぐの暑い日でした。空は真っ青に澄みきって、水平線ちかくで入道雲がモクモクわきたっていました。私は彼のあとについて汗をかきながら丘をのぼり、イエスの墓だとされる墓石の前に立ちました。なんということのない墓でしたよ。そまつな小さい、そこいらに転がっているのと同じような墓石でした。表面は苔むして何か文字のようなものが刻まれていましたが、私には読めませんでした。その友だちは、イエスはここで百十八歳で死んでいる。日本にやってきてからそれはちょうど百年目にあたる年なんだと説明しました。そして、ここがいちばん肝心なことだと言って私に顔を近づけました。日なたくさい汗の臭いが私の鼻をつきました。いいか、イエスは亡くなった両親の骨を粉にしてそれを石灰と水でこねて石にしたものを大切に持っていた。イエスが死んだとき、それも一緒にこの墓におさめられた。なぜなら、その石には奇跡をおこす不思議な力が宿っていて、それを手にした者には想像を絶する力が授けられるからだ。だから墓石のなかに封じこめたのだ、と。

——私は友だちが熱に浮かされたようになって話し続けるのを、さめた目で見ていたと思います。その墓が作られたのは千八百年以上も前の計算になりますが、目の前の墓石はとうていそんなに古いものには見えませんでした。吹きだす汗をぬぐいもせずまっ赤な顔で喋る彼の真剣な表情と、私たちの頭のうえで、蟬が降るようにミンミン鳴いていたことを思い出します。

——私が半世紀も前のこのできごとを鮮明におぼえているのは、その夜からやつが行方不明になったからです。わたしたちは昼間、墓の前で言い争いになり、彼はさいごには涙さえうかべながらぷいと私に背を向け、ずんずんと丘を下っていってしまいました。私もしかたなく、とぼとぼと自分の家まで帰ってきました。夜になって、私の家にそいつの父親がやってきて初めて、私は彼が消えたことを知ったのです。

——大人たちが総出でさがしまわったすえ、数日後、谷間の川底に友人があお向けに沈んでいるのが発見されました。額に星形の傷跡があったそうで、人びとはおびえきっておりました。これはずっとあとで知ったことですが、友人はその百十八歳で死んだ男の末裔だったということです。言い方をかえれば、イエスの血を引く最後の人間ということになります。彼には兄弟はいませんでしたし、もちろん子どもも残しませんでしたから。私は棺に納められた友人の、幼いながらも老成した感のある顔をみつめました。数日間も水底にあったというのに、額の傷は信じられないほど鮮やかで、傷口からはまだ血がにじんでいました。あの顔は一生忘れられません。私は彼の最期の言葉を信じてやらなかった。私は棺をのぞきこみ、穏やかな微笑をたたえている友に「ごめんな」とささやきました。それから心底怖ろしくなりました。この世界には人智を越えた何ものかがたしかに存在する、そのとき私はさとりました。

——私は中学卒業とともに島の生活を棄てました。以来、いちども戻っておりません。正直に言いますと怖ろしかったのです。彼のことを自分の記憶から消し去りたかったのです。でも、今日、あなたのお顔を拝見して、遠いあの夏の日の体験がよみがえりました。こう申しては失礼にあたるかもしれませんが、あなたはあの日の彼と同じ目の色をしていらっしゃる。

——ああ、なんだか話してしまってすっきりしました。こんな気分は何十年ぶりでしょう。ありがとうございました。は？　その墓ですか。ええ、今もそのままあると思いますよ。

モーゲンソーは自分でも不思議なほどこの話に衝撃を受けた。あたかも安藤が半世紀も抱えてきた重荷をそっくりモーゲンソーに肩代わりさせてしまったようであった。

モーゲンソーは墓と石のことを考えた。話が本当なら、イエスとされる男が持っていた石というのは、マリアとヨセフ、つまり聖家族の骨だ。それが二千年の時をこえて、極東の辺鄙な島に存在する。ながいあいだ、ヨーロッパの人びとが、ありとあらゆる危険を冒して聖杯を探し求めてきたことを考えれば、この石がとほうもない価値を持つ聖遺物であることは明白だ。

いっぽう、疑問も山ほどあった。まずは、安藤の語った内容と酷似する伝説が日本の東北地方にも存在するのをモーゲンソーは知っていた。たしか、戸来とよばれる村だ。いくらなんでも、イエスの墓がふたつあるのはおかしい。片方がインチキか、両方ともインチキかのどちらかだ。そして、後者の確率の方が格段に高い。

次に、その墓が本物であるなら、このような貴重なものにほとんど誰も注目しなかったのはなぜかという疑問だ。モーゲンソーは考えをめぐらせた。おそらく、イエスが磔刑をのがれ、しかもまったく文化圏のちがう極東の島で死んだというストーリーや、家族を持ったなどという話が、ヨーロッパのキリスト教社会では受け入れられなかったのだろう。これを信じれば、イエスの十字架上での受難や三日後の復活という、キリスト教の根幹をなすことがらがすべてうそになってしまうのだ。

モーゲンソーの気持ちの九割は安藤のたわごとなど信じるな、と言っていた。どうせまた反吐が出るような現実を突きつけられて終わるのがオチだ。しかし結局、彼は迷ったすえ、葬儀の後始末がつくと誰にも告げずに島に行ってみることにした。

離島の冬は荒れ模様になると聞いていた通り、嵐のような天候のなかを飛行機や船を乗り継いでようやくさびれた島に到着した頃には、モーゲンソーはすっかり船酔いしてしまっていた。

よろよろと船を下りた彼の眼に最初に飛びこんできたのは、口もとに深いたて皺を刻んだ恐ろしげな老女が、巫女のような装束に身をつつんで瞑目しているポスターだった。その観光ポスターは船着き場を初めとして島のあちこちに貼られていた。雨に濡れて鋲がはずれたポスターが一枚、モーゲンソーの足もとで地面にへばりついていた。彼はそれを拾いあげた。まっ赤に塗られた老女の口が自分のことをあざ笑っているように思えた。これが安藤の話していたユタというものだとモーゲンソーは気がついた。

モーゲンソーはこんな僻地まで足を運んだ自分の愚かさを呪った。島の空気を吸うことさえ穢らわしく思え、冷たい雨が服に染みこむのもかまわず堤防の先端まで歩いて行った。その口には自身に向けた皮肉な嗤いが浮かんでいた。もしそのとき男に声をかけられなかったら、モーゲンソーはそのまま海に身を投げていたかもしれない。

「ちょっと！　あんた、宗教家の先生だね」

突っ立って足もとの荒れくるう波を見つめていたモーゲンソーは、とつぜん英語で呼びかけられてわれにかえった。声の主は片手をあげながら堤防を走ってきた。ひげも髪もぼうぼうに伸び、えりや袖口が垢でてらてら光る服を着た男だった。ただ、歯の欠けた口から出てきた英語の発音がやたらと正確だったので、かすかな興味をひかれた。

「そうですが——」モーゲンソーは男に向きなおった。

「イエスの墓を見にきたんだね」男はモーゲンソーに破れたビニール傘をさしかけながら言った。

「ええ、まあ」

「どう思った」

「どうって……」いったい何を言わせたいのだろう。

「あれはインチキさ」

「は？」

「墓は贋物だってことよ」

男は口の端をゆがめてニヤッと笑った。

「墓には行きませんでした」モーゲンソーは挑むように答えた。「ところで、あなたはどうして贋物だなどと？」

「まあ、ここで立ち話もなんだからさ。雨もひどいしよ。ほれ、ちょっとあそこに座ろうや」

男はモーゲンソーを引っぱるようにして人けのない乗船場の待合室まで連れ戻した。帰りの船が出るまで半日あった。どうせすることもないので、モーゲンソーは男につきあうことにした。

モーゲンソーが自動販売機から温かいココアの缶を買って渡すと、男は照れたように礼を言った。ホームレスまがいの見てくれと、美しい発音と、乱暴な言葉づかいに似合わない遠慮深いしぐさ、すべてがちぐはぐだった。

「あんたが宗教家の先生だってことは見てすぐにピンときたんだ。どこから来たかきいてもいいかい？　インド！　これはまた驚いた。なあ、あんたがはるばるこんな辺鄙な島に来たのは、あの墓が本物かもしれないと思ったからだろう。なにしろ、マリアとヨセフの骨でつくった石とイエス本人の遺骨だ。これほどの聖遺物は世界中さがしたってみつかるものじゃない」男は両手で缶をもち大事そうにすすった。

モーゲンソーはその言葉についひきこまれた。

「あなたのおっしゃる通りです。私はある人から墓の話をききました。それを確かめたくて来たのです」

男は「そうだろ、そうだろ」というように何度もうなずき、汚れた袖口で髭についたココアの汁をぬぐった。それからなぜかうれしそうにモーゲンソーをジロジロ眺めまわした。

「あなたが贋物だとおっしゃる根拠をきかせてください」モーゲンソーは男の態度に苛立ちを感じた。男は真顔になり、あたりを見まわした。

「おれがこれから話すことはここだけにしてもらいたいんだよ。見ての通り、おれは金に困っている。おれがあんたにこんなことを話すのは、金がほしいからだ。それを最初にはっきり言っておく。きれいごとを言うつもりはない。いいか、よく聞いてくれ。おれはあるモノをもってる。それをあんたに買ってほしいんだ」

モーゲンソーはあらためて男を観察した。垢まみれの皮膚と異臭を放つ服。食べるものにも着るものにも不自由しているのはあきらかだ。しかし、雨に濡れてもつれた髪の奥からのぞく眼は正気の人間のそれだった。わざと下品な物言いをしているが、男が決して無教養な人間でないことも明白だった。モーゲンソーはうなずいた。

「いいでしょう。価値のあるものならお望みの謝礼をします」

男はよし、と口のなかで言った。

「おれはこの島の出身さ。名前なんてどうでもいいよな。あの墓にはかつてはたしかに聖遺物がおさめられていた。なぜ知ってるかって？　おれにはわかるんだよ。こどものころ、家でおやじがおふくろを殴っていたり、友だちにいじめられたりすると、おれはあの墓の前に行ったものさ。不思議と心が安まった。小学生の時、おれの同級生が川で溺れて死んだときもおれは墓に行った。島の連中は祟りだと騒いでたが、おれにはそう思えなかったからな。墓の前で聞いてみたかったんだ、あんたはそんなに怖ろしい人なのかいって——まあ、その話はいいや。ともかく、おれにとってあの墓は大切な、言ってみりゃ癒やしの場所だったんだ。おれは夜間高校に通い、奨学金をもらって大学も出た。それから運よく商社にもぐりこんだ。信じられないだろうが、これでも商社マンとしては優秀だった。ロンドンがいちばん長かったな。結婚して子どももうまれた。ながいこと石のことなんかすっかり忘れていたのに、五年前、仕事で那覇に来たときに、ふと墓をたずねようかと思い立ったんだ。びっくりしたさ。あんたが今日みたのとおんなじだ。そしておれは今日のあんたみたいに絶望した。聖遺物はもうここにはない。で、おれはユタのひとりを問いつめた。——やめときゃよかったよ。そのあとおれはハメられた。秘密を知ったせいだ」

「秘密とは?」モーゲンソーは男への同情と、またしてもじわじわこみ上げてきた絶望感と怒りを感じつつ問うた。

「簡単にいえば、ユタとその一族が墓から聖遺物を取りだして、ヨーロッパかどっかの蒐集家にこっそり売っちまったのさ。やつらは逆におれを脅したよ。聖遺物のことをこれ以上嗅ぎまわれば命はないと思え、とな。そして、タイミングよくノコノコ現れたおれに罪をおっかぶせることにしたんだ。いま考えれば島ぐるみの詐欺だったんじゃねえかと思うね。やつらはおれを墓泥棒にしたてあげた。おれが聖遺物を盗み出そうとする現場を捕まえたといって警察に突きだしたんだ」

「それはひどい」

「いいってことよ。おれもバカだった。でも、話はここで終わりじゃない」

男は歯の欠けた口をゆがめて笑った。

「捨てる神あれば拾う神ありっていうだろ。おれは実刑判決をうけて、仕事も家族も金も失った。ところが、出所した刑務所の門のわきでおれをひとりの男が待っていた」

「ほう」

「ユタの一族の男さ。やつは聖遺物を売ることは間違っていると最初から考えていた。というより、祟りが恐ろしかったんだろうな。で、こっそり贋物を用意していたんだ」

「どういうことです?」

「つまり、ヨーロッパの蒐集家に渡された聖遺物は贋物の方だったんだよ。本物はそいつがずっと隠し持っていた。ついでにいうと、島の墓に入ってるのもよくできた贋物さ。どうせ誰も本物なんて知りもしねえ」

「じゃ⁉」

「まあ、あせらずにきいてくれよ。おれはやつからおわびのしるしとして聖遺物をもらいうけた。ダチョウの卵くらいの石だ。おれはそれを独り占めしようなんてまったく思わなかった。かといって、あんな土地にはおきたくねえ。おれは、聖遺物をおさめるにふさわしい場所を探したよ、日本中。そしてやっと理想の土地をみつけた」

男はふいになごやかな顔をして吐息をもらした。雨はいっこうに止む気配がなく、待合室のトタン屋根を激しくたたいていた。モーゲンソーはこの話がどこにどう着地するのだろうと考えながら、弾丸のような雨の音をきいていた。男はようやく口を開いた。

「じつはおれはもう長くない。いや、そのことはいいんだ。むしろ喜びたいくらいさ。ただ、おれが死んだあと、あの石がどうなるかだけが心配だ。おれは、あれの価値を理解する人に託したい。あんた、それを引きうけてくれないかい」

モーゲンソーは思ってもいなかった展開にしばし唖然とした。ようやくその意味がつかめてくると、心のなかで小躍りした。やはり自分はこの島に導かれたのだ。大いなる存在が自分を選んだのだ。

男はモーゲンソーの表情の変化をじっと観察していた。そのあと、金のことを忘れないでくれと念をおした。

聖なる石とひきかえに、モーゲンソーは継父の遺産のなかから、男にじゅうぶんな謝礼を払ってやった。それだけあれば、男は好きな場所に行って不自由なく暮らせるし、望めばじゅうぶんな医療も介護も受けられるはずだった。男はさいごに、もしそうしたくなったら石を拝みに行ってもいいかと、ためらいながら訊ねた。

八角円堂の「聖堂」が完成し、もう自力で立つことさえままならなくなっていた男を招いて初めて一緒に聖なる石と向かいあったとき、モーゲンソーはたしかに男が言っていたのとおなじ安らぎにつつまれた気がした。

聖遺物はここにある。自分の手のなかにある。ついに探し求めていたものを手に入れた。これまで出会った行い澄ました宗教人の顔がつぎつぎに頭に浮かんだ。やつらはなにも持っていないではないか。

聖遺物を手に入れた者には想像を絶する力が備わるという。モーゲンソーはおそろしいほどの全能感にみたされた。

そして彼は、正式に教団『プロバトールの家』を立ち上げた。

13

バンクーバー　3月1日夜

ゼノビア・アンタールが疲れはててアパートのドアを開けたとき、まっさきに目に入ったのはカーテンをひいたうす暗い部屋の中央で点滅する留守番電話の赤いランプだった。トレンズ教授の学会発表のお伴で、この三日間、ゼノビアはトロントにいた。家を出てすぐに携帯電話を忘れたことに気づいたが、取りに戻って遅刻し、気むずかしい教授の機嫌をそこねるのは得策ではないと諦めた。

メディア論の論文が多少話題となったせいで講演の依頼が増え、このところトレンズ教授はいつになく忙しかった。しかし、ゼノビアをふくめ学生たちはみな、最近離婚したと噂のあるこの指導教授に必要以上に近づかないようにしていた。自分の利益になりそうな人にはペコペコする一方、学生たちをこき使い、特に女子学生には平気でセクハラまがいの言動をするからだ。なのに、ゼノビアは教授じきじきの指名によりトロントの学会につき合わされるはめになってしまった。ホテルの手配やチケットの予約はもちろん、荷物運びや夜食の買い出し、教授がパーティで汚したシャツのクリーニングにいたるまで、ゼノビアは三日間休む間もなく働かされた。

昨夜、トレンズ教授の指示で部屋に夜食をならべているゼノビアを、アルコールのまわった教授はとろんとした目つきでながめた。

「こうやって三日も一緒にいたのに、ほとんど話すひまがなかったなぁ。きみたち学生はぼくを誤解してるようだけど、ぼくもこれでけっこう気が小さい人間でさ。発表が終わるまでは他のことはなにも考えられないんだよね。信じて欲しいなあ。学生諸君がぼくに近づかないようにしているのも、ぼくのこと嫌っているのもわかってるけどね、ぼくは君たちが考えているほど悪い人間じゃあないさ。うん、そうだ。いいことを思いついた。きみはジャーナリスト志望だったね。今夜はここできみの進路についてゆっくり話をしよう」

教授はソファに身をあずけて脚を組み、右手にはアルコールの入ったグラスを持っていた。早いうちに退散した方がいい、とゼノビアは思った。

「ありがとうございます。でも、今夜は私、まだレポートの整理が残っていますから」

ゼノビアは教授のからみつく視線をつとめて無視した。

「レポート？　そんなの帰ってからにしなさい。なかなかこんな機会はないんだよ」

教授は身を起こし、今度は遠慮なくゼノビアをながめまわした。

「進路についてのお話なら、大学に戻ってからきいていただけませんか」

「そうか……ふん、まあ、それならそれでもいいよ。じゃ、ともかく今夜はここでしばらく私につき合いなさい」

「それは仕事上の命令ですか」

「かたくるしいこと言いなさんな。命令なんかじゃないよ。ただ、きみみたいなきれいな女の子と一緒なら酒も旨かろうと思ってさ」教授はグラスを飲み干した。「きみはつきあっている男性なんているの」

「いいえ」

「そうかな。ま、そういうことにしておこうか。少しでいいからさ、さあ、そこにすわって。きみも飲みなさい」

「私は先生のゼミ生ですから、学会のおともはいたします。でも、プライベートなお時間まではおつきあいしかねます。それに、先生も早くお休みになった方がよろしいかと。明日は早いですから」

教授はゼノビアの態度を面白がっていた。

「たしかきみはレバノンからだよね」

「――はい」

「ベイルート?」

「いいえ、ジュニエというところです。ベイルートの少し北ですわ」

「ジュニエね――レバノンの女性はみんな、きみみたいに小麦色の美しい肌をしているのかな。なめらかで魅惑的だ」

教授は手を伸ばしてゼノビアの腕に触ろうとした。ゼノビアはそれを憤然として払いのけた。

「だいぶ酔っておられるようですね。今夜はこれで失礼します」

くるりと振り返りドアに向かうゼノビアに、教授は愉快そうに笑った。

「ゼノビアか。パルミラの女王の名だ。ローマ帝国軍に滅ぼされ、凱旋式でさらし者にされても、ゼノビアは傲然と頭を上げていたらしい。誇り高く美しき女王、まさにきみにぴったりの名だよな」

——思い出してもムカムカする。

でも、気は進まないながらも今回の仕事を引きうけた理由のひとつは、教授が各方面に強力なコネクションを持っているという計算がゼノビアの方にもあったからだ。まだまだ男性社会の業界で、ジャーナリストとして生きてゆくにはこれくらいのことでくじけてはいられない。

ゼノビアはコートを脱ぎ、まずは携帯電話をチェックした。友だちからのおびただしいメールや着信履歴に混じって、レバノンのブシャーレ修道院からの番号が記録されているのを発見して、ゼノビアはびっくりした。

双子の姉のナディアがブシャーレにあるマロン派修道院にはいってしまってから三年になる。ナディアからはときおり、堅苦しい他人行儀な手紙がきたが、電話がかかってきたことは一度もない。なんてタイミングの悪い——何か起きたのだろうか、悪いことでなければいいが。

しかし携帯電話には何もメッセージが残されていなかった。ゼノビアは気がついて電話機の留守録音を再生してみた。こちらにも思った通り修道院からの着信があった。それも何度も。受話器をおくプツンという音が何回か繰り返されたあと、最後になってやっとメッセージがみつかった。予想に反して声は姉のナディアのものではなかった。

「ゼノビア？　ブシャーレの修道院長のエリー・ハビブです。私のことを覚えていらっしゃるかしら。お姉さまの誓願式の時にお会いしましたわね。……こんなふうに何度もお電話をしておゆるしくださいね。あなたがこれを聞いてくださるのがいつになるのかわからないけれど、やはりメッセージを入れさせていただくわ。間に合うといいのだけれど。じつは、あなたの力をかりたくてご連絡したの。そちらの時間で三月一日の夜、バンクーバー国際空港にある人物が到着します。お願いというのは、空港にこの人をむかえに行ってほしいということなの。このメッセージをお聞きになったらすぐに修道院にお電話をくださいませんか。詳しいことはその時に。連絡をお待ちしています」

院長は自分の携帯電話の番号を告げ、修道院にではなくかならずこちらにかけるよう念を押した。そして、万が一、携帯を無くされていたりする場合を考えてお宅の方にこのメッセージを残すことにしたと告げて録音は切れた。

時計を見ると七時半をすぎたところだ。今夜って何時なのだろう。いったい誰を迎えにいくというのだろう。ハビブ院長の電話はさっぱり要領を得なかった。

院長は私の電話番号を両親に訊いたのだろうか――ふいに胸騒ぎがして、ゼノビアはバッグに財布と携帯電話をつっこむと、キーを手に駐車場に急いだ。アパートからダウンタウンを抜けて空港までは、順調にいっても一時間はかかる。ともかくまずは空港に向かい、院長へは車のなかから連絡すればいい。

さいわいなことに、帰宅時間帯のラッシュは終わろうとしていて、道は思ったほど混んでいなかった。ナビゲーション画面をちらりと見たゼノビアは、これなら八時半には空港に着けるかもしれないと計算した。

院長への電話はすぐにつながった。おそらく今か今かと待っていたと思われるエリー・ハビブは、ゼノビアの声を聞くと明らかにホッとした声をだした。

「ゼノビアなのね？　ああ、よかったわ！　あのね、今夜、ローマからユーセフ・ナーデルという青年がそちらに着くことになっているの。というより、もう到着しているわ。それから、ナディアも向かっているの。ベイルートからよ。ナディアの到着は二十時四十分。あなたにはふたりをみつけてセント・ポール病院まで送り届けてもらいたいの」

そこまでエリーは早口で言った。

「ナディアですって？」

ゼノビアは聞き間違えたかと思った。

「ええ、ナディアよ。びっくりしたでしょう。ゼノビア、できるだけ早くふたりを見つけてね。ただし」エリーは強調した。「ナディアが修道女であることはかくしておきたいの。いいこと、今から話すことをよく聞いて。ナディアはユーセフ・ナーデルという青年と婚約したばかり。これからふたりで、ヨーロッパにいるユーセフのご両親にごあいさつに行くのだけれど、その時ナディアのお祖父さまを一緒に連れて行くの。ヴァチカン巡礼のためにね」

「なんですって⁉」ゼノビアは思わずブレーキを踏んだ。車を路肩に寄せる。「いったいなんのお話なんですの？　ナディアが婚約？　失礼ですがまったく意味がわかりません。それに私たちの祖父はもう亡くなっています。修院長さま、どういうことなんですか」

「もちろんナディアは婚約なんてしていないわ。そういうことにしておくだけよ。こういうの、カモフラージュというんでしたっけ」

「カモフラージュ?」

ゼノビアはますます混乱した。エリーは電話の向こうでかまわず話し続けた。

「あなた、セント・ポール病院はご存知? そう、よかったわ。そこにフランソワ・モースという方が入院しているの。枢機卿さまよ。ナディアは、モース枢機卿をヴァチカンに連れてくるという仕事をまかされたの」

「修院長さま、姉は、ナディアは、修道院でなにをしているのですか。そちらで何かあったのですか……」

「もちろん、ナディアはここでとてもよくやっているわ。心配しないでね。ただ今回は特別なの。ナディアは看護師でしょう。枢機卿さまはご高齢だし、このまえ手術をうけたばかり。そういうわけでお姉さまの助けがいるの」

「けれど、姉は修道女ではなく、婚約者がいて、そのご老人も枢機卿ではなくて姉の祖父ということにするのですね」

「そう、さすが呑みこみがはやいのね」

「院長さま、なんのためにそんなこと」

「みんなの安全のためよ」

「安全? なにか姉の身に危険がおよぶようなことなのですか」

「ゼノビア、ごめんなさい。これ以上は何も言えないわ。いきなりこんなことを頼まれて驚いたでしょうけれど、あなたしかいないの。どうか協力して」

ゼノビアには答えようがなかった。けれど少なくとも今は議論するのに適した状況ではない。

「それでは、ユーセフという方は何者ですか、ひょっとして神父さまとか……」

「いいえ、彼は学生。レバノン人よ。でも今日はビジネスマンとしてそちらに行くわ。これもカモフラージュね。これから彼の特徴をいうから、どうか見つけだしてね」

電話を切ってから、いったいどうなってるのとゼノビアは大きな声で言ってみた。まったくわけがわからない。でも、今夜ふたりがここバンクーバーに来ることは確かなのだ。言われた通りにするしかないだろう。ゼノビアは車をレーンに戻した。

でもまさかナディアとこんな風に再会することになるとは……。もちろん、ナディアを見つけるのは簡単だ。私たちはそっくりなんだから。ダークブラウンの瞳も、とび色の髪も、身長も体重も同じ。違うのは、ナディアの方が少し色白ということだけ。

とはいえ、この三年間の修道生活でナディアがどんな風に変わったかと思うとちょっとこわい。でも、自分だって変わったはずだ。なんといっても三年前はふたりとも高校生だったのだもの。修道院が経営するあの気取ったお嬢様学校。大嫌いだった。なのに、修道女になろうと考えるなんてナディアはどうかしてる。私は一刻も早く卒業したいとしか考えてなかった。カナダの大学に留学して将来はジャーナリストになりたいと言ったとき、父は好きな道を進みなさいと言ってくれた。政治家のあとを継がせたかった祖父の反対を押し切って実業家の道を選んだ父だもの、自分のやりたいことを押さえつけられるつらさはよく知っている。そんな父だから、ナディアの修道院行きも許したのだけれど。

ゼノビアの物思いは、ガシャンという大きな音と衝撃で中断された。驚いて振り返ると、後ろについていた白い大きな車が、信号待ちしていたゼノビアの車に追突していた。ゼノビアはすぐに車を停め外に出た。少し頭がふらふらする。見るとバンパーがつぶれ、テールランプが砕けて道路に散っていた。

　白い高級車からもふたりの男があたふたと出てきた。白い手袋をはめた浅黒い肌の方は運転手らしい。運転手はしきりに頭を下げている。主人の方は運転手を叱りつけたあと、ゼノビアに向きなおった。

「おけがはございませんでしたか。運転手がよそ見をしていたようです。たいへん申しわけありません。完全にこちらの責任です。治療費やお車の修理代などは、もちろん私《わたくし》の方で負担させていただきます。申し遅れましたが、私はこういう者です」

　黒いタートルネックに黒いズボンと革靴をはき、時代おくれの大きな黒縁めがねをかけた国籍も年齢も不明の人物は、もったいぶって名刺を差しだした。まっすぐな黒髪を真ん中から分け、耳の下で一直線に切りそろえている。唇は異様なほど赤く、グロスでも塗ったようにてらてらと光っていた。

「けがはないようですわ。今ちょっとふらふらしますけど」

「それはいけない」

　男はすかさず言った。

「あの、私、急いでいるんです。車の方は、あとでみてもらって、請求をそちらにまわしてもらうようにします。ええと、こちらに連絡すればよろしいのですね」

　ゼノビアは男から渡されたカードを見た。『ヨハン・モーゲンソー、宗教家、「プロバトールの家」主宰』とある。その下に、バンクーバーの住所と電話番号が印刷してあった。

「いやいや、それではいけません。交通事故というのは、今はなんともないと思っても、あとで身体に影響が出るものなんです。ふらふらするとおっしゃるならなおさらだ。運転するなんて危険きわまりない。すぐに病院に行って検査をうけていただきませんと。あとから何か重大な症状がでてきても困ります。私どもの車でお送りしますから」

いったい困るのはゼノビアなのか、男の方なのか、はっきりしない言い方だ。言葉遣いはていねいだが、口調は強引だった。この人は本来は尊大な人間にちがいない、プライドを傷つけられたら豹変するタイプだわとゼノビアは直感した。用心しないと。

「でも、私、今とても急いでいるんです。病院にはあとでかならず行きますわ。何かあったら治療費はそちらに請求させていただきますから」

「お急ぎで？」と、モーゲンソーは初めて気づいたように訊ねた。さっきから何度もそう言っているのに――。

「失礼ですが、どちらまで」

「空港ですけど」

ゼノビアは短く答えた。

「そうでしたか。ご出発ですか」

「いいえ」

「では、どなたかのお迎えで？」

「ええ」

ブシャーレのエリー・ハビブ院長から、今回のことは秘密にといわれたことが頭をよぎった。

「ですが、あなたに車の運転をさせるわけにはいきませんよ。ではこうしたらどうでしょう。あなたのお車はうちの運転手が責任を持って修理工場まで運びます。空港へは私がお送りします。そこでまずご友人を迎えられたら、病院まで行っていただきます」

ゼノビアは黒ずくめの男を信用していいものか疑わしいと感じた。相手の一方的な言い方も不快だった。

「それでは私の車はそちらにおまかせします。それから、警察にも連絡したいのですが」

「警察はどうでしょう。もちろん、私どもはかまいませんよ。でも、そうしたらあなたはまだ当分ここを離れられなくなると思いますが」

たしかに警察の到着を待ち、現場検証などということになれば、さらに空港到着が遅れてしまう。そのあと、まだまだやらなければならないことがあるのに。

「そうですね。じゃ、私はタクシーで空港に行きます。病院にはそのあと、自分で行きますから」

「まあ、そうおっしゃらずに。ここでタクシーをつかまえようとしたらいつになるかわかりません。実は私どもも空港に行くところなのですよ。飛行機は何時の到着ですか」

ゼノビアは時計を見た。

「もう着く頃です」

「じゃあ、なおさらタクシーなんか待っていたらだめだ。責任はこちらにある。同じ方向なんですから遠慮せずにお乗りなさい」

「いえ、でも……」

「若いお嬢さんが警戒なさるお気持ちはよくわかります。ですが私はこれでも宗教家です。連絡先は先ほどのカードに書いてあります。逃げもかくれもいたしません。どうか信用してください」

結局、ナディアとユーセフという青年を慣れない場所でこれ以上待たせ、修道院長から頼まれたことがすべてできなくなってしまうおそれの方が勝った。ゼノビアはよけいなことは決して口にすまいとあらためて自分に言い聞かせ、宗教家モーゲンソーの車に乗り込んだ。


バンクーバー国際空港の到着ロビーで、ナディア・アンタールはゲートの向こう側の人びとに目を走らせていた。

ナディアはセーターとジーンズの上にベージュのハーフコートをはおり、とび色のつややかな髪を肩の辺りまで垂らしていた。控えめなメイクではあるが、彼女が修道女であろうなどと考える人間はいないだろう。

修道院を出発するとき、エリー・ハビブは「空港にはゼノビアが来るわ」とささやいた。はっとしてふり返るナディアに、エリーは丸顔をほころばせてうなずいた。バンクーバーと言われて真っ先に頭に浮かんだのは、ブリティッシュ・コロンビア大学にいる妹のゼノビアのことだった。ゼノビアが来るということは彼女もこの任務に関わっているということだろう。それについてエリーは何も教えてくれなかったが、ゼノビアの名前を聞いたとたん、不思議なほど気持ちが落ち着いてきた。

飛行機のなかでナディアは、家族で過ごしたジュニエ時代のことばかり思い出した。外見はそっくりなふたりだが、性格はまるで違っていた。ゼノビアは誰に対しても自分の考えをはっきり述べることができる子どもだった。おとなたちはゼノビアがまじめな顔でしっかりした話をすると、おやおやという顔をして愉快そうに笑った。そんなときゼノビアはまっ赤になって憤慨したものだ。

ナディアがゼノビアとの違いをはっきり意識するようになったのは、高校生のときだった。十六歳にもなってなぜふたりで木登りなどすることになったのか、あの夏の日、ナディアは庭のスズカケの木からまっさかさまに落ちて、折悪しくそこに立てかけてあった園芸用の鍬で腿をざっくり切ってしまった。

ゼノビアの真っ青な顔と、「救急車！」という父の叫び声を聞いたのまでは覚えているが、そのあとナディアは意識を失った。傷は思った以上に深く、ナディアは三か月もの入院生活を余儀なくされた。ベッドのうえで身動きできずに過ごすのは苦痛だったし、脚に大きな傷跡がのこってしまったことは口には出さなかったがやはりショックだった。ゼノビアは毎日やってきて、ナディアを笑わせた。さりげなくしていたが、ゼノビアが責任を感じているのがナディアにはよくわかっていた。

お見舞いに来たシスターでさえそんなことは言わなかったが、ナディアはしだいに怪我をしたのは神の招きだったのではないかと考えるようになった。ながい入院生活のあいだ、ナディアは神に自分を捧げる人生を思い描いた。

ゼノビアは外に向かって花開く人生がふさわしく、私には神が別の道を用意してくださっている——入院生活の終わるころ、ナディアはそう結論づけた。

国際線ターミナルの到着ロビーにあふれていた人びとはどんどん少なくなっていくのに、ゼノビアはいっこうに現れなかった。途方に暮れかけたとき、ようやくショルダーバッグに携帯電話が入っていたことを思い出した。

ナディアは修道院では携帯電話は持たない。必要な人、つまり修道院長や外で働くシスターは持っているが、修練期にあるナディアは持たされていなかったのだ。

ブシャーレを出る間際に手渡された携帯電話は、飛行機を降りてからもずっと電源を切ったままになっていた。たった三年間の修道生活でこんなことさえ忘れてしまうとは……ナディアは唇をかんだ。しっかりせねば。電源を入れると、とたんに着信音が鳴りだした。表示はゼノビアだった。

〈ゼノビアよ。やっと通じた。着いたのね？〉

離れていたことをまったく感じさせない元気なゼノビアの声がいきなりとびこんできた。

「ええ、実は二十分くらい前に着いていたの」

〈何度も電話してたのよ〉

「ごめんなさい、携帯電話の電源を入れるの忘れてしまって」

一瞬ゼノビアはあきれたように絶句した。

〈実はね、途中でちょっとした事故があったの。たいした事故じゃないから心配しないでね。接触事故よ。ええ、怪我もないわ。だいぶ遅れてしまったけれど、いま、別の車で空港に向かっているところなの。ええと……そうね、そっちまであと十分くらいかしら〉

「怪我がないならよかったわ。私の方はだいじょうぶ。気をつけてね。あせらないでいいから」

〈それがね、ちょっと問題があって〉

ゼノビアは声をひそめた。

「え？　よく聞こえないわ」

〈あのね、ローマ、……やっぱり……メール……〉

ゼノビアの声はさらに弱くなりプツンと切れてしまった。一分後にメールが届いた。

〈聞かれたくないのでメールにします。ユーセフ・ナーデルという青年のことを聞いてる？　あなたのところの修道院長から、彼を空港で見つけるように言われてるの。もう一時間以上前に到着しているはずなのよ。本当は私が行ってあなたに引き合わせることになってたんだけど……。とりあえずナディア、あなたが先に行って彼を見つけてちょうだい。ローマからフランクフルト経由で到着したエア・カナダよ。また連絡する〉

ナディアは眉をひそめた。聞かれたくない？　つまりゼノビアのそばに誰かがいるということか。別の車というのはタクシーだろうか。たぶん事故のせいでそういうことになったのだろう。

さて、どうすべきか——。修院長から、くれぐれも今回の任務は秘密だと言われたことを忘れてはならない。私が修道服を脱いでこんなかっこうをしているのもそのためなのだから。

ユーセフ・ナーデルという人物のことなどまったく聞いていなかったが、彼も今回の任務に関わる人間に違いない。ともかくこの人ごみのなかからそれらしき人物を探すのだ。ナディアはスーツケースを持ち上げて歩きだした。


「お友達と連絡がとれましたか」

とつぜんモーゲンソーが運転席から声をかけてきた。ルームミラーのなかから、ダークグレーの瞳がナディアをじっと見ていた。

「ええ」

ゼノビアは携帯電話をぱちんと閉じた。

「ご心配なさっておられるでしょう」

「だいじょうぶです」

「ローマから到着された？」

「……」

「失礼。聞こうとしてたわけじゃありませんよ。しぜんと耳に入ってしまったものでね」

「どうぞ、運転に専念なさって。空港に早く着けばそれだけ問題が少なくなりますから」

油断ならない男だ。考えすぎかもしれないが、自分の行動を見はっているようだ。なにかを知りたがっている。助手席をすすめられたのをことわって後部座席にしたのは正解だった。でなければ、携帯電話の画面をのぞき込みかねない。ゼノビアは返事に皮肉を込めたつもりだったが、モーゲンソーはいっこうに意に介しているふうはなかった。

「お友だちの到着ロビーはどちらです。国際線でしょう？　Eターミナルの方かな。車を近くに付けるようにしますから」

モーゲンソーはゼノビアが友だちを迎えに行くと決めているようだ。

「いいえ、国内線です。でも、空港の駐車場にいれてくださってかまいませんわ」

男に行き先を知られないようにしなければ。

「遠慮なさらずに。私の責任ですから。お友だちを一分でもながく待たせたくはない」

「ご心配なく。いくらでも時間はつぶせますから。きっとコーヒーでも飲んでるわ」

なんだかこのモーゲンソーという人間が、ずっとついてきそうな気がして、ゼノビアはうそをついた。さっき電話したとき、ナディアの名を口にしてしまっただろうか。これからはもっと用心せねば。

黙りこくったゼノビアをちらりと見て、男はしばらく前を向いて車を走らせていたが、やがてまた口をひらいた。

「あなたは学生さんですか」

「ええ」

「大学生ですね。ご専攻は?」

「ジャーナリズムです」

「ほう。なかなかおもしろそうだ。それじゃ、卒業後は新聞記者さんですかな」

男は勝手にきめつけた。

「私もこういう仕事をしてますとね、ときどき雑誌やなにかの取材を受けることがあるんですよ。ところが、ろくに準備もしないで来る連中が多すぎますね。とくに若い記者に多い。なんとかなると思っているのでしょうかね。ひどいのになると、私どもの宗教についてまったく調べずにやってきて、ところでプロバトールの家というのは、いったいどういう団体ですかなんて始めたりする。そういうとき私はこう言うんです。資料をお送りしますから、それをしっかり読んで質問事項をまとめてからあらためていらしてください。そしてファックスで流すんですよ。本当はそんなことまでしてやる必要なんてないのですがね。本来なら資料なんて自分で集めるものでしょう。ですが、そういう記者に限ってもう連絡してきませんね。おそらく資料の山を見てやる気をなくしたんでしょう」

「失礼ですけれど、私も、プロバトールの家という宗教団体のお名前、聞いたことがありませんわ」

ゼノビアはわざと言った。

「いや、かまいませんよ」モーゲンソーは鷹揚にほほえんだ。「世の中にはごまんと宗教団体がある。ご存知なくても当然だ。それにね、私からひとつ忠告させていただきますと、宗教の名をかりた似非教団もたくさんあるから注意なさった方がいい。若い方々を狙って大学に入りこんでいる新興宗教団体もたくさんありますよ。もっとも、伝統のある宗教だからといって、かならずしも安心だとはかぎらないが」

「そうでしょうか」

「そうですとも。たとえカトリックだろうが疑ってかかるべきですよ」

「まあ、カトリックも！」

ゼノビアは驚いてみせた。

「キリスト教にかぎらず、イスラム教も、仏教もそうですよ。こういう宗教は、伝統のうえにあぐらをかいているからなおたちが悪い。組織を維持することにきゅうきゅうとなって本質をとっくの昔におきざりにしていますからね」

「本質ですか？　そんなこと考えたこともないわ」

「いや、そもそも、組織とはそういうものなんですよ。大きくなればなるほど、その維持にはお金も手間もかかる。しまいにはそれが目的にすりかわってしまう。ヴァチカンがいい例でしょう。あの小国家がどれだけの財産をもっているかご存知ですか。世界各地に張りめぐらした情報網はどんな国家の諜報組織にも劣らないといわれています。イエス・キリストがいまのヴァチカンを見たらなんと言うでしょうな。おなじことはイスラム教についても、仏教についてもいえますよ。ムハンマドや釈迦の思想と、現代のそれがどれだけ乖離しているか……」

ゼノビアの問いは宗教家モーゲンソーの心をくすぐったらしい。男は得々と語り始めた。ゼノビアは適当に相づちをうちながら、手元でふたたびナディアにメールを打ち始めた。

〈身長百七十六センチ、二十三歳、黒髪、めがね、濃紺のスーツを着たハンサムなビジネスマン……〉ナディアは到着ロビーの人ごみに目をこらしながら、ゼノビアが送ってよこしたユーセフの特徴を反芻した。

ナディアの目がロビーを一周して先ほどまで自分が立っていた場所に戻ってきたとき、ユーセフの姿がいきなり視界にとびこんできた。ピンストライプのスーツを着てアタッシュケースを提げた背の高い男性が携帯電話の画面を見ている。次の瞬間、ナディアの視線を感じて、男性はふと顔を上げた。

「失礼ですが、ユーセフ・ナーデルさんでいらっしゃいますか」

ナディアは急ぎ足でユーセフに歩み寄った。青年は吸い寄せられるようにナディアを見守っていた。

「ええ、そうです。では、あなたがゼノビアですね」ユーセフは微笑んだ。「すぐにわかりましたよ。すばらしい美人だと聞いていましたから」

　青年は言ってしまってから少し赤くなった。

「いいえ、残念ながら私はゼノビアではありませんの。じつは、ちょっとしたアクシデントがありまして、ゼノビアは遅れています。私はゼノビアの姉のナディアですわ」

「そうですか、それは失礼しました。ぼくはてっきり……」青年はあわてた。

「いいえ、もちろんあなたにわかるわけありませんもの。それに、実を言うと私たち双子なんです。見分けがつかないくらい似てますの。本当ならゼノビアがここであなたと私を迎えるはずだったのですが、空港に来る途中で事故にあったらしくて」

「事故ですって！」

「ええ、でも、たいしたことないようです。いまこちらに向かっているところだそうです。それで、私があなたをお出迎えすることになったのです」

「そうでしたか――いや、迎えらしき人は見あたらないし、連絡もなかったものですから、何か起きたのでなければいいがと思っていましたが」

「私もつい今しがたゼノビアから連絡をもらったところなんですの。だいぶお待ちになったんでしょうね？」ナディアは申し訳なさそうに言った。それから思い切って訊ねた。「――あの、失礼ですが、あなたはゼノビアとどういったご関係なんですの」

「ぼくですか……」ユーセフは言葉に詰まった。目の前の女性が、なにをどこまで知っているのか、ゼノビアの姉というが果たして本当にそうなのか、迂闊なことをしゃべってはならないと迷った。「じつは、空港にゼノビア・アンタールという女性が来ているから、彼女の指示にしたがうようにとだけ言われて来たのです」

「まあ、それじゃ私とおなじですのね。私もゼノビアが来ているから、あとは彼女に聞くようにとだけ」

「でも、ゼノビアはまだ来られない」

「ええ、わたしたち、ここでゼノビアが到着するまでおとなしく待っているしかありませんわ。あ、そうだわ。あなたに会えたこと、ゼノビアにメールしなければ」


ふたりはいったんはロビーのベンチに並んでこしかけたが、ドーナツショップがあるのに気づいてそこに入った。がやがやしているのでかえって話をするのにちょうどよかった。ユーセフはナディアを座らせると、ふたり分の飲み物を買ってきた。ふたりはしばらくぎこちなく向かいあって熱いコーヒーを飲んだ。

「ナディア」しばらく考えてからユーセフが切りだした。「さっきぼくは、ここで指示に従うように言われただけと言いましたが――」自分は世間知らずには違いないが、どう考えても目の前のこの女性が怪しい人物だとは思えない、とユーセフは結論づけた。ナディアの持つ雰囲気はあまりにやわらかく自然だった。

「ええ」と、ナディアは長いまつげを上げてユーセフを見た。

「正直に言います。このプロジェクトのことを何も知らないわけではないんです。とはいっても、ぼくが知っているのは、おそらくそのうちの一部だとは思いますが」

「プロジェクトですって?」

ナディアは声をあげそうになり、あわてて口を押さえた。ユーセフはめがねをはずしてテーブルに置いた。

「じゃ、あなたは本当に何も聞いていないのですね」

「初耳です。わたしはただ……あの、ただ、バンクーバーに行くようにと」

「誰に言われたのですか」

ユーセフが穏やかに訊いた。

「あの……ごめんなさい。それは言えませんわ。いえ、たぶん、言ってはいけないんだと思いますの」

「わかりますよ。ぼくたちは大きなプロジェクトの歯車のひとつなのです。おそらく、あなたの妹のゼノビアもそうだ。彼女の役割はこっちでぼくたちと行動をともにすることなのでしょう。あなたはきっと、とつぜん今回の仕事を知らされたのではありませんか。秘密の任務だと。ぼくもそうでした。でも、あちらを発つ前に、このプロジェクトについていくらか話を聞く時間がありました」

「おっしゃる通りですわ。でもなんですの、プロジェクトって。それも話してはいけないことなんですか」

ユーセフはドーナツショップの店内を見わたした。自分たちに注意を向けている人間がいるかもしれないと、ふと気づいたからだ。客たちはほどよい間隔をおいて散らばり、ふたりの話の内容が聞かれるおそれはなさそうだった。ユーセフは念のため、ナディアにぐっと顔を近付けた。

「ぼくたち三人はこれから一緒に仕事をすることになるわけです。あなたと、ゼノビアとぼく。

だからぼくが知っている情報は共有してかまわないでしょう」

「ええ、そうだと思うわ。教えてください。なんだかとても不安になってきたわ。ゼノビアがなんともないといいのだけれど」

「脅かすつもりはないけど、聞いたらもっと不安になるかもしれませんよ。ともかく、ぼくが受けた命令とはこうです。ぼくはローマから来ました。表向きは、バンクーバーにレバノン料理レストランを出す予定の実業家ということになっています」

「レバノン料理ですって?」

「ええ、おかしいでしょう。もっとも、そんなのはなんでもいいのだそうです」

「いいえ、あの、実は私レバノンから来たものですから。それに父はベイルートでレストランを営んでいますわ」

ナディアは思わず言ってしまってからハッと後悔した。

「おや、そうなんですか! ぼくもレバノンですよ、出身は。どうりでなんだか親近感があった。じゃあ、レストランのことでなにか言わなくちゃならないことが起きたら、あなたに助けを求めますよ」

「あ、あの、それで、私たちはここで何をするんですの」ナディアはあわてて話題をそらした。

「びっくりされると思いますが、ぼくはどうやらあなたのフィアンセという設定らしい。最初はゼノビアという女性が婚約者役かなと思いましたが、ナディア、きっとそれはあなただ」

ナディアの心臓がどきんと音をたてた。

「もちろん、形だけのことですけどね。ぼくが言うのも変だけど、こんな設定、あなたにはお気の毒だと思います」

「いいえ、そんなことをおっしゃる必要なんてないわ。びっくりしましたけど、それが仕事ならお互いさまですもの」

ナディアは自分が修道女だと知ったら、この青年はどう思うだろうかと考えた。

「よかった。じゃ、ぼくたちは、これからできるだけ婚約者らしくふるまうことにしたほうがいいでしょう。まさかとは思うけど、どこかで見はられているかもしれない。で、これからぼくたちはバンクーバー市内のセント・ポール病院というところに行くことになっているらしい。そこに高齢の枢機卿が入院しているそうです。名前は知りません。ぼくたちの任務は、彼を無事にヴァチカンに送り届けることだと聞いています」

「ヴァチカン……」

「ええ。ヴァチカンです。驚かれるでしょうが、じつはこのプロジェクトの中心はヴァチカンなのです。どうしました？」

「いいえ、なんでもありません。——そうだわ。私、看護師なんです。きっとそのご病気の枢機卿さまのお世話をするのが私の仕事なんじゃないかしら」

これはうそではない。ナディアは修道女の修練をしながら、ブシャーレの施設で看護師の訓練もうけている。ユーセフに対してできるだけ嘘はつきたくない。たぶん、これくらいは言ってもいいだろう。

「なるほど。それでちょっと見えましたね。ぼくたちは枢機卿を連れて、婚約者とその祖父という設定でヴァチカンに向かう。その間の枢機卿のお世話がきっとあなたの役割だ」

ユーセフはきれいに並んだ歯を見せて笑いかけた。めがねをはずすと彼はずっと若く学生のように見えた。ナディアは下を向き、バッグの中をさがすふりをした。バッグの底では、携帯電話が光っていた。

14

ヴァチカン　3月1日午後

ヴァチカン宮殿の奥まった小聖堂で跪いていた東方教会省長官のロダ・アジールは、廊下を近づいてくる足音に気づいて立ちあがった。しっかりした足音は聖堂の前まで来て少しためらった。アジールはふりかえって入り口をみつめた。ギッとドアのきしむ音がして、予想通りの人物が姿をみせた。

「じゃまをしたくはなかったんだが」

「かまいませんとも。聖下だと思いましたよ。それより、ここにいるのがよくおわかりになりましたね」

「きみがここに最近よく来ていたのは知っていたさ。理由は四旬節だからというばかりではあるまい」ソテル二世はほほえんだ。「すまんな。きみをここに籠もらせるほど悩ませてしまったとは」

「なにをおっしゃいます。私がそんなヤワな人間にみえますか。ここは誰にも見つからないからいいんです。目につくところにいるとすぐに雑用を押し付けられますからな」

アジールはヴァチカンにきてすぐにこの小聖堂をみつけた。四人がけの質素な木のベンチが三列だけ。十人くらいでいっぱいになってしまう中途半端な広さのせいか、忘れ去られたようにぽつねんとそこにある。そこがアジールの気に入った。以来、道具を持参して丁寧に掃除をするところから始めるのがアジールのいつものやりかただ。もちろん、掃除がされていないわけではない。ただ、そうしているうちに心が落ち着いてくるのだった。それが済むと祭壇のまえに跪いた。

ソテル二世は祭壇の前で十字を切ると、アジールと並んで腰をおろした。

「まあ、たしかに、ここでの三年間が平穏な日々だったとはいえませんがね。しかしこうして、なんとか乗りこえてきたではありませんか。正直いって、聖下はともかく、レバノンの田舎司祭だった私がヴァチカンで働くなど場違いもいいところ。あなたにしたところで、教皇におなりになるなんて考えてもいらっしゃらなかったのではありませんか。私などより聖下のほうこそ、この古い世界で苦労をなさっておられる」

「いやいや。私はいままで好きなようにやってきた。苦労だなんて思ったことはなかったよ。もっとも、それはきみも同じだろうな。きみはここでもどこでも自分のスタイルを微塵も崩さない。見事なものだ。でも、まあ……さすがに今回ばかりは気楽にはしてられん」ソテル二世は下をむいて顎をこすった。

「良い青年だな、ユーセフは。きみの崇拝するエリーが手塩にかけて育てただけのことはある」

それからソテル二世は口調をかえてアジールに懇願した。「なあ、今だけかたくるしいことは抜きにしようや。昔のようにたのむ」

「そういうわけにはまいりません」

「ロダ、たのむよ」

「……しかたありませんな」アジールは大げさにためいきをついて眼をくるりとまわしてみせた。「では、ハーニー、ここにわざわざやって来たのは、私のことが心配だからではないんだろう。なにか新たな問題でも？」

「いや、それはこっちのセリフだ。ロダ、昨日から私に何か言おうとしていただろう」

「気づいていたか」

「そりゃな。ここにいると、相手の顔の筋肉ひとすじの動き、くちびるのかすかなふるえを読むことに敏感にならざるをえん。そうしなきゃここでは生き抜いていけないからな。で、わが友ロダ・アジールが、その優秀なる頭脳に何をしまい込んでいるか聞きださねばならんと思ったわけだ」

「目新しいことじゃないさ」アジールはさりげなさを装った。

「だが、今回はいつもとはちょっと違う、そうだろ」

「――まあそういうところだ」

三年前、ハーニー・アマルが枢機卿に抜擢されたあたりから、彼への嫌がらせがヴァチカン内で見られ始めた。子どもじみたものから、陰湿な個人攻撃までさまざまだ。なかでも守旧的なグループからは、羨望と同時にこのリベラルな思想を持つ壮年の枢機卿への警戒感が強かった。アマルがいずれ有力な教皇候補になることは誰の目にも明らかだったからだ。

そして今年二月、ハーニー・アマルがわずか五十四歳でローマ・カトリック教会の最高位に選出されると、この異色の経歴を持つ教皇は世界中から注目を浴びるようになった。ネット上には、新教皇への期待、警戒、賞賛、誹謗、ありとあらゆる書き込みがあふれ、最近ではソテル二世がコプト教の信仰を本当に捨てたのかという話題が過熱しているらしかった。

無理もない、ハーニー・アマルはこれまでのローマ教皇とはかなり異なっているのだから、とアジールは思った。まず、彼はエジプト人であった。歴代教皇は西欧人、それもほとんどがイタリア人から選ばれてきた。アジールに言わせれば、ソテル二世の選出によって、ようやく教会は「カトリック＝普遍」を体現したのだ。これで、アジアやアフリカからも教皇が出るようになったら本物だ。

アマルが根っからのローマ・カトリックでなかったことも異例だった。この点に関しては、彼の司祭叙階にあたり、厳密な吟味がなされたとも聞く。もっとも、ハーニー・アマル自身は現在にいたるまで、コプト教徒であったことを、隠そうとも、アピールしようともする様子がなかったが。

たしかに、守旧派が危機感を抱くのも無理のない異例の出世ではあった。エジプト人のハーニー・アマルは、ミラノの神学校を出て司祭に叙階された。時に三十八歳。とりたてて遅いというわけではないが、決して若くはない出発だ。ミラノ教区内の教会でしばらく働いた後、ローマのグレゴリア大学で神学博士号を取得。四十五歳でロンバルディアの大司教、五十一歳で枢機卿だ。ただし、アマルが自らこのような地位を求めたりするような人物でないことは、誰もが認めざるをえなかった。じかに接した人間が知るのは、ハーニー・アマルが放つ圧倒的な存在感だった。

アジール自身は三年前に大司教となり、レバノンからヴァチカンにやって来てアマルと出会い、その誠実な人柄と包容力、神と人へのゆるぎない信頼と愛に強い感銘を受けた。信仰の道をともに歩みたいと、心の底から思える人物にめぐり逢えることはそう多くはない。

ふたりともローマ・カトリックの伝統を死守しようとする立場とは異なる思想の持ち主だった。たとえばエキュメニズムだ。第二ヴァチカン公会議で教会合同が目標としてかかげられ、一〇五四年以来続いていた東西教会の相互破門の状態が解消されたが、ローマ・カトリック至上主義者にとっては、そんなものは不要だというのが本音だった。ローマ・カトリックはそれだけで完結している、変わらなければならない理由などひとつもない。ギリシア正教会は単なる分派にすぎないし、プロテスタント諸派ははっきり言って異端だ――口に出さないまでも心の底で彼らはそう信じていた。

一方で、現代社会でカトリック教会が正面から真剣にとりあげねばならない問題――女性司祭を認めるべきか否か、司祭独身制を維持すべきか、避妊や中絶や同性間の結婚に対する認否、再婚したカトリック信者のあつかいなど――はたくさんあった。世俗に流れろというのではない、しかし、教会とて世にある以上、超然としているばかりでいいはずもない。

アジールは、聖職者たちのなかにときどきみられる、一般信徒を一段低くみる態度こそ改めるべきだとつねづね感じていた。世俗にあって否応なく日々の垢にまみれ、家庭や仕事や地域社会の複雑きわまりない問題に対処してゆかねばならぬ信徒に向かって、聖職者が高みに立って「指導」することが、はたして本当に信徒たちの救いになっているのだろうか。むしろ、信徒を遠ざけ、ときには絶望感すら与えているのではないか、二千年前にイエスがしようとしたのは、そんなことではなかったのではないか――アマルとアジールはよくそんな話をした。

「ロダ、例えばわれわれは、相談されれば中絶はしてはならないと答える。だが、そこになんと複雑で深遠な事情がひそんでいることか。それを思いやることなしに平然とものをいうことは私にはできないよ。もちろん、堕胎が良いことだというわけではないさ。だが、もしそれを信徒に向かって言うならば、もっともっと、われわれは苦悩すべきなんだ。レイプや近親姦の被害者に、それでも産むべきだ、産んでほしいというとき、われわれがその女性と生まれる子に一生よりそって生きていく覚悟をしているか。その女性は描いてきた夢や将来を犠牲にし、生命をかけて産み、生涯その子とともに生きていくことになるんだよ。どんな場合でも堕胎は罪ですなど、男性であるわれわれがすずしい顔をしていえるものじゃない。生まれてくる赤ん坊の生命が大切なのと同じに、目の前で苦悩している女性の生命も大切なんだ。一方では、産みたくても産めない状況に追いやられる女性たちもいる。中国の一人っ子政策は事実上の中絶強要になっているじゃないか。なあ、ロダ、答えは簡単にはでない。出ないからこそ、われわれはもっと一緒に苦しまねばならないんだ。寄りそってともに苦しむ……イエスがなさったのも、結局はそういうことだったと思うんだよ」

「伝統的カトリック」を守ろうとやっきになる人びとは、アマルのこうした傾向の、ごく表面だけを取り出して危険視した。ハーニー・アマルはいずれカトリック教会を危機に陥らせるに違いない。だから、早いうちにその芽を摘んでおかねばならないというわけだ。アジールのみるところ、その中心的人物は、国務省長官のアレッサンドロ・ビッフィ枢機卿で、その手先となって動いているらしいのが、ロレンツォ・トレリ司教だった。彼らは、もう何年も前からパオロ・アルベルティーニ枢機卿を教皇につけようと画策していた。もっとも、アジール自身もアルベルティーニ枢機卿には好意をいだいている。古いタイプに属するカトリック聖職者の典型のような人物で、無私の心を持つ愛すべき人柄だ。ただ、あまりに人を疑うことを知らないゆえに、取り巻き連中に利用されるのではと心配だった。

「で、今度は何が起きたんだい」

アマルがうながした。

「やつらが要求を出してきた」

新教皇ソテル二世が新たな人事を発表した直後、新任の列聖省長官のスキャンダルが流れた。彼が聖座財産管理局局長時代に不正を働いていたことがすっぱ抜かれたのである。彼は、ヴァチカンが所有する莫大な価値をもつ美術品の一部を、あやしげな古美術商に売りわたし、みかえりに金銭を受け取っていた。しかもその金は、彼が囲っていたある女性に流れていた。事実はこの女性からの通報によって発覚したものだった。マスコミが飛びつき、グレゴリウス十七世毒殺説に匹敵する大きなダメージとなった。

列聖省長官は、この件を調査したアジール大司教に泣いて詫びた。言われていることは事実である、しかし言い訳に聞こえるのはわかっているが、自分はだまされた。古美術商はわざとあの女を自分に近づけ、誘惑し、罪を犯させた。気をつけた方がいい、古美術商の背後にはもっと大きな組織が存在しているかもしれない……。

アジールは列聖省長官の言い分をソテル二世に報告し、送られてきた脅迫状を見せた。「長官の件はほんの手はじめだ。今後、毎週ひとつずつ、マスコミに情報を提供する」とあった。

予告通り、翌週、ストリートチルドレン支援のためと称して熱心に募金事業を展開していたフィリピン人司祭が、実際は麻薬密輸業者に資金を横流ししていたことが明らかになった。さらに次の週には、二十年間にわたり地元の司祭から性的虐待をうけていたという男性があらわれ、タブロイド誌に数枚の「証拠写真」が実名入りで掲載された。三週目には、レバノンのマロン派キリスト教徒の若者が、教会の敷地内でイスラム教徒の少年を何度もこん棒で殴りつける映像が、動画サイトに流された。最後の件に関しては、ねつ造の疑いが濃く、アジール大司教は自分に向けられた攻撃であるとして、徹底的な調査を命じていた。

これらはすべて、ソテル二世が新たに任命したヴァチカン高官ないしは改革派とみられる聖職者に関係するものばかりだった。

これまでのところ、連中はこの種のスキャンダルを暴露するだけで要求らしきものは出してこなかった。しかし二日前、マロン派の事件の調査を行っていたアジールのもとに、東方教会省次官のロベール神父が、取り乱した様子でかけこんできた。

その日の午後、散歩中のロベール神父はサングラスで顔を隠した大柄な男ふたりに路地に引きずり込まれた。彼らは神父にマニラ封筒を押しつけ、かならず教皇に渡すようにと脅して去った。部屋に戻ったロベールが袋を開けると一枚のＤＶＤが入っており、再生してみると、中年の男性と少年が、どこか薄暗い部屋のなかで裸で抱き合う場面が長々と映され、いくつかの場面にはっきりと顔が映っていた。それはロベールも知るヴァチカン在住の枢機卿であった。

「合成写真のようにもみえます。しかし――」神父は困惑の面持ちでアジールに報告した。「――画像の最後にテロップが流れています。取り引きに応じなければこの映像をネットに流すというものです」

「やれやれ。で、その取り引きとは」

ソテル二世が訊いた。

「枢機卿の罷免と教皇自身による謝罪会見だ」

ソテル二世はさしておどろいたふうもなかった。

「ハーニー、映像はひどい。おそらく合成だろう。必要ならスタッフに調べさせる。だがな、どうやらやつらは本気らしい。こっちの出方しだいで本当にこれを流すだろう。真偽はともかく、人はこういうネタが大好きだからな。じつは、ほかにも何人かの司祭が脅されているんだ。内容的には似たようなものだ。金に女。よくある話だが、ことがヴァチカンとなれば世間の見方が違う。ともかく、ぜんぶきみが新しく任命した人間か、きみに賛成派の人間のものだ。むろんこれが偶然だと思うほどきみも私もお人好しじゃない。……なあ、ハーニー、ときどきヴァチカンというところに驚かされるよ。金と女と権力争い。一連のスキャンダルはカトリック教会全体のイメージダウンには違いないが、やつらは世論をあおってきみ個人にたいする不信感が高まるようもっていこうとしている。インターネット掲示板を操作しているのも連中にちがいない」

「おそらく、そういうところだろうな」

「連中の狙いは教皇であるきみ自身を陥れることだとしか思えない。しかしどうも気になるんだ。きみを追い出してアルベルティーニ枢機卿を教皇に選ぶ、果たしてそれだけが狙いなのだろうか」

「というと?」

「うん。保守派の面々に、これだけのことができるか疑問なんだ。たしかに彼らは選挙の時には買収まがいのこともやってのけた。しかしな、サングラスの男やら、ＤＶＤやら、女性を使った工作やら、インターネット掲示板の操作、こんなことは彼らだけでできることじゃないんじゃないか？」

ソテル二世は黙っている。アジールは続けた。

「もし、アルベルティーニ枢機卿を教皇にするだけが狙いではないとすると……、突飛なようだが、われわれのプロジェクトが狙われているのかもしれない」

「ああ。考えに入れておくべきだろうな」

「仮にだが、きみが失脚するような事になれば、プロジェクトはどうなるだろう」

「まあ、おそらく潰れるだろう」

「しかし、なぜプロジェクトを潰したい？　そもそもどうやってプロジェクトのことを知った？」

「現にザヘルが襲われているんだ。プロジェクトの情報が漏れている可能性は排除できない。このプロジェクトが成功しアレクサンドリア図書館の蔵書が発見される……それはどういう意味を持つか――。ロダ、図書館の蔵書リストはあったかな」

「エヴァンズならわかるはずだ。頼んでこよう」

アジールは聖堂のドアに向かったが、そこでふり返った。

「ハーニー、ヴァチカンの保守派連中を牛耳っているのはアレッサンドロ・ビッフィ枢機卿だ」

ビッフィは、ハドリアヌス七世とグレゴリウス十七世時代の国務長官であり、今はソテル二世の聖座財産管理局局長として三代の教皇に仕えている。

「ハーニー、こういっちゃなんだが、いったいどうして彼なんぞを局長にしたんだ？」

「なぜそんなことを聞く」

「どう考えても、彼が信頼できる人物とは思えないからだ」

「なるほど。私にだって彼の評判は聞こえているよ。でもな、ロダ、ビッフィ枢機卿はそう単純な人間じゃないよ」

「もちろんそうさ。世間は簡単に、保守派だとか革新派だとかレッテルを貼るが、実際は、われわれひとりひとりのなかに保守的な面も革新的な面もある。きみにしたって、リベラル一色じゃない。ただ、ビッフィ枢機卿には注意した方がいいと私の直感がいっているんだ。私にはあの枢機卿が本当のところ何を望んでいるのか見当がつかない。人間らしい感情を持っているのかとさえ思う。あの無表情な顔つきを見ると、〝あなたの理想はわかりますよ。でも現実はこうなんです〟という冷ややかな声が聞こえてきそうだ。白状するがね、あの、冷たい緑色の眼で見つめられると、私は逃げ出したくなるね」

言いたいことを言ってしまうと、アジールはさっさと出て行った。

ソテル二世はアジール大司教が言い放った言葉を反芻した。アジールにしては珍しく感情をぶちまけたものだ。アマルにもアジールの気持ちはよく理解できた。おそらく、ヴァチカンでは職員をふくめて大半が同じ印象をビッフィ枢機卿に抱いていることだろう。

だが、とアマルは思う。冷たさをよそおう彼の内側にはたぎる熱い血と激情がある。あの醒めきった表情の下に、絶望をたたえた瞳の奥に、動かぬ脚の上で固く組まれた握り拳のなかに、傷ついた魂が隠されている。そう、彼の魂はたしかに闇のなかにある。そして闇のなかにいる人の傍らにこそキリストはおられるのだ。

15

ロレンツォ・トレリ司教は、彫刻がほどこされた古い木の扉を開けようとして、一瞬手を止めた。何百年ものあいだ、数え切れない聖職者がこの扉の向こうの堅い椅子に座り、罪人《つみびと》の告白を聴いてきた。その長く重い歴史をずっと傍聴してきた把手は、すっかり角が取れて黒光りしている。

トレリは大きく息を深く吸いこんでから扉を開けて告解室に入り、間仕切りに横顔をむけてこしかけた。仕切りはちょうど顔の位置にあり、その向こうにはすでに男がいて跪いていた。うす暗い灯りのもとでその顔はほとんど見えない。

トレリは、最近の告解のやり方にはなじめなかった。ある場合には、司祭と信徒が明るい部屋のなかで向き合って、カウンセラーとクライアントのごとく会話をする。それから司祭は信徒に赦しをあたえる。それなりの理由があってのことなのだろう。しかしトレリはこんな「現代風」のやり方は好まなかった。われわれ人間は弱く、神にすべてを投げだしてゆるしを請うべき存在だ。おのれの罪を語るときには、それにふさわしき環境というものがある。信徒の告白を聴き、赦しの言葉を発するのは人間である司祭だが、その背後には神の存在がある。司祭はただ、神の代理として、神の器官となって告解を聴き、言葉を発するにすぎないのだ。だから、個人の人間性は極力排除するように配慮した方がいい。

トレリは故郷の村の小さな教会を思い出した。イタリア北部にあるその町の教会堂は古く、年老いた司祭が長いこと司牧にあたっていた。あの頃は週に一度も告解をしないことなど考えられなかった。どんなガキ大将でも、あの静謐な空間に入ると一瞬でおとなしくなった。告解が終わり、罪を赦されたときの心の軽やかさ、胸に灯りがポッとともったようなあたたかな感じ――トレリはいつも、告解を済ませると、ぶどう畑のあぜ道を足を弾ませて帰ったものだった。

それが今ではどうだ。臨終まぎわの人に最後に告解をしたのはいつかとたずねると、ほとんどの人はもう何年もしていないと答える。数十年ぶりということさえ珍しくない。

告解のことはひとつの例にすぎない。神から離れた生活を平気で何年も続けられる人びとがいることを、頭ではわかっていてもトレリはとうてい理解できなかった。煩雑な生活のなかで静かに神と向きあい、祈る時間をつくることは、たしかに簡単なことではないだろう。それに教会というところが、信徒にとって、かつてのように安らぎをあたえてくれる場所でなくなってしまっているのも残念ながら事実だ。しかし、神の存在を知りながら、神が与えてくれる恵みを無視するのは、まるで目のまえにおかれている宝箱を開けずに一生を終わるに等しい。

トレリがこの古い教会を好きな理由のひとつは、告解室のつくりが昔風だからだった。告解をする者と司祭のあいだに太い格子がはまり、互いの表情はほとんどよめない。司祭はただ、告白者の声にあらわれる悔悛の情をくみとり、神の赦しをあたえる。「安心してゆきなさい」と。

けれども今日はちがう。告解室で会いたいと言われたとき、トレリは激しく抵抗した。そのようなことにこの神聖な場所をつかうべきではなかった。しかも、よりによってこの教会を。しかし、相手は冷ややかに言った。

「トレリ司教。いまさらなにをおっしゃるのです。あなたはもうどっぷりと漬かってしまっているのですよ。引き返せないところまで」

たしかに相手の言う通りだった。それに、自分はいま、カトリック教会の再生というもっと大きな目的のために働いているのだ。それを思えば、自分のことなど取るに足らない。センチメンタルな想いに溺れるべきではない。


「前回、告解をしたのはいつですか」

トレリはまず、手順通りにたずねた。

「さあな」頭は垂れたままだが、その声はふてぶてしかった。「司教さん、おれがここで告解をするとでも思ったのかい。アルベルティーニ枢機卿はうまく説得できたんだろうな」

相手はおなじ姿勢のまま、押し殺した声で聞いてきた。

「モース枢機卿のお見舞いには同意してくださいました」

「で？」

「明日にも出発してくださるはずです。ですが、パスワードをみつけられるかどうかは……。努力はしていただけるものと思いますが」

「ずいぶん心もとない返事だな」

格子の向こう側で男の頬が歪むのがわかった。

「これが精いっぱいです。アルベルティーニさまは、ご友人として、枢機卿が利用されていることとに憂慮され、それでお引き受けくださったのです」

「ふん。まあよかろう。枢機卿がヴァチカンに戻ってきてしまったらわれわれも手が出しにくい。その前にやるだけのことはやってもらう。こっちもほかの手だては考えてある。ほら、今回の分だ」相手は格子のすきまからぶ厚い封筒をすべりこませた。「調べさせてもらったが、あんたたちの組織もずいぶんひどいもんだな。たたけばホコリのでる奴ばかりだ。ま、そのおかげでこっちもやりやすくなるってもんだ」

「それで、次は」

トレリは屈辱をかみしめつつ問うた。

「アルベルティーニ枢機卿の働きしだいだ、といいたいところだが、われわれの導師《グル》はそんなに狭量な方じゃない。あんたたちが欲しがっているものは用意するさ。いずれ連絡する」

男はトレリの返事を待たずに告解室を出た。荒々しい足音が遠ざかり、教会の扉がばたんと開いて冷たい風が流れこんできた。トレリはたまらなくなって告解室から飛びだした。聖堂の中は真の闇だった。

16 バンクーバー、セント・ポール病院 3月2日朝

朝七時、セント・ポール病院の中庭に、ふたりの人物の姿があった。車いすの小柄な老人は

コートを着込み、膝にカシミアの毛布をのせその上で痩せた指を組んでいる。背中を丸め、帽子を深くかぶっているため顔はよく見えない。車いすを押しているのは、ベージュのハーフコートを着た若い女性である。ジーンズをはいた長い足がすらりと伸び、肩までのとび色の髪が帽子からのぞいている。老人に笑顔で何か話しかけるたびに、こぼれるような白い歯がのぞく。

女性はときおり腰をかがめて老人の顔をのぞきこみながら、ゆっくりと中庭をめぐった。三月の朝はまだまだ寒かったが、ふたりはクロッカスやスイセンの花壇の前で足を止め、ピンクの花をつけた紅スモモの樹を仰ぎながめ、たっぷり三十分かけて散歩を楽しんだ。そして、病棟に通じるフランス窓を開けて建物に入っていった。

その窓の真上の廊下では、医師のジョルジュ・ジァジァ、通称ＪＪが白衣のポケットに手をつっこんで、朝日を反射して光るガラスごしに、ふたりをじっと眺めていたが、彼らが病棟に入ったのを見とどけると、くるりと向きを変えた。

ＪＪはそのまま廊下を進み、階段を急ぎ足で下りてめざす病室に向かった。見ると、病室近くのベンチにおそろいのダウンジャケットを着た若い男女がもたれ合ってねむりこけている。昨日も廊下をうろうろして、モース枢機卿の病室の様子をうかがっていたふたりづれである。

ＪＪは息を吸いこみ、若者たちに大きな声をかけた。

「おはよう。こんなに早くからどうされました。面会時間にはちと早すぎますぞ。昨日もここにおられたようだが、どんなご用ですかな」

ふたりはビクッとして眼を開け、ＪＪに気づくとあわてて立ち上がろうとした。そのとき、廊下のつきあたりの扉が開いて冷たい空気がさっと流れ、車いすの老人と女性が姿をあらわした。

若者たちの目はそちらに吸いよせられた。

女性は、見知らぬ若者たちに凝視され、一瞬車いすを押す手を止めかけたが、そのまま歩いてきた。

「おはよう、ナディア。ずいぶん早いんですな」

ＪＪは若者たちを残して車いすに近づいた。

「ええ、ドクター。祖父が外の空気を吸いたいと言うものですから、少し寒いかと思いましたが連れて出たんですの。かまわなかったでしょうか」

「ええかまいませんとも。新鮮な空気が身体に悪いわけありませんよ。こんな晴天はひさしぶりですからな。ところで、あなたの婚約者はいつ現れるんです」

「午前中には来るはずですわ」

「私もぜひお会いしたものです。おいでになったら忘れずに声をかけてくださいよ。お祖父さまもさぞかしお喜びでしょう」

白衣を着たドクターはかがみこんで老人の手首をとり脈を診た。そしておやというふうに首をかしげ、あらためて老人の腕をとった。女性が心配そうに眉を曇らせた。

「どうかなさいまして」

「いや、脈がちょっと速い。それに熱っぽいな」

「まあ！　けさはすごく気分がよさそうでしたのに…」

「ともかく診てみましょう」そしてＪＪは老人の耳もとにくちびるを寄せてささやいた。「ご心配はいりませんからね、枢機卿さま」

老人はもごもごと口のなかで何か答え、うなずいた。

このやりとりに耳をすませていた若い男女は、医師の最後の言葉を耳にしたとたん、するどく目くばせを交わし、さっとその場を去っていった。

ＪＪと女性は若者たちが足早に遠ざかるのを見送ってから、車いすを押して、「面会謝絶」のプレートのかかった病室のなかにはいった。

「うまくいったかしら」

ドアが閉まると同時に女性が口を開いた。

「だいじょうぶ。私が〝枢機卿〟と言ったときの彼らの反応を見たかい」

「見ましたとも。目くばせを交わしてましたね」と答えたのは車いすの老人だ。彼はいすから降りて大きな伸びをした。「ああ、これでよし、と。じっとすわっているのも案外疲れるねえ。これに乗ると、道がいかに危険に満ちているところかよくわかりますよ。それから、意外とまわりの人の表情もよく見えるんだな、これが。ドクターが枢機卿と言ったとたん、あのふたりがビクンと動いたのが、私からはしっかり見えましたからね」

「私、あの人たちが廊下にいるのを見たときはちょっとドキッとしたわ。さっき散歩に出るときには気づかなかった」帽子を取り、美しい髪を振りながら女性が言った。「ドクター、私のせりふ、変じゃありませんでした？」

「ぜんぜん。実にうまかったよ」

「本当？　ナディアのまねをするなんて私には難しくって」

「あなたとナディアはうり二つなんでしょう。私のように変装する必要はないし、とても自然にみえましたがね」

そう言いながら老人役の男は慎重に口ひげとあごひげをはずした。ひげを取り帽子をぬぐと、四十代の男性の顔が現れた。

「ええ、マーシュ神父さま。わたしたち、外見はほとんど同じなんですの。でも、性格はまるっきり正反対。それに、ほら、こうするとぜんぜん違って見えません？」

ゼノビアは肩までのストレートヘアのウィッグを器用にとりはずし、ふたりの前でくるりとまわって見せた。メッシュが入ったショートヘアがゼノビアの生き生きした小さな顔を取り囲んでいた。JJと神父はほほえんだ。

「それはそうと、アルベルティーニ枢機卿は今日到着されるのでしょう。何時くらいになりますの？」

ゼノビアが手に持ったウィッグをていねいに整えながらたずねた。

「午後の便だと思いますがね。誰かが空港に迎えに出るはずです。着いたらひとまず司教館においでいただくことになりますが、できるだけ早くお見舞いにいらっしゃりたい意向だそうですから、ひょっとしたら今日のうちにも病院に現れるかもしれません」

「でも、ドクター、どうなさいますの？　面会なんてお許しにならないでしょう？」

「ええ、しばらくは時間を稼がなくてはなりませんからな。もし来られても、なんとか理由をつけて、今日のところはお引き取り願いますよ。しかし、そういつまでも引き延ばすわけにはいかないでしょう。かえって面倒なことになるかもしれませんから」

「そうね」

「ま、その時はわれわれでまた何か考えますよ」

「ドクター、モース枢機卿さまは今朝はどんな具合ですか。最近、いつもと違うご様子だったので、皆で案じていたのです。この騒ぎでまたご心労がかさんでいらっしゃらなければいいが」

「だいじょうぶですよ神父さま。手術もうまくいきましたし、少なくともお身体のほうはほとんど回復されています。驚くほどの回復ぶりといってもいいくらいですよ」

　ＪＪは笑顔で応じたが、マーシュ神父はまだ気になることがあると見え、首をひねった。

「しかし、枢機卿さまが誰かに狙われるなどと、私どもには考えられないのですよ。あの方を恨む人間などいるはずがありません。ヴァチカンからいらっしゃるアルベルティーニ枢機卿さまとは旧知の間柄とうかがっています。むしろお会いになった方が、モース枢機卿さまも安心なさるのではないかと思うんですがね」

　事情を知らないマーシュ神父にとっては、アルベルティーニ枢機卿の訪問を拒むことに納得がいかないのも無理はなかった。

「ええ、もちろん、枢機卿さまが個人的な恨みを買うような方でないのはよく承知しております。ただ、できるだけ用心しておきたいのです。さきほどの若者たちをごらんになったでしょう。モース枢機卿さまはヴァチカンに召還されています。そういった動きに敏感な人間もいるのです。うるさい連中がこのあたりをうろちょろして、枢機卿さまの安静を乱してもいけませんし。もうしばらくのあいだですから、どうかご協力をおねがいします」

　ＪＪはこんな説明ではとうて納得されないだろうと思いながら頭を下げた。

「いやいや」マーシュ神父はあわてて手を振った。「もちろん私は、協力するつもりでここに来たのです。ただ、ちょっと気になっていたものですから。申し訳ない。私などが口をはさむべきじゃなかった。もうあれこれ言わずにちゃんと役をこなしますよ」

マーシュ神父は手にした口ひげを振ってみせた。

「ドクター、枢機卿さまが病室を移ったことは、誰にも気づかれていませんよね」

「ええ。知っているのは看護師長だけです。彼女はプロ意識の徹底した信頼できる人間です。それに枢機卿には昨夜からずっとユーセフとナディアがついていますし」

三人はそこでなんとなく黙り込んだ。

「昨日私が車をぶつけられた男ですけれど……」しばらくしてゼノビアが言った。「ひょっとしたら、わざとぶつけたんじゃないかという気がしてきたわ。思い返してみると、やっぱりいろいろとおかしいもの。まるで私が空港に行くのを邪魔しようとしていたみたい。それに、私がナディアと電話で話しているのをしっかり聞いていたの」

「何かまずいことを言いましたか？」

ゼノビアは頭をかしげて少し考えた。

「それがよく覚えていないんです。私、遅れることをナディアに知らせなくちゃとそればかり考えて、何度も電話したんです。でもなかなか通じなくて……ナディアったら携帯の電源を入れ忘れてたんですわ。ともかく、ようやくつながったのは私があの男の車に乗ってからでした。そしたら、なんだか聞かれているような感じだったので、すぐに電話を切ったんです。大事なことは話さなかったとは思いますが、ああ、もしかしたらナディアの名前を言ってしまったかもしれないわ。それに、あの男はすぐに病院で検査すべきだとしつこく言い張って、そのまま病院に連れて行きそうないきおいだったわ……。空港に着いてからもまだ離れそうもなかったから、私、わざと国内線の到着ロビーの方に向かったんです」

ゼノビアは空港に着いたら一刻も早くふたりを見つけだしてセント・ポール病院に連れて行きたかった。しかし、モーゲンソーがあれこれ理屈をつけてゼノビアから離れようとしなかったため、トイレにかけこんでナディアに計画変更を伝えるメールを送ったのだった。

ユーセフとともにドーナツショップにいたナディアは、そのメールを受け取ると、ユーセフにぴったり身体を寄せてうでを組み、タクシーをつかまえてセント・ポール病院に直行した。

一方、ゼノビアから連絡を受けたＪＪは司祭館のキュート大司教に連絡を入れ、身代わり役としてモース枢機卿と背格好の似たマーシュ神父を送ってもらう手はずを整えた。そうしておいて病院の駐車場でユーセフとナディアを待ち受け、そのままふたりを最上階の特別室で待機させた。

ほどなく司祭館からマーシュ神父が到着した。マーシュが病室に入ると、そこにはベッドに起きあがって子どものように嬉しそうにマーシュを見上げるモース枢機卿がいた。マーシュ神父は、数日の間に表情が一変した枢機卿を前に一瞬言葉を失った。ＪＪはマーシュ神父につけ髭を渡し、急かして着替えをさせると、さっきまでモースがいたベッドに横たわらせた。

モース枢機卿の方は看護師長の手によって手早くシーツでくるまれてストレッチャーに乗せられ、遺体安置室に向かうエレベーターに運び込まれた。エレベーターはいったん地下で止まり、ふたたび動き出して最上階に向かった。

特別室で待っていたユーセフとナディアは、モース枢機卿とそこで初めて対面したのだった。

一方のゼノビアはその夜おそくなって病院近くのレストランでＪＪと会った。それからふたりは計画を練り直した。

「昨日のあなたの判断は賢明でしたよ。おかげで計画を早めてマーシュ神父を送ってもらい、さっきの若者たちが現れる前に枢機卿を移せたのですから。やつらがウロウロし始めたあとでは、移送は難しかったですからな。ところで、その男の名前をききましたか」

「ああ、そうだわ。これをお見せしなければ」

ゼノビアはポケットからモーゲンソーの名刺を取り出した。

「ヨハン＝モーゲンソー。宗教家。プロバトールの家主宰？　なんでしょう。聞いたことがありませんな。神父さまはどうです？」

マーシュ神父もＪＪから渡されたカードをながめ首をひねった。

「ふうむ……。私も知りません。が、おそらく新興の宗教団体でしょう」

「そのようでしたわ。宗教の話になるとやけに熱心で。カトリックも仏教もみんなダメだとか、そんな話を得々としてました」

「プロバトール……。神父さま、これはグノーシス思想と関係ありませんか」ＪＪが言った。

「私もちょっとそれを思いました」

「なんですの？　その、グノーシス思想って」

「私も詳しくはないのですが――」マーシュ神父が説明した。「一世紀から三世紀くらいにかけて、地中海世界でグノーシスとよばれるひとつの宗教思想運動があったのですよ。グノーシスとは智恵という意味でしてね。グノーシス思想はいちおうキリスト教から派生した異端といわれていますが、もっと古い起源をもつという説もあります」

「だから、あのモーゲンソーという男はキリスト教はだめだと言っていたのかしら」

「モーゲンソーなる人物がグノーシス主義者ならそう言うかもしれません」

「ただ、グノーシス思想じたいは今に始まったことじゃないし、プロバトールという名前を使っているからといって、そうだと決まったわけでもない。どう思われますか、マーシュ神父。モーゲンソーという男は単なる新興宗教の教祖かもしれないし、宗教団体を隠れみのになんらかの活動をしているのかもしれない」

「これだけでは判断がつきませんね」

「でもやっぱり昨日の事故はおかしいと思うわ。なんだか怖いようだわ」

ゼノビアの小さな顔がくもった。

「用心しましょう」JJが励ました。「ともかく、今日中に無事に枢機卿さまをローマ行きの飛行機に乗せればいいのです。私もできるだけこのモーゲンソーという男のことを調べてみますよ」

「さて、じゃ、私は今日もここでゆっくりしていればいいのですね。病人役なんて退屈だろうと思ってましたが、どうしてどうして、なかなかスリルがあります」

「精一杯病人らしくして、ここにじっと籠もっていてください。面会謝絶はまだしばらく続けさせますし、ここには看護師長しか来ませんから。よろしく頼みましたよ」

JJの懐で呼び出し音が鳴った。ポケットベルを取り出したJJはふたりに静かにするよう合図してドアを開けた。薄いピンクのユニフォームを着た大柄な看護師長が、まったく無表情にそこに立っていて、低い声でＪＪに何か言った。

「枢機卿がお目覚めだ」

セント・ポール病院最上階の特別室はにぎやかだった。モース枢機卿のベッドのそばには、昨夜から泊まりこみでつきそっているユーセフとナディアがおり、そこに今、ドアを開けてＪＪとゼノビアが現れたのだ。

モース枢機卿はベッドに半身を起こして柔和な瞳を見開き、ふたりの若い女性をぽかんと見つめた。

ゼノビアはドアのそばで立ちどまった。ナディアも立ち上がりゼノビアをみつめた。ふたりはしばらくそうして真剣に向かい合っていたが、やがてどちらからともなくふきだした。ゼノビアが駈けよってナディアをしっかりと抱き、ふたりは額を寄せて熱心に何事か話し始めたが、すぐにモース枢機卿の方に笑顔をむけた。

「驚かれたでしょう、枢機卿さま。こちらは妹のゼノビアです。ブリティッシュ・コロンビア大学に通っていますのよ。ごらんの通り、私たちは双子なんです。本当なら、昨日、ゼノビアが私たちを枢機卿さまのところに連れてきてくれるはずだったのですわ」

「どうも……私は夢を見ているのかな。ゼノビアか……。いい名前だ」

ゼノビアは枢機卿のベッドに近づいた。ゼノビアはモース枢機卿をひと目見るなり、大好きになったのだ。

「枢機卿さま、何もご心配はいりませんわ。姉はこれでもとびきり優秀ですのよ。ヴァチカンまでずっと枢機卿さまのお世話をしますから」

「ヴァチカンか。教皇さまはさぞかし待っておられるだろうな。ずいぶんご迷惑をおかけしてしまった」

「きっと首を長くしてお待ちですわ。ですから、急ですけれど、今日私たちと一緒に出発することになったんですの」

そういってナディアはなれた手つきで枢機卿の手首をとった。モースは一瞬びくっとして腕をひっこめようとしたが、すぐに素直にしたがった。

「気分はいいよ。だいじょうぶだ」

「明け方に、ちょっとうなされておいでのようでしたけれど」

「そうだったかい。夢をみていたのだろう」

「昨日からいろいろおありだったんですものね。枢機卿さま、わたし、今回はご一緒できませんけれど、次にカナダに戻っていらっしゃったときには、かならず司教館にお訪ねしますからね」

「お姉さんと枢機卿さまが無事にヴァチカンに到着できるよう、ぼくも全力を尽くしますよ」

ユーセフが姉妹の後ろから声をかけた。三人の若者は一瞬、目を見交わした。

JJのベルがまた鳴った。司教館のジャン・キュートからで、アルベルティーニ枢機卿がともかく今日中に病院に行きたいと言い張っているという。ちょっと看護師長と相談してくる、と言ってJJは出て行き、十分後に戻ってきた。

「なんとかなりそうです。アルベルティーニ枢機卿が到着するまえに手を打ちます。ゼノビア、さっきと同じ格好をして下の病室に行って、今日一日ナディアになっていてください。看護師長がいますから打ち合わせをして」

ゼノビアは枢機卿の前に跪き、頭を垂れた。枢機卿はかすかに手を動かしてゼノビアに祝福を与えた。それからゼノビアはナディアをもう一度無言で抱きしめ、化粧室で手早くしたくをすませると、静かに病室を出て行った。JJもツイードのジャケットを手に取った。

「さてと。出発は午後です。便が決まったら連絡します。それまで枢機卿さまをお願いしますよ。できるかぎり身体を休ませてあげてください。ああ、それから、ユーセフとナディアは婚約者だってことを忘れないように。いいですね」

17

バンクーバー、フェアモントホテル　3月2日夜

ダウンタウンの中心にある重厚で格式高いフェアモントホテルは、カナダ滞在時のモーゲンソーの定宿である。モーゲンソーは通年でスイートを借り切るほど、このホテルからの夜景が気に入っていたが、今夜はロイヤルブルーの空の下の街の燦めきも、入り江に映る虹のような光も彼の心を癒やすことはできなかった。モーゲンソーはいらいらと部屋を歩きまわり、計画通りにすすまなかった一日を苦々しく思いかえした。

まずはあのふたりだ。最近教団に入った若い信徒は、苦楽をともにしてきた古参信徒と違って

まったく使いものにならない。どんなことでもすぐに報告しろとあれほど口を酸っぱくして言っておいたのに……。カフェで朝食をとったまでは許してやろう。昨日からほとんど何も口に入れずにいたのだろうから。だがそのあと、どこをほっつき歩いていたのか、姿を見せたのはもう昼になろうという時間だった。道に迷ったというが言い訳だろう。おおかた、久しぶりに外の空気を吸って羽をのばしたくなったに決まっている。

――そろいの派手なオレンジのダウンジャケットを着込み、おそるおそるモーゲンソーの部屋に足を踏み入れた若い男女は、好奇心まるだしで豪華な調度に視線を走らせ、そのあいまにモーゲンソーの顔をちらちらと盗み見た。彼らにとって伝説の教祖に直接会うのは今回が初めてのことだった。

「間違いなく枢機卿と言ったんだな」

モーゲンソーは報告を聞き終わるとするどく念を押した。

「はい。間違いありません」若者はつかえながら、今朝、セント・ポール病院で見てきた医師とのやりとりを繰り返した。

「ふむ。それじゃ、モース枢機卿はまた具合が悪くなったというのか」

若者はそれが自分の責任であるかのように首を縮めた。

「脈が速くて熱があると、あの医者が言ってました。な、そうだよな」

男はとなりの小柄な女を小突いた。女はソバカスだらけの童顔でこくりと肯いた。

「車いすを押していた女は何者なんだ？」

「ええと、その……」若者は口ごもった。「たぶん、あの枢機卿の孫だと思います」

「ばかな！　カトリックの枢機卿に孫がいるものか。それくらいのこともわからないのか」

若者はご主人様に叱られた犬のようにシュンとなった。

「それで、その女の名は？」

若者は乾いたくちびるを舐めた。

「それは、はっきり聞きました。ナディアです」

「ナディア？　おかしいな」

「で、でも、間違いありません」

若者は怯えながらもそう主張し、女もモーゲンソーの方を向いて何度も首を縦にふった。

「ふむ……」モーゲンソーは考え込んだ。

「あのー」若者はためらった。

「なんだ？」

「婚約者が午前中に来ると言っていました。あの女の婚約者です」

「なるほど。もうひとり役者が登場か。おもしろい」モーゲンソーはにやりと笑った。「行ってよろしい。ご苦労だった」

モーゲンソーが手のひらで行けと合図したので、ふたりはあわてて回れ右をしてドアに向かった。

「ああ、それから、もう病院には近づくな。おまえたちは目立ちすぎる。それに、連絡のときは、どこにも寄らずにまっすぐに来るんだ。今日のようなことはもう許さんぞ。あとは指示があるまで道場でじっとしていろ」

　ふたりはぺこりと頭を下げて出て行った。

　モーゲンソーはふたりが消えたドアをしばらく睨みつけていたが、やがて電話をかけた。何回も呼び出し音が続き、ようやく相手が出た。

「私です。ええ、遅くなりまして。モース枢機卿が今朝からまた体調を崩したそうで……ええそうです。は？　聞いていない？　それはずいぶんと妙な話ですな。ええ、もちろん何かあればすぐにお知らせしますよ。それはそうと、そちらはどうですか。女については何か……はあ。わかりました。ええ。ではいずれまた」

　モーゲンソーは胸のなかで舌打ちした。黙って座っていれば向こうから情報が歩いてくるとでも思っているのだろうか。少しは自分から動いて情報収集してもらいたいものだ。なにひとつとしてわからないとは。それとも、ひょっとしてわれわれの関係が気づかれたのか？　いや、そんなはずはない。

　そのあと、ころ合いをはかって、モーゲンソーはふたたび電話をかけた。今度の相手は呼び出し音が鳴るか鳴らないかのうちに出た。

「枢機卿には会わせられないとキュート大司教が言っている。モースに会えるというから来たのに、いったいどういうことだ⁉」

　アルベルティーニ枢機卿の老女のようなかすれ声がとびこんできた。

「枢機卿さま、どうぞ落ち着いてお聞きください。モース枢機卿は今朝方、具合が悪くなられたのです。ええ、嘘ではありません。こちらでも確認しております。はい、そうです。どうでしょう、枢機卿さまも長旅でお疲れでございましょうし、本日のところはゆっくりお休みになっては——」

休んでなんかおられない、ともかく今日中に病院に行くのだ、と相手は甲高くさえぎった。

「もちろんそうしていただけるなら、ありがたいことです。キュート大司教とご一緒ですね。それならだいじょうぶでしょう。では、枢機卿さま、モース枢機卿となんとしても話をするチャンスをつくってください。そして、どんな小さく思えることでもわれわれにお伝え下さい、いいですね」

「わかっておる」

アルベルティーニ枢機卿は憮然として答えた。カトリック教会の枢機卿たるものが、どこの馬の骨ともわからない新興宗教の教祖などとこそこそ連絡を取り合うことが気に入らないのだろう。電話を通して苛立ちがびんびんと伝わってきた。ここまできて枢機卿にへそを曲げられるわけにはいかない。

「枢機卿さま、失礼に聞こえたらおゆるしください。それもこれも、カトリック教会を正しい方向にひき戻すためではありませんか。むろん、私はカトリック教徒ではありません。枢機卿さまからごらんになれば、私どもの教団など吹けば飛ぶようなものであることもよく承知しております。けれど、口はばったいことを申しあげれば求道者としての真摯な気持ちだけは、私も枢機卿さまと同じつもりです。それに、私の両親はローマ・カトリックでした。ソテル二世が導くカトリック教会がとんでもない方向に向かっているのは、部外者の私にだってわかります。私は父母が大切にした教会がみすみす堕ちてゆくのを黙って見ているのにしのびないのです。もちろん、清廉潔白なアルベルティーニさまのお手をわずらわせるなど、できることなら避けるべきでした。ですが、もう時間がありません。いま、カトリック教会を立ち直らせるためにもっともお力があるのはアルベルティーニさまをおいて他にはおられない。トレリ司教もそうおっしゃっています。そして、私どもにはささやかながらあなた方に協力するすべがあります。どうかそのためにも、モース枢機卿に会ってパスワードを見つけていただきたい。それがすなわち、カトリック教会を救う道につながるのですから」

「ふむ。まあ、うまくいけばそういうことになるのかもしれん……。けれどな、私はモースのために来たのだ。彼が利用されているのならばそれを伝えなければならない」

「そうです、そこが問題なのです。モース枢機卿さまは利用されておいでです。これは確かです。この真実をお伝えできるのは、アルベルティーニ枢機卿さましかいらっしゃいません」

「まあ、ともかくやれるだけのことはやる。私の気持ちはモースを救うことと、カトリック教会が間違った道に堕ちないようにできるだけのことをする、それだけだ。勢力争いになど興味はない」

「よく存じております。枢機卿さまに神のご加護がありますように」

電話を切ったモーゲンソーは腕を組み、しばらくじっと物思いにふけった。アルベルティーニ枢機卿こそヴァチカンの保守派にいいように利用されているのだ。あのこざかしいトレリ司教と、薄気味悪いビッフィ枢機卿に……。だが、まあいい。ヴァチカンなどしょせんそんなものだ。保守派であろうとリベラル派であろうと、連中は結局、相手を蹴落として自分たちの勢力を伸ばすことしか頭にないのだ。私はすでにそんなけちな争いをはるかに超えたのだ。

それからモーゲンソーは、アルベルティーニ枢機卿が保守派の思惑に気づく日が一生来ないように、しばし心から祈った。

夜が更けてしとしとと雨が降り出した。ひよこ豆のスープと黒パンのごく簡単な夕食をとっていたモーゲンソーのもとに、クリシュナが音もなくやってきた。

ネパール出身の浅黒い肌をしたクリシュナはもっとも忠実な古参信徒で、出るべきところと引くべきところを完璧に心得ており、この気むずかしい教祖が口を開くより前にその言わんとするところを察知する能力に長けていた。モーゲンソーの八角堂に入ることをゆるされている唯一の側近であるのもそのためだ。

白い修行服の上下を着たクリシュナは、前置きを省いてすぐ用件にはいった。

「アルベルティーニ枢機卿は、夕方キュート大司教と病院に行きました。しかし、その時にはすでにモース枢機卿は集中治療室に入っており、話はおろか近づくこともできなかったとのことです。でも、ガラス越しにたしかに枢機卿の姿を確認されました」

「集中治療室か。となると、もう少し時間がかかるな。で、あの女は」

「はい。あの女性はモース枢機卿の世話をするために送られた看護師のようです。名前はやはりナディアで間違いありません」

「なるほどな。昨日はたしかゼノビアと言っていたはずだが」

モーゲンソーは指先でゆっくりテーブルを叩いた。

「昨日とは服装と髪型を変えていましたのですぐにはわかりませんでした」

「そうか……。看護師のタイプには見えなかったがな。女はわからないものだ」

昨日、女を車に乗せて空港に送るところまではうまく運んだが、そのあと空港でまんまと巻かれてしまった。しかし枢機卿にぴったりついているのはやっぱりあの女だった。

「アルベルティーニ枢機卿は明日もセント・ポール病院に行くのだろうね」

「かならず行くとおっしゃっているそうです。司教館と病院の対応にいたくご立腹でしたので」

「ふん。期待はできないが、まあ、明日一日待ってみようじゃないか。どうせモースは動けない。何かが出てくればよし。出なくても別の手はある」

クリシュナは頭を下げ、来たときと同様、音もなく去った。


宗教家ヨハン・モーゲンソーがヴァチカンのハーニー・アマルの存在を初めて意識したのは三年前だった。

その春、アマルは枢機卿に叙階された。さっそくアマルのプロフィールを調べたモーゲンソーは、近い将来彼がカトリック教会のトップに立つに違いないと確信した。それはまた、プロトールの家を世界でもっとも有力な教団にしようともくろむモーゲンソーにとって、明確な形を持つ脅威であった。

モーゲンソーは行動を開始した。まず、カトリック教会のスキャンダルを蒐集することから手をつけた。始めてみると、教会はこの手のネタに事欠かないことがすぐにわかった。そして昨年末の「聖ハドリアヌスの殉教」以後は、ハーニー・アマル枢機卿の過去を徹底的に洗うようクリシュナに命じた。アマルに近い人間の動きも追い、必要とあらば盗聴、郵便物の開封、メール閲覧などの手段を使うことも躊躇わず、金も惜しみなく使った。

そして昨年末、ローマ市内の遺跡でアジール大司教がユーセフという青年と会うという情報をクリシュナがもたらした。アジール大司教がハーニー・アマルと同時期にヴァチカンの住人となったこと、それ以前にふたりの接点はまったくなかったが、現在ふたりが深い信頼関係で結ばれていることなどをモーゲンソーはすでに知っていた。当然アジールも監視対象に入っていたのである。モーゲンソーはさっそくローマに飛んだ。

問題の日、アジール大司教は、ユーセフ・ナーデルとともにパラティーノの丘にいた。モーゲンソーは入り口でチケットを買い求め、観光客をよそおってふたりをつかず離れず見張った。やがてふたりは闘技場跡で立ち話を始めた。モーゲンソーは、奥の太い柱のかげに隠れて様子を窺った。

「古代ローマ帝国とは、良くも悪くも人類の歴史のひとつの見本だな。どうだ、このすさまじいばかりの皇帝の権力は」

アジール大司教の大きな低い声がモーゲンソーのところまでよく響いた。ローマで研修を開始したばかりというユーセフはぐるりと遺跡を見わたした。

「ぼくはさっきフォロ・ロマーノに立っていたとき、ここであの偉大なローマ帝国の歴史が刻まれたんだと思って、鳥肌が立ちました」

「ああ。その気持ちはよくわかる。ここにいると、歴史の重みに圧倒される。それにしても二千年前も今も人間というやつはたいして進歩しとらんな」

ユーセフはまぶしい日差しをさけて、陰になっている列柱の方に歩いてきた。モーゲンソーは柱から出てさりげなく反対方向に歩き出した。

「おや、それはなんだ？」

アジールの声に、モーゲンソーは思わず足を止めた。靴ひもを結ぶふりをしてかがみ込み、タイミングをはかってふたりの方をふりかえった。

「え？　ああ、これですか。つい、こうやって確認するのが癖になってしまって」

ユーセフはジャケットの胸ポケットから何かを取り出しているところだった。

「なんだ？　腕時計か」

「高校を卒業するときエリーにもらったんです」

「エリーに？　そりゃまた……」

「といっても、プレゼントとか、そういうものではないのですが」

アジールは興味を引かれたようだった。

「どれ、ちょっと見せてくれ」

しばらく沈黙があった。

「……古い時計だな。どうしてこんなものを？」

「ネジをまけばちゃんと動くんですよ。ほら、時刻もぴったり合っているでしょう」

「ほう。いわくありそうな時計だ」

「はい」

「なんだ？　あるのか」

「そうなんです……」

ユーセフがいきなりまわりを見まわしたので、モーゲンソーは急いでその場から離れた。しかし、いったん姿が見えないほど離れてから用心深く戻ってきた。ふたりはまだ同じ場所に立っていた。

「……そうか。あの事件か」

「卒業式にエリーが来て教えてくれたのです」

「ふうむ……。あのお喋りのエリーがよく長年黙っていられたものだな。いや、冗談をいっている場合じゃない。この話は聞かなかったことにしよう。エリーが口をつぐんでいたからには、それだけの理由があるってことだ。いいかユーセフ、これからも胸のなかにしまっておけ」

「はい。ただ、大司教にならなら、と思って。以後気をつけます」

「いやいや、私が悪かった」とアジールは手を振った。「きみへの思い入れが普通じゃないとは感じていたがな。そうか。そんな事情があったたか」

どうやら大事な話を聞き逃したらしい。モーゲンソーは臍をかんだ。が、アジールのレバノン時代の交友関係のなかで、エリー・ハビブという修道女がいることはクリシュナの報告で知っていた。そのエリーが働いていた孤児院でユーセフが育てられたことも。しかしそれ以上の事情がそこにはありそうだった。そして、その事情がなんであれ、修道女エリーはそれを長年隠し通してきたのだ。

モーゲンソーはさっそくクリシュナに、この件をさぐるよう命じた。

その一週間後、クリシュナがやってきた。モーゲンソーは期待感を露わに彼を迎えた。しかしクリシュナは暗い顔をして眼を伏せた。

「ユーセフの件については、恐れ入りますがもうしばらくお時間をいただきたく存じます。まるで空中からひょいと湧いてきたように、何ひとつ情報が出てまいりません」クリシュナは申し訳なさそうに頭をさげた。

モーゲンソーは小柄ながら筋肉質のクリシュナを見下ろした。モーゲンソーは彼に全幅の信頼を置いていた。そのクリシュナが言うなら待つしかあるまい。

「で、今日は?」

「はい。ハーニー・アマルがアレクサンドリア時代に交際していた女性のことがわかりました」

「ほう。さすがのソテル二世にも女の影ありか」

とは言ったものの、俗世界時代のアマルの交際自体は、たいして珍しいことではないとモーゲンソーは思った。

「女性の名前はクリノチサト。日本人留学生でした」

「なるほど」

「彼女は大学卒業後しばらくしてハーニー・アマルと別れ、帰国しています」

モーゲンソーは続きを待った。クリシュナがわざわざ報告するからには、それだけの話ではあるまい。

「当時、ハーニー・アマルはアレクサンドリア大学の講師でした。アマルの同僚のなかに、その日本人学生の就職の件でアマルから相談をうけたという教授がおりました。就職先が決まりかけていたのに急に国に帰ってしまい、ほどなくアマル自身も大学を去ったので、強く印象に残っているということです。でも、それだけではありません」クリシュナは目を上げた。「女性が帰国したのは、アマルに堕胎を強要されたことが原因だという噂が、当時教授陣の間であったといいます。アマルが大学でのポストを得られなかったのも、この件が内々に問題にされたからのようです」

モーゲンソーの頭が忙しく回転し始めた。クリシュナは続けた。

「クリノチサトの同級生だった二、三人にもあたってみました。チサトは相手の相談に乗ることはあっても、自分の悩みを打ち明けるタイプではなかったようで、結局、そのような事実を示唆する話は聞くことができませんでした。ただ、彼女の友人のひとりは、帰国前のチサトがハーニー・アマルとの交際について相当に悩んでいて、アマルを信じることができなくなったいま、これ以上エジプトにとどまることはできない、と珍しく弱気でいたと証言しました。そしてチサトは、ある日突然日本に帰ってしまい、それ以後いっさい連絡が取れなくなってしまったということでした」

「なかなか興味深い話だ。日本人だといったな。必要なら本部の人間を使っていいぞ」

「実はすでに本部にも依頼し、帰国後のチサトのことを調査させました。ところがこれも謎だらけです。実家の近所で聞き込みをしましたが、彼女の消息を知る人はいませんでした。外交官だった父親はチサトの帰国時期と相前後して死亡、母親の方も最近病死したようです。実家はすでに売りに出されています。チサトには弟がひとりいたはずですが、イギリス在住でまだ接触できません。ところが――」

「どうした?」

「戸籍を調べることができました。それによると一九九〇年代にチサトには失踪宣言が出され、その後除籍されています。状況から考えますと、チサトはおそらくもうこの世にはいないのではないでしょうか」

モーゲンソーはなぜかいいしれぬ衝撃を受けた。

「まだ若かっただろうに――」

「はい」クリシュナは静かに目を伏せた。モーゲンソーはしばらく考えた。

「ハーニー・アマルはひとりの女性を棄て、堕胎を強要し、その結果死に追いやった、そういう図式が見えてくるということだな。ふむ……使いようによっては役に立つかもしれない。クリシュナ、いずれにしてももう少し情報を集めてくれ」

18

今、モーゲンソーはこの時のやりとりを反芻し、クリノチサトとハーニー・アマル、つまり現教皇ソテル二世のスキャンダルを利用すべき時が近づきつつあると考えた。保守派連中も動き始めている。ビッフィ枢機卿など、この話を聞かせたら舌なめずりせんばかりに喜ぶだろう。

だが肝心なのは、とモーゲンソーは自分に言い聞かせた。もっとも効果的な時と方法を誤らぬことだ。

暗くなるのを待って業務用エレベーターにモース枢機卿を乗せ、セント・ポール病院を抜け出して空港で搭乗手続きをすませるまで、あっけないほどすんなり事がはこんだ。

空港までの道々、ユーセフはルームミラーで何度も後方をうかがったが、目にはいるのはヘッドライトの洪水ばかりだった。まぶしさに目を細めながら、ひょっとしてすべてが茶番なのではという何度目かの疑念が頭をかすめた。

ヴァチカンは枢機卿のためにファーストクラスを用意してくれた。通路をはさんで左側にユーセフとナディアがならび、反対側に枢機卿がいる。三人とは別行動をとって一足先に乗り込んだＪＪは最後部のシートだ。これまでのところ、枢機卿はなんとかこのあわただしい移動劇に耐えてくれている。乗客がほかにわずかしかいないのもユーセフたちを安堵させた。一組は二列前のアフリカ系の若い母親と男の子で、子どもはよくしつけられているらしく、母親が低い声で絵本を読んでくれるのに聞き入っていたが、今はぐっすり眠っていた。枢機卿の前のシートには、六〇代の裕福そうなイギリス人夫婦がくつろいでいた。夫はずっと映画に見入り、栗色の髪を上品にセットした妻は席を立って化粧室に向かうたびにユーセフとナディアににっこりと微笑んでみせた。これがファーストクラスの乗客すべてだった。

モース枢機卿はシートを倒して休み、表情はやすらかで呼吸も落ち着いていた。しかしつい先ほど、枢機卿の身体がビクンと動いた。ナディアはすばやく席を立って枢機卿にかがみこみ、ほんの一瞬、ＪＪのいる後方に厳しい視線を走らせたが、そのまま枢機卿をブランケットでくるみ込み、枕をなおしてユーセフの隣に戻ってきた。

「どうかしたかい?」

ユーセフはナディアの整った静かな横顔に問いかけた。

バンクーバー国際空港のロビーで初めて会ってからまだ二日も経っていないとは思えないほど、ユーセフは彼女を前から知っていたような気がした。この短い間に、ナディアがその優しい外見に似あわない強靭な精神の持ち主であることに何度も気づかされた。特に自分の役割をのみこんでからは、驚くべき忍耐力とある種の使命感ともいうべきもので動いているように感じられた。モース枢機卿もすぐにそれを見抜いたらしく、安心してナディアにすべてを任せきっていた。

「枢機……、いえ、おじいさまの手がどうかしたみたいなの」

ナディアは美しい眉をひそめた。今日のナディアはブラウン系のパンツと白いシャツに、ココア色のカーディガンを重ねている。ユーセフは日頃、女性の服装などに注意を払ったことなどなかったが、全体のやわらかな色調がナディアのしとやかな雰囲気によく似合っていると感じた。

「でもね、JJが席に戻っていろって合図をよこしたのよ。たぶん、JJは何か知っているんじゃないかしら。ユーセフ、あなた心当たりある?」

ユーセフはかぶりをふった。「どうかしたってどういうこと?」

「よくわからないけど、しきりに右手をさすっていらっしゃるの。だいじょうぶっておっしゃったけれど、もしかしたら手術のあとが痛むのじゃないかしら。鎮痛剤は飲みたくないとおっしゃるけど、手のひらがすごく赤くなっていたわ。それに、なぜだか、あの方はそれを隠そうとされている感じなの。きっとこれが初めてではないと思うわ」

「ふーん、どういうことだろう。もしかしてそれもプロジェクトと関係があるのかな。まったたく、このプロジェクトときたら――」

「ユーセフ、そのプロジェクトのことだけど」ナディアは声を落としユーセフに顔を寄せた。柔らかな髪がユーセフのほおにかすかに触れた。「――コプト修道院の古文書や、アレクサンドリア図書館の蔵書がまだどこかにねむっているらしいってことは、だいたいわかったわ。でもね、それを見つけるためにどうしてこんな大げさなことをする必要があって？　だって、要するに大昔の本なんでしょう？　アレクサンドリアではザヘル修道士が襲われて、そして、こんなふうに無理をさせて枢……おじいさまをバンクーバーからヴァチカンに移さなければならない。私たちも変装なんかして。そこまで用心しなければならないのは、何かもっと別の理由があるはずだわ」

それは、ユーセフ自身もずっと疑問に思っていたことだった。

「ふつうに考えれば、書物を奪おうとしている人間がいるってことなんじゃないかな。だってそうだろ。この世界から失われてしまったと思われていた古代の貴重な書物だ。ものすごく価値があることは間違いない。もしそれが金に目がくらんだ連中の手に渡り、売りさばかれてしまったら？　すごい値段がつくはずだ。だから、マレオティス・プロジェクトを狙い、情報を手に入れて、ぼくたちより早く書物を見つけてしまおうとする人間がいたとしてもおかしくない。だろう？」

ナディアはユーセフの表情を注意ぶかくさぐった。

「たしかにそうね。でも？」

「うん。今言ったのがいちばんありそうな理由なんだけど、どうもそれだけじゃないような気がするんだ。もっと別の何かがあるんじゃないかな」

「それはなんだと思う?」

ナディアはユーセフの眼の中を熱心にのぞき込んだ。ユーセフは考えながら言った。

「まったくの想像だけど、もしかしたら古代アレクサンドリア図書館の蔵書が発見されては困る人たちがいるのかも……」

「困る人たち?」

「うん」

「どういうこと?」

「そこのところはまだよくわからないけど」ユーセフもその点をあれこれ考えてはみたのだ。

「ね、ユーセフ、図書館にどんな本があったか知ってる?」

「……?」

「それがヒントになるんじゃないかしら」

「そうか、なるほど。そうだな。ええと、まず、アレクサンドリア図書館は古代世界最大の図書館といわれていた。つまり貴重な本を山ほど所蔵していた」

「そうね。続けて」

「たとえば——」ユーセフは指を折った。「アレクサンドロス大王の遺体の埋葬場所を記した書物——」

「待って。アレクサンドロス大王の遺体? マケドニア王の? ふうん。いわれてみればアレクサンドリアという町は大王がつくったんですものね。大王の遺体がどこにあるかなんて、いままで考えたこともなかったけど」

「古代のマケドニアでは、先王を埋葬した者が玉座につく正統な権利をもつとされていたそうだ。だから、亡くなった王の遺体を手に入れることはきわめて大事なことだった。アレクサンドロス大王はあの有名な東方遠征の帰り道、バビロンであっけなく世を去った。マラリアだったという話もある。三十代初めの若さだった。そして、異例のことだが、遺体は荼毘《だび》に付されることなく、入念な防腐処理を施されはちみつ漬けにされた」

「はちみつ漬け？　まあ！　でもなんのために？」

「アレクサンドロス大王の部将のひとりに、王と幼なじみのプトレマイオスという人物がいたんだ。若き日のアレクサンドロスと一緒にアリストテレスから教育をほどこされたそうだ。彼がのちのプトレマイオス一世、つまり、プトレマイオス朝エジプトの初代の王だ」

「ということは……その幼なじみがアレクサンドロス大王の遺体を手に入れたというわけね？」

「そうだ。大王のとつぜんの死で、武将たちは自分こそが大王の後継者だと証明するために躍起になった。そのためには、大王の遺体を手に入れなければならない。武将プトレマイオスは、バビロンからの遺体運搬を任された太守に巨額の賄賂をおくって、王の葬列をマケドニアではなくエジプトに向かわせることに成功したんだ」

「じゃ、さいしょ大王の遺体はマケドニアに向かっていたのね」

「うん。アレクサンドロス大王は、本来はマケドニアに埋葬されるはずだった。マケドニア歴代の王が眠る墓所にね」

「ところが、プトレマイオスは遺体をマケドニアではなく、エジプトに運ばせた」

「そうだ。プトレマイオスは、数年間、アレクサンドロス大王の遺体をエジプトのメンフィスに置いていたという話もある。そのあと大王の遺体は豪華な黄金の棺におさめられ、アレクサンドリアで常時展示されることになった。それは、プトレマイオス一世の権力の正統性を示すのにじゅうぶん役だったことだろうね。棺を安置するためのソーマといわれる霊廟もアレクサンドリアに建立された。以後、プトレマイオス朝歴代の王はソーマに埋葬されているんだ」

「じゃ、大王の遺体は、そのソーマに埋まっているんじゃないの?」

「ところが、ソーマの位置がはっきりしないんだ。古代の地図をみても、ソーマはいろいろな場所に描かれている。それに、紀元前一世紀頃、プトレマイオス十世が黄金の棺を盗み、アラバスター製の棺に遺体を移したという記録もある」

「なぜそんなことをしたのかしら」

「わからない。それに、アレクサンドロス大王の墓に関する記録は、紀元後二百十五年を最後にぷっつりと消えるんだ。この年、ローマのカラカラ帝が大王の墓を参拝したという記録が残っている。その後、四世紀にアレクサンドリアを訪れたクリュソストモスというキリスト教の司教は、ソーマの場所さえ忘れ去られていたと言っている」

「それにしてもユーセフ、あなたよくそんなこと知っているのね」

実は、会議室を出て行くときエヴァンズ神父からよかったら読んでみてくださいと渡された冊子に、エジプトとコプト教会の歴史や、アレクサンドリア図書館にまつわる興味深い逸話がまとめられていたのだとユーセフは種明かしをした。

ナディアは両手を額にあてて考えこんだ。

「――でもね、書物が発見されて大王の遺体がアレクサンドリア以外のどこかで見つかったとしたって、まさかいまさら、プトレマイオス王朝の正統性が否定されるなんてことはないでしょう。もちろん遺体が発見されたら歴史家にとっては大事件でしょうし、プトレマイオス朝の歴史にも新たな事実がつけ加わるとは思うけど。ユーセフ、アレクサンドロス大王のお墓を見つけられたら困る人なんている？　むしろ喜ばしい大発見よね」

「そうだね。たしかに、いま話した事なんかは、純粋に考古学的発見に属するものだろうね。墓が見つかれば、大王の遺骨や黄金の棺、それに建造に二年間を費やしたといわれる豪奢な葬送馬車、それからソーマの遺構もみつかるかもしれない。プトレマイオス朝歴代王の副葬品も見つかるだろう。考古学的価値はかなり期待できる」

ナディアはうなずいた。

「たしか、初期キリスト教関連の史料もあるのよね」

「うん。現在、教会が正典として認めている聖書は、四世紀末くらいまでに定められたものだよね。そのほかに外典《アポクリファ》がある。でも、外典にも入れられずにまったくの異端として除外されたキリスト教の史料は山ほどあるんだそうだ。そしてこの選別をしたのは誰かというと——いうまでもなく教会だ。いいかえれば、教会にとって不都合だと判断されたものは排除された。現在のぼくたちが知っているキリスト教というものは、教会側がある目的にしたがって構築したひとつの型だとみることもできる。ぼく自身は、異端としてしりぞけられた文書にどんなことが書いてあったか純粋に興味があるね。もしかしたら、イエスその人にもっと肉迫した史料があるかもしれないし、ひょっとしたらイエス自身が何か書き残しているかもしれないんだよ」

ナディアはシートにもたれ急にだまりこんだ。

「疲れたかい？　ローマに着いたらぜひエヴァンズ神父に会ってほしいな。ぼくが話したことはしょせん素人考えだから」

「いいえ、ちがうの。私、いままであなたのように考えたことがなかったから。キリスト教の教義が、教会側の都合によって決められたものだなんて――」

「ああ、ちょっと乱暴な言い方だったかもしれない。教会はもちろん、神学的な裏づけをもって選別したはずだし、もっとも信頼すべき文書を正典としたはずだ。それに、アジール大司教ならそこにかならず神の意志が働いていたというだろうな」

「ええ、そうよね。でも私、これまであまり疑いを持たないできてしまったの。妹のゼノビアなんて、いつもそのことで私をからかっていたわ。盲目的に信じちゃだめよって――そう、たしかに、教会がしりぞけてしまった文書というものがあったはずなんだわ……」ナディアの声がだんだん小さくなっていった。「――そうだわ！　それよ。もし、アレクサンドリア図書館の蔵書がみつかって、いまの教会の教えと矛盾するものが出てきたらどう？　そして、その方が正しいと裏付けられたら？」

「そうか！」

「ねえユーセフ、そのときに困るのは誰かしら？」

「それは、おそらく、現在の教会の指導者たちだろうな」

「でも、教皇さまはこのプロジェクトを進めようとしているのよ」

「うーん。たしかにそうだけど」

「ソテル二世はかつてコプト教徒だったわ」

「だけど、教皇さまはコプト教徒としての立場はもう捨てられた。それに、ソテル二世はカトリック教会のトップに立つ方だけど、もっとずっと大きな視点からものごとを考えていらっしゃるように思う。ご自分のことはもちろん、カトリック教会の面子などというものからも自由でおられる。きみも直接お会いしてみればきっとわかるよ」

「ええそうでしょうね。でもねユーセフ、もしもまったく新しいしかも強力な史料が出てきて、教会が今まで公式に認めてきた教義が脅かされそうになったら？　そうしたら教皇さまは困った立場にならないかしら」

「さあ、ぼくなんかにはわからないけど、むしろ、新しい説が出てきて困るのは、保守派といわれている方の人たちじゃないかな。ソテル二世はかなり自由な思想の持ち主だと思うんだ。きみも、知ってるよね、あの服装」

ナディアがほほえんだ。

「ねえ、ユーセフ。私、このあたりに何かがありそうな気がする。考えてみる必要があると思わない？」

「うん。ただね、そういうものがあると決まったわけじゃないし、たとえ新しい史料が見つかったとしても、まずは学者たちが慎重に検討するはずだ。ともかくコプト教会側は、発見された文書はすべてヴァチカンの管理にゆだねると申し出ているのだから」

「それは賢明なことなんでしょうね」

「ぼくらもそれがいちばん良い方法だということで一致したんだ。人類にとっての貴重な遺産であるのはたしかだからね」

そのとき、通路を歩いてきたＪＪがほんのかすかにふたりのそばで歩調をゆるめて通り過ぎていった。ふたりは口をつぐんだ。

「もう黙ろう。ナディア、今は枢機卿をヴァチカンに安全に送り届けることだけを考えようよ」

ナディアはため息をついてシートにもたれかかった。

「ベンヤミン院長はいったいどこに本を隠したのかしらね。プロジェクトを秘密にしておきたいのはわかるわ。いろんな意味で宝の山だし、ある意味で危険かもしれないものね。それにしてもひどいわ。こんなに弱っていらっしゃる枢機卿さままで巻きこむなんて。教皇さまがどんなに立派なかたでも、私、これだけは納得できないわ」


洗面所に入ったジョルジュ・ジァジァは、鏡にうつる自分の顔と向き合った。疲労がはっきりと顔に出ている。彼は顎髭をていねいに整え、隈のできた目のまわりを軽く指で押した。

ユーセフたちは何をあんなに熱心に話しあっていたのだろう。若い者はいい。まるで本物の恋人同士のようだ。ナディアは枢機卿の手の異常に気づいたのだろうか。察しの良い彼女のことだから、おそらく何か感づいたに違いない。が、賢明にもそのままにしておいてくれた。

あと少しで到着だ。いくらプロジェクトのためとはいえ、お気の毒な枢機卿の怪我を利用してあのような処置をしなければならなかったのは、心苦しいことだった。しかも、これをあの万事控えめなザヘルが提案したとは。あのときはそこまでする必要があるとは思えなかったが、今となっては彼が正しかったと言うほかない。有無をいわせず飛行機に乗せたザヘルの判断のおかげで、ぎりぎり間に合ったのだから。

ただ、あれがこんなに早く作用してしまうのは計算外だったし、モース枢機卿の反応も奇妙だ。枢機卿がこのことをウスペンスキー医師に伝えなかったのはなぜだろう。自覚症状がなかったはずはない。それどころか、おそらくだいぶ痛んだはずだ。もちろんそのおかげでわれわれは救われたようなものなのだが。

ともかく、なんとかここまできた。ベンヤミン院長の命じられた使命の完了が近いと思えば感無量だ。もちろん本当に大事なのはこれからだ。まだまだクリアすべきことが残っている。一九七四年以来ずっとそうしてきたように、これからも忍耐強く、慎重であらねばならない。ベンヤミン院長の時代から数えて一三六七年だ。それに比べれば、私が待った三十五年の年月などものの数ではないかもしれない。それでも、苦しかったことに変わりはない。使命から逃げ出したいと思ったのも一度や二度ではない。だからこそ、あの一九八〇年に手がかりを見つけた時の驚きと喜びはたとえようもなかった。もう二度と、どんな手段を使おうと、手がかりを見失ってはならない——あの頃の私にはそれだけしか頭になかったし、そうする以外に進むべき道はなかった。

——だが、はたしてそれは正しいことだったのか。結局はわれわれを信頼してくれていた人たちを騙し、不幸にしただけだったのではないか。

聖マルコ、ベンヤミン院長、あなた方はそれでも私たち《守護者》を嘉《よみ》されるのですか——。

19

ヴァチカン　３月３日早朝

《ソテル二世は果たしてローマ・カトリック教会の長としてふさわしい人物なのか？　残念ながらノーと言わざるを得ない。なぜなら、ソテル二世は現在もコプト教の信仰を棄ててはいないからだ。複数の驚くべき事実がそれを如実に示している。使徒ペトロの後継者の座につくものが真正のローマ・カトリックでないなど許されざる神への冒瀆。世界中の信徒に対し、ヴァチカンはどう申し開きを……》

《ヴァチカントップに近い信頼すべき情報によれば、着座式直後、ソテル二世はコプト教会関係者とヴァチカンで極秘裏に会談した。ここでなんらかの取り引きがなされたものと考えられるが、両者とも会談の存在そのものを認めていない。さらに、コプト教会側は頑なに否定しているが、これと相前後してコプト教会関係者が何者かに襲われており、先に行われた会談との関連が……》

《このようなおぞましい映像を流さねばならないわれわれの苦悩をどうかお察し頂きたい。できるならこのようなことをしたくはなかった。しかしわれわれはいかに醜悪であろうと真実を伝える道を選ぶことを決意した。もちろん判断は視聴者諸兄に委ねられている。ただし、これだけは自信をもって申しあげる。われわれは動かぬ証拠をつかんでいる。これは氷山の一角に過ぎない……》

《ハーニー・アマル青年を知る人びとは一様に口を閉ざし、足早に去っていった。しかしやっと、アレクサンドリア大学時代のアマル青年を知る人物が重い口を開いた。その内容は信じ難いもので……》

エヴァンズ神父はプリントアウトした紙束をばさばさいわせながら、スータンの裾をひるがえして廊下を抜け、教皇執務室の前に立った。そこでひとつ深呼吸をして息を整え、ドアをノックした。

おはいりという返事があり、エヴァンズはなかに入った。部屋はすでに暖まっている。ソテル二世は執務机の向こうに座り、スタッフォード枢機卿は孤独な瞳に疲れの色をにじませてソファにかけていた。アジール大司教はいつものように腕組みをして、大きな目で窓の外を眺めている。

深夜から早朝にかけて各国のインターネット掲示板と動画サイトにおびただしい量の投稿が一気に流れた。

昨年末の「聖ハドリアヌスの殉教」あたりから、カトリック教会への注目度がこれまでになく増し、グレゴリウス十七世崩御直後にはね上がった。そしてもともと人気の高かったアマル枢機卿が教皇に選出されると、教皇ファンサイトともいうべき各種のウェブサイトが林立する状態になっていた。教皇の一日のスケジュールから始まって、三度の食事のメニュー、服装とそれについてのコメント、好物のチョコレートの銘柄、中庭で散歩中の教皇を隠し撮りしたと思われる映像、ソテル二世のあらゆる言動についての勝手な解釈、サン・ピエトロ広場で教皇に声をかけられ天にも昇る心地の信徒へのインタビュー、ソテル二世が各地を訪れた際にそばで仕える栄誉を得た人が語る素顔の教皇……と、アイドル並みの扱いであった。

ほとんどは罪のない、毒にも薬にもならぬもので、これらをチェックするヴァチカンの広報担当者が問題にせねばならないものはほとんどなかった。

しかし、今回は明らかに性質を異にしていた。まず、世界各地における同時多発的な投稿であり、その内容がきわめて悪意に満ちたものであること、かつ関係者でなければ知り得ないはずの情報が随所にちりばめられていることである。いずれもソテル二世への悪質な個人攻撃か、教皇派と目される高位聖職者に関係するスキャンダルだった。なんらかの組織によって周到に用意された情報作戦であることが推定された。一斉攻撃が開始されたのである。

反応も、ヴァチカンへの関心の高さに比例して早かった。根も葉もない誹謗中傷に惑わされないようにという当初のトーンは、反対者の大量の書き込みによって、津波に呑みこまれるように潰されていった。新しい「証拠映像」なるものが次々とアップされ、信頼できる消息筋からの情報として、ハーニー・アマルのアレクサンドリア時代の言動の数々が暴きたてられた。

状況は刻々と変化していた。ローマ時間今朝五時にアップされた記事が、いまやもっとも注目を集めていた。ある投稿者がハーニー・アマルの大学時代の恋人について暴露したのである。投稿者はその女性を悲劇のヒロインに仕立てていた。学者としての出世が望めないと判断したアマルがカトリック聖職者の道を選び、その妨げとなる恋人をぼろ切れのように棄てたというストーリーが展開されていた。しかも、当時妊娠していた女性は中絶手術を強要させられた挙げ句、心身ともに追いつめられて、ついには「不幸な結末」を迎えたと、記事は思わせぶりに結んでいた。

いかに胡散臭い話だとはいえ、人気絶頂のカトリック教会トップのスキャンダルとしては最悪だった。真偽はそのままに、数名の過激な論調の投稿者による巧みな情報操作によって、このストーリーが既成事実のごとく扱われ、サイトは炎上、一時間後に閉鎖された。しかし、すぐに同様のサイトが雨後の竹の子のように立ち上がった。

起きてすぐ、いつものようにパソコンを立ち上げ、メールをチェックしたエヴァンズが、ここ数日で急速に増えてきたヴァチカン関連のニュースを確認しようと検索サイトにいくつかのキーワードを打ちこもうとしたとたん、これらの記事が表示されたのである。同時にエヴァンズの電話が鳴った。広報担当者からであった。

報告を受け、主要サイトをチェックしたスタッフォードもすぐに容易ならざる事態だと判断した。枢機卿はアジール大司教を呼び出し、エヴァンズにはもっとも過激でコメント数も多い記事をいくつか選んでプリントするよう命じた。

ソテル二世が記事に目を通している間、誰も口をきかなかった。ソテル二世はプリントの束に半分ほど目を通したところでそれをばさりと置き、眼鏡を外した。

「心配をかけてしまった。すまない。きみたちを失望させたくはないのだが、ここに書いてあることすべてが根も葉もないものとはいえないのだ」ソテル二世はコピーの束を指さした。「この記事に書かれているほど私は悪意に満ちてはいなかったと思いたいがね。そう、しかし、事実は事実だ。アレクサンドリアで私はたしかにある女性と交際していた。そして、文字通り彼女を棄てた」

「しかし——」とアジール大司教が言いかけたが、ソテル二世は続けた。

「あの頃、私はアレクサンドリア大学の講師だった。調べればこの程度の情報はわけなく出てくるだろう」

「この程度とおっしゃいますが」と今度はスタッフォード枢機卿だ。「中絶というのは……」

「もちろん、いちばん問題なのはそこだ。わかってる。これだけは断じて事実ではない。ただ、私がその女性と別れたのは、見方によっては棄てたということになるだろうし、彼女を傷つけたのも事実なのだ」

「当時聖下はカトリックの聖職者になることすらお考えではなかったのですから……」エヴァンズが真っ赤になりながら言った。「ですから、この件で聖下が責められるいわれはないのではありませんか」

「たしかにそうも言える。しかしな、エヴァンズ神父」アジールが苦々しく言った。「この、棄てたという表現が穏やかじゃないんだよ。交際していたことそのものは受け入れられるとしても、中絶云々はもちろんのこと、棄てたという表現そのものが、聖下の場合は問題だと思われてしまうんだ」

「そうでしょうか……」

「男女の別れにはさまざまな感情がつきまとうものです。そんなつもりはなくとも、一方にとっては棄てられたとしか思えないこともあるでしょう」スタッフォード枢機卿が落ち着いたかすれ声で言った。「いまスタッフが情報の発信源を探っています。懸念されるのは、今回の一連の動きが今までとは異なっている点です。相手は——おそらくは、聖下に反対の立場をとるヴァチカンの保守派あたりだと思われますが——組織的に動いています。個人ではありません。情報収集力がありネットでの世論操作に長けた連中がかかわっています。これは、われわれへの攻撃なのです」

「それに、連中はコプト教会の事情にも詳しいようだ」とアジール。

「事実も事実でないこともおびただしく発信され続けています。全スタッフに招集をかけてあります。今後の展開によっては、なんらかの対応が必要になるかもしれません。が、今はまだ動かない方がよろしいかと存じます」

とスタッフォード枢機卿が言った。

「そうだな。われわれにはやるべきことがある。マレオティス・プロジェクトだ」

ソテル二世が言った。アジールが、ユーセフたちはいつ到着する予定かと聞いた。

「十七時です」エヴァンズ神父が答え、腕時計を見た。「あと九時間あまりです」

20

ヴァチカン　3月3日夜

ナディア・アンタールの無言の非難を痛いほど浴びながら、ＪＪはモース枢機卿の病室での処置を終えた。すぐ後ろからパソコンを脇にかかえたエヴァンズ神父が続いて病室を出た。

ＪＪはそっとため息をつき、控えの間に入った。ソテル二世、ラシド総主教、スタッフォード枢機卿、アジール大司教、シモン・バブルス、ユーセフ・ナーデル、全員が立ったまま、心配と期待の入り交じった顔でふたりを待っていた。

ＪＪは皆を見まわし、ソテル二世がいつもの温かい笑顔でうなずくのをとらえて、ようやく眉間をゆるめた。そして手の中のメモリースティックを顔の前にかかげた。

モース枢機卿の手のひらに埋め込まれたパッチは、皮膚移植や頭髪の増毛などに使われるタンパク質の薄い膜で、今回はこのパッチに血管腫そっくりの模様を特殊なインクで書き込んだものが使われた。パッチは術後二十四時間以内に皮膚と一体化し、外見上はまったくわからなくなる。模様もふつうの状態では見えない。が、パッチを貼った人間の血中糖度が一定量に達すると、インクがそれに反応し、模様があざやかな赤色で浮き出るように調整されていた。もともとは治療目的で考案されたパッチだが、以前、皮膚科の医師がいろいろと面白い使い方ができると雑談のおりに話したのを、たまたまその場にいたザヘルが覚えていたのだ。

血管腫に似た紅斑は、文字と比べると複製するのが格段に難しくなることから、これをパスワードの認証システムとして使うことができないかとザヘルから提案されたのは、第二の文書の解読が始まってすぐだった。その時は、ＪＪ自身もひとつの可能性としては悪くないと思い、試作品を作ることを承諾した。しかし実際にこれをモース枢機卿の手のひらに埋め込むことになるとは、正直、予想もしなかった。

ザヘルが中心となって第二の文書の解読を開始したのが二月初め、それからほどなく、ザヘルは誰かに見張られたり、後をつけられたりしているかもしれないと気にし始めた。もちろんＪＪはそれを決して軽くはみなかったし、それどころかラシド総主教と相談してザヘルに警備をつけようと提案した。しかしザヘルは断った。自分の思い違いということもあるし、だいいち、人目を引くようなことは極力避けたほうがいいというのだ。本音は余計な金を使わせたくなかったのだろうと思う。

ラシドとＪＪはしぶしぶ同意し、夜遅くまで作業しないことや、暗くなってからひとりきりで外を歩かないことなどを約束させた。しかし、ひんやりした夜気を浴びながら、孤独にあてもなく歩きまわるザヘル修道士の祈りのスタイルを変えさせることはできなかった。

漠然とした不安を抱えながらも解読作業は進められ、二月二十一日に終了した。ザヘルはその結果をメモリースティックに保存し、他のすべてのデータや関係書類をすみやかに処分した。データにはパスワードが設定され、ザヘルひとりがそれを管理した。メモリースティック自体は修道院の金庫に何重にも鍵をかけて保管された。金庫の鍵は総主教が肌身離さず持ち歩いた。なんとも原始的な方法だが、あの古色蒼然たるアレクサンドリア修道院ではそれがもっとも厳重で確実な保管方法だった。

その一週間後に襲われることを、ザヘルはどの程度予見していたのだろうと、ＪＪはあとで何度か考えた。

第二の文書の解読が終わった翌日、バンクーバーのモース枢機卿が骨折したとの知らせが届くや、ザヘルが息せき切ってＪＪの家に駆け込んできた。いつもの学者風の落ち着いたザヘルからは想像できない行動だった。ザヘルはＪＪの食卓にのっているマス料理をちらりと見た。それがＪＪの好物であるのはザヘルも知っていたが、ザヘルはその皿を乱暴にわきに押しやり、あのパッチはどうなっているかと、いきなり訊ねてきた。怪訝な顔をするＪＪに、ザヘルはいつか話していた皮膚移植のパッチだと重ねてきいた。

JJが試作品は完成して大学の研究室に保管してあると答えると、ザヘルの表情がぱっと明るくなった。

「JJ。それを持っていますぐバンクーバーに飛んでください。枢機卿にパッチの埋め込み手術をするのです」

「なに⁉」

「ぐずぐずしていたら間に合いません。モース枢機卿はいずれソテル二世の聴聞司祭としてヴァチカンに来ることになっています。こんな願ってもない状況はありません。データとパスワードをできるだけ離しておくことが安全を担保することになるのです」

「ザヘル。落ち着け。いくらなんでもそこまでする必要はないだろう」

「いいえ。安全策は何重にも張り巡らしておくべきです。大げさだと思えるほどでいいのです。JJ、われわれの敵は案外近くにいるのかもしれないのですよ」

ザヘルは一歩も譲る気はないようだった。

あのとき、ザヘルは自分が襲撃されると知っていたのではないか……。

JJにしてみれば、バンクーバーの病院で行われる手術に潜り込み、パッチを埋めこむなど、あまりにも突拍子もないことだし、だいいち、なんの関係もないモース枢機卿を巻き込むことはしたくないのが本音だった。しかし結局、JJは折れた。ザヘルの勢いに押されたことと、JJ自身も危機が迫っている気がしてきたからだ。

JJが手術を行うことについては、教皇の聴聞司祭であるモース枢機卿のために、教皇庁から特別に医師が派遣されるという理由が伝えられ、病院側から少しも怪しまれることなく、それどころか喜んで受け入れられた。

しかし、これだけは今もって不思議でならないのだが、あのパッチはなぜか毎朝四時に作用してしまった。毎日きまった時間に枢機卿の血糖値が一定値まで上がるなどとは、通常考えられないのに……。


「ＪＪ?」

ソテル二世がうながした。みな、不安げにＪＪの報告を待っている。

ＪＪはいましがた自分たちが行った行為について、ナディアが決して納得していないことを知っていた。きわめて人間らしい反応をするナディアのことが、ＪＪは医療に携わる者として眩しかった。

「成功しました」一同から安堵のどよめきがおきた。

「ありがとう。それで、枢機卿は?」

「血糖値は正常近くまで下がりました。もう、腫れたり痛んだりすることはないでしょう。あと三十六時間ほどでパッチは効力を失い、皮が剝けるようにはがれ落ちます。枢機卿はもう少しで覚醒されます。ナディアがそれまでそばについています」

《守護者》になってから、医師としての倫理をどれだけ犠牲にしてきただろう――。ＪＪはホッとした表情を浮かべているソテル二世やメンバーたちをながめた。

「枢機卿の血糖値を一時的に上げ、あの紅斑を浮き上がらせることができたのは何よりでした。というのも、ひょっとしたらパッチが壊れているのではと懸念しておりましたので。ともかく、読み取りはうまくいきました。枢機卿が眠っておられて、ご自分に何が起きたかをご存知なく済んだのがせめてもの慰めです」

さきほど、ＪＪとエヴァンズは、眠っている枢機卿の痛々しく腫れた手のひらを持ち上げ、それをパソコンの画面に押しつけた。ディスプレイにはパスワード認証の画面が大きく映し出されている。画面が枢機卿の血管腫を読み取る。ややあって、「ピッ」という音とともに、ザヘルが解読したデータが表示された。そばではナディアが無言の抗議で瞳を燃えたたせ、枢機卿の手をさすり続けていた。

21

ヴァチカン　３月３日深夜

「まさか、この部屋で、あなたとさし向かいでこんなふうにコーヒーを飲む日が来ようとは」

ＪＪはソテル二世とふたりきりで教皇執務室にいた。先ほどエヴァンズ神父が運んできたエスプレッソの香りが漂う。ＪＪの丸顔にはいつもと変わらぬユーモアがあったが、やはりふたりの上を過ぎ去った年月は重かった。

「最後に別れたとき、私はもう二度とふたたびきみに会うことはあるまいと思った。……なあ、ＪＪ。昔はよくこうして遅くまでしゃべったものだったな。コプトの将来とか、エジプトの政情とか。覚えているかい」

ソテル二世は旧友に語りかけた。

「忘れるわけがありますか。あの頃、あなたは将来を嘱望される学者の卵、私はかけだしの医者。ふたりとも若く使命に燃えていました。それが今、あなたはローマ教皇ソテル二世としてここにおられ、《守護者》である私とこの部屋で向かいあっている。神のなさることははかり知れません」

「まったく同感だ。コプトのすべてを捨てた私が、今こうして、ベンヤミン院長の遺された文書にかかわっている。院長もさぞ驚いておられることだろう」

「驚かれる以上にお喜びでありましょう。ベンヤミン院長は、というより聖マルコは、何より、アレクサンドリア図書館の蔵書を後代に遺すことをお望みだったのですから」

「そうだな」ソテル二世は遠い日々に思いをはせた。「いま、われわれが手にしている三つの徴が本物で、それが神のみ旨ならマレオティス・プロジェクトはかならず成功するだろう」

ソテル二世はつと立って、カーテンを開き、晴れた夜空を見上げた。世更けてもなお明るいローマの街の灯が夜空に照り映えている。

「なあ、JJ。われわれはともに神に祈り、正しいと思った道を選んできた。多くの間違いも犯した。でも、そうして、一歩一歩やってきたんだな」

紺青の空に雲はなく、あたたかな月の光が、やがて春が来ようとしていることを告げていた。

「解読はすすんでいるんだろう?」ソテル二世は窓を閉めた。

「それが実は少々やっかいなのです。いま、向こうで方法を考えていますが」

「というと?」

「モース枢機卿のパッチで第二の文書は問題なく開きました。しかし、そこに示されていた場所がいささか問題です」

「その場所とは？」

「現在リビア政府が遺跡保存のために立ち入りを禁止している地域にあたります」

「リビアだと⁉」

「ええ。リビアの北西部のサブラタという都市です。古代遺跡の宝庫のようです。さいわいなことに遺跡保存の計画はこれから始まるということですから、なんとか口実をつくって現地入りし、写し取ってこなければなりません」

「写し取る？」ソテル二世が聞きとがめた。

「手がかりは岩かなにかに刻まれているようなのです」

「ほう！　ベンヤミン院長はたいへんな手間をかけたものだな」

「ベンヤミン院長の指示に従い、おそらくは初代の《守護者》が数か月かかって彫ったものでしょう。はたして発見できるかどうか。それに、見つかったとして、どの程度文字が残っているか、まったく見当がつきません」

「ふうむ……。ともかくもそれを、スキュタレーを使って解読するというのがベンヤミン院長の計画だった。だが……」

「肝心のスキュタレーがない」ＪＪがあとを続け、ふたりはそれきり黙りこんだ。

「ジュマの手紙を覚えていますか」

「もちろん。あの不幸な兄弟のことは忘れられるものか――」

「マレオティス・プロジェクト……なるほど。これはジュマが途方にくれて眺めていたという湖から取られた名前でしたね」

「なあＪＪ――」ソテル二世が硬い声音で言った。「最初からずっと考えていたが、やはり私はメンバーに秘密を明かしたい。こんなふうに――」

「ハーニー」ＪＪがさえぎった。昔の言葉づかいに戻っていた。「どうかもうしばらく待ってくれ。きみの気持ちはわかっている。が、どうかもう少しだけ辛抱してくれ。たのむ」

22

リビア、サブラタ遺跡　3月中旬

エヴァンズ神父の資料に目を通していたとき、シモン・バブルスは興味深い一行に目を留めた。アレクサンドリア図書館の蔵書リストのなかに「地下資源鉱脈の地図」の文字を見つけたのだ。バブルスはさっそくエヴァンズをつかまえてどういうことかと問いただした。すると、驚いたことに、古代人は陸地といわず海底といわず、地下資源の所在地をかなり詳しくつかんでいたという。

「ほんとにそんな大昔の人が地下資源なんてものを知ってたんですかい」

「そうなのです」

「へえ！　これは驚きだ」

「バブルスさん、古代の人は私たちが想像するよりはるかに広い世界を知っていたのですよ。アレクサンドロス大王は北インドにまで遠征をしましたが、その帰り道、部下のネアルコスという提督に、インダス川をくだってペルシアに戻る航路をさがすよう命じています。もっと古いところでは、紀元前五世紀にサタスペスというペルシア人がアフリカ大陸の周航をしたという記録もあるのです。これなんて、大航海時代にディアスが喜望峰を発見するより二千年もまえの話です。ポリネシアの民族は紀元前十六世紀くらいから、ハワイやマダガスカル島やイースター島を自由に航行していた形跡があるといいますし、日本の縄文時代の土器と同じ型の土器が、南米のエクアドルから出土しています。じっさい、世界各地で発見される古代の遺物には、その場所からはるか遠くで生産されたものが数多くみられるのです。つまり、古代の航海技術は、私たちが想像するよりずっと高度なものだったのですよ」

「てことは、この、地下資源鉱脈の地図ってのも、そうとう期待できると思っていいんですね」

「いやあ、それはちょっとどうでしょう。この地図がもし見つかったとしても、いまさら新しい地下鉱脈が発見される可能性がどれほどあるか。もうとっくに利用されているものがほとんどじゃないでしょうか」

けれど、案外そうでもあるまいとバブルスは考えた。世界の大手石油会社は、現在も常に新たな資源の開発に目を光らせている。

バブルスはにわかに忙しくなった。

彼はデータを集め、あちこちに電話をかけ、資料の山のなかでまる一日考えた。

選んだのは中国のペトロケミカル社。新セブンシスターズの一角をなす中国石油天然気集団公司（ペトロチャイナ）には遠く及ばないが、それゆえ進取の気性に富んだ会社だ。

経済成長いちじるしい中国で、イタリア産の高級なバブルスチョコレートは富裕層に特に人気があった。バブルスは経済人としての人脈とペトロケミカル社の社外取締役とのパイプを使い、新たな地下資源開発事業の可能性を打診してみた。もちろん、今回のビジネスではコプト教会や《守護者》のことはもちろん、ソースはほとんど明かせない。しかしそれは、この手の開発話では珍しくない。ちょっとでも嗅ぎつけられたら、先を越されるからだ。

ペトロケミカル社の決断は早かった。プランはバブルス側に一任。最終的な情報さえ得られれば、金も機材も惜しまない。たとえ空ぶりに終わったとしても、そのくらいの投資リスクは当然負う。何より夢のある話だ、そんな話に乗ろうという度量がないようでは、これからの世界ではやっていけぬと、幹部連中をその気にさせたらしい。

次はリビアだ。

第二の文書に示されていたのは、サブラタという地名だった。リビアの首都トリポリから西に七十キロほどの地中海沿岸の都市だ。それを知ったときメンバーの頭にまっさきに浮かんだのは、解読になんらかのミスがあったのではという疑いだった。まずもって、ベンヤミン院長がエジプト国外に手がかりを残すとは想定外だった。

しかし考古学者でもあるエヴァンズ神父はあながちあり得ない話ではないと考えた。エヴァンズはメンバーに、サブラタは紀元前五〇〇年頃にフェニキア人が建設した古い歴史をもつ町であると説明した。

「そのあとは、ローマ帝国領、次にビザンツ帝国領になりました。だからこの町には古代ローマ時代の遺跡がたくさんあるのです。たしか、世界遺産に登録されていたと思います。ただ、アレクサンドリア同様、アラブ人の侵入を受け、六四三年にアラブの支配下に入ってしまいます。これはちょうど彼らがベンヤミン院長を襲った翌年にあたります」

バブルスは思い切り顔をしかめた。もしベンヤミン院長がその後のサブラタの運命を知っていたら、第二の手がかりはおそらく別の場所に残されたに違いない。

問題はどうやってサブラタで作業をするかだった。リビアの政情はきわめて不安定だし、当局はサブラタの遺跡保存のため、当分の間この地区を立ち入り禁止区域に指定していた。同時に、現在トリポリの博物館に収蔵されている遺物を収める新しい博物館を、サブラタに建築する計画も進んでいることがわかった。

調べてみると、この博物館建設計画に手を上げているいくつかの会社のひとつに、ティレニアン建設があった。バブルス・チョコレートが大株主となっている会社である。

バブルスはさっそく辣腕の部下をローマのティレニアン建設本社に送りこんだ。バブルスの資産とペトロケミカル社の資金をもってすれば、ティレニアン建設を博物館建設の最有力候補に押しあげるなどは朝飯前だ。カダフィ一族やリビア政府の高官は、贅を尽くした博物館の青写真と提示された好条件に一も二もなく首を縦にふった。

バブルスもリビアに飛んだ。サブラタを含む地域は歴史的にはトリポリタニアとよばれてきた地区にあたり、ティレニアン建設のトリポリタニア地区責任者は、すでに本社からの事細かな指示を受けていて、大株主であるバブルスを下にも置かない待遇で迎えた。その足でサブラタの遺跡を視察したバブルスは、ひと通り遺跡群を見終わるといったん町のホテルに戻り、日が落ちるとこっそり現地に引き返した。身を潜めていた屈強な若者数名がどこからともなく現れ、バブルスの指揮下、すばやく周辺を探索し始めた。

サブラタで碑文を残すとしたら、古代ローマ時代の劇場跡か神殿跡しかない、それがエヴァンズの導き出した結論だった。そのなかに紛れこませておくのがいちばん安全なはずですとエヴァンズは言った。

作業は劇場と神殿の遺跡を中心に、カンテラの明かりを頼りに夜を徹して続けられた。チンピラ時代にさんざん悪さをしたバブルスにとって、二晩や三晩外で眠るなぞなんでもないことだった。

ようやく三日目の早暁、セラピス神をまつった神殿跡から百メートルほど南に行った場所で、周囲とあきらかに異なる地層が発見された。日が落ちるのを待って、その地層を注意ぶかく取り除いてゆくと、石板らしきものの一部が姿をあらわした。全体はおそらくかなり大きいと思われた。バブルスは小躍りし、すぐにヴァチカンからエヴァンズ神父を呼びよせた。

それから一週間、日没から日の出まで、エヴァンズ神父監督下で、バブルスたちは慎重かつ急ピッチで平べったい石を掘りだす作業に没頭した。全容を現した石板は縦二メートル、横三メートルにおよぶ巨大なものだった。固くこびりついた土くれや砂を刷毛でていねいに払うと、思いのほかくっきりとした文字列の凹みが姿を現した。

さっそく拓本取りが始まった。これにも熟練の技が必要だった。エヴァンズは驚くべき忍耐力と細心の注意力をもって、一週間後には碑文全体を写し取った。文字列は、縦横一インチの正方形の枡目のなかに一文字ずつ入れたように整然と縦横に並んでいた。この一週間、エヴァンズのかたわらでハチドリのように落ち着かなく作業を見守っていたバブルスは、ティレニアン建設の現場作業小屋に広げられた拓本を前に、顔を縦にしたり横にしたりしたあげく、困ったように眉毛を寄せた。

「エヴァンズ神父さま、これが本当に、ベンヤミン院長が残された第二の文書ってやつですかい？」ついにバブルスは訊ねた。「間違いないですか？　アルファベットみたいなのもあるにはあるが、あとはヘンテコな絵ばっかり。本当にこんなものをベンヤミン院長が書いたんですか。だとしたら、失礼だが院長さんはだいぶおかしくなっていたのと違いますか？」

「いいえ、これこそ、ベンヤミン院長が残したかった手がかりだと思います」エヴァンズ神父はぼさぼさになった髪を掻き上げながら満足気に笑った。「おそらく、ベンヤミン院長はかなり暗号に詳しい方だったのでしょう。あの限界状況のなかでとっさにこれだけの暗号文を作れるとは思えません。おそらく、そうとう前から用意されていたのだと思います。見てください。こうしてながめても、アルファベットや絵――これはヒエログリフという古代エジプトの絵文字です――をでたらめに並べたようにしか見えませんよね。でも、これをスキュタレーに巻き付ければ、ある部分で平文、つまり、意味のとおる文章が現れてくるはずなんです」

「なんです、そのスキュタレーって？」

「第一の文書が開けられてしまった結果、鍵となる大事な手がかりが消えてしまいましたよね。その消えた手がかりが、スキュタレーといわれる暗号道具なのです。暗号道具としては、紀元前から使われていた原始的なものです。形は、そうですね、穴のない縦笛のようなものを想像してもらえればいいと思います」

ヴァチカンに戻ったエヴァンズ神父とバブルスは、まず実物大の拓本コピーを何部も作成した。その合間にはメンバーが代わるがわる拓本を見に来ては、感心した顔でためつすがめつした。

「神父さん、こうやって目の前に第二の手がかりが出てきたっていうのに、その、スキュタレーとかいうものが見つかるまで手をこまねいていなくちゃならないんですか。なんとかならないもんですかねぇ」

バブルスはサブラタ遺跡での作業に加わっただけに、悔しくてたまらないといった風だった。ビジネスではスピードが大事だ。それはマレオティス・プロジェクトだって同じはずだ。

「ひとつの可能性としてですが――」

ある日、いつものように拓本の作業を見学に来たメンバーの前で、バブルスが何度目かの不満をもらすと、エヴァンズ神父がためらいながら口を開いた。メンバーは、この暗号を解く道具のことを寝ても覚めても考えるようになっていた。

「なんです、神父さん。なんでも言ってくださいよ」

「打つ手がまったくないわけではないと思うのです。スキュタレーは暗号としてはごく原始的、というか単純な暗号解読のしくみです。まず、暗号作者が紐長いテープ状に切った紙をスキュタレーに巻き付けた状態で横に文章を書きます。スキュタレーをはずすと、テープに書かれた文字は一見意味をもたない暗号文になります。解読者の方は、同じ太さのスキュタレーを使って平文を復元する。基本はそういう仕組みです。だから、少しずつ太さを違えた棒をいくつも用意し、この拓本の文字列をこういうふうに一行分ずつカットして、片っ端から試していけば、時間はかかるとしてもいずれ意味の通った文章が現れるのではないでしょうか」

　バブルスの顔が電球がともったようにパッと明るくなった。

「なんだ！　そんな手があったんですか。なんでそれを早くおっしゃってくれなかったんですか、神父さん。やりましょうよ。時間がかかったってかまやしません。こう言っちゃなんですがね、いつ出てくるかわからないスキュタレーとやらを待つよりも、その方がよっぽど現実的ですよ。なんたってスピードが肝心なんだ。大司教さまもそう思われませんか」

「そういうやり方があるなら、やってみる価値はありそうだな」とアジールも言った。

「たいへん言いにくいのですが、私どもはそれには反対です」ＪＪが異議を唱えた。「みなさんのお気持ちは痛いほどわかっているつもりです。それにエヴァンズ神父の提案も暗号解読の方法になるとは思います。しかし私ども《守護者》の立場からすれば、あくまでもスキュタレーにこだわりたいのです。時間がないのは承知しています。スキュタレーを無くしてしまい、今日にいたるまで探し出すことができなかった責任も私どもにあります。ですが、院長の掟は守られるべきだと私ども《守護者》は信じているのです。いかに馬鹿げて聞こえようとも、今度こそ、正しい手順を踏むことが絶対に必要なのです」

　アジール大司教、バブルス、エヴァンズ神父は顔を見合わせた。

「それに、私どもはもうひとつの可能性も考えておるのです」ラシド総主教がぼそぼそしただみ声で言い添えた。「じつはスキュタレーを振るとカラカラと音がしたという記録がございましてな。これはおそらく、スキュタレーのなかに何か別の手がかりが隠されている可能性を意味します。あるいは、もうひとつのスキュタレーが入れ子のようになっているのかもしれません。やはり最後の瞬間までスキュタレーそのものを探したいのです」

重苦しい空気が流れた。

「なるほど。今、いみじくも最後の瞬間とおっしゃいましたが、それはいつ頃を想定しておられるのですかな。総主教は、猶予はあと何日、あるいは何か月くらいあるとお考えなのでしょうか」

「アジール大司教。残念ですがそれにはお答えしようがありません。ただ、時間がそれほどないことだけは認識しております」

皆、黙ってしまった。《守護者》が《徴》を読み違えたために起きたと信じられる災い。《徴》を無視してはならない《守護者》の使命。それはわかっていた。だが、いまや見えない敵が動きだしている。第二の手がかりを前にただ待っている時間はそれほどないのだった。

23

日本　3月20日

ヴァチカンの動きを追って各地を飛びまわっていたモーゲンソーはほぼひと月ぶりに日本に戻ってきた。クリシュナの運転する車に乗り、空港から郊外に入る街道沿いの桜がほころびかけているのをながめながら、モーゲンソーは日本の春が近いことを思ってほくそ笑んだ。うまくいけば桜の花が終わるころまでには、ソテル二世は表舞台から姿を消していることだろう。

モーゲンソーはますます自信を強めていた。

ことに、カトリック教会へのネット攻撃は効果的だった。信徒を総動員して大量の書き込みを続けさせた甲斐があった。むろん、発信元がたどれるようなヘマはやらかしていない。

本部に到着するとさっそく聖堂にこもり、聖なる石に触れてようやく生き返った心地がした。そばでクリシュナがじっと控えていた。いつものように無表情ではあるが、何かつかんだのだなとモーゲンソーは感じとった。

モーゲンソーの住居である八角円堂にふたりになると、クリシュナはさっそく淡々と語り始めた。

「ご存知のようにユーセフ・ナーデルは、当時エリー・ハビブがいたヘルメルの聖マルコ孤児院で育てられました。一九八七年の春に孤児院の前に捨てられていたというのが表向きの記録です。ご指示の通り、教祖《グル》がパラティーノの丘でお聞きになった当時の〝事件〟に該当するものを調べてみたところ、なかでひとつだけ注目すべきものが見つかりました。この年の復活祭にベイルートで起きたゲリラによる襲撃事件です。ゲリラがバスで突っ込んだのはマロン派修道院が経営する施設でした。そして、エリーはその日、ベイルートにいました」

「ほう」モーゲンソーの眼が細くなった。

「この事件は施設の視察に訪れていたマロン派党首を狙ったものでした。公式発表では双方で三十八名の犠牲者があり負傷者も多数ですが、一般人の犠牲者はいませんでした」

「うむ」

「しかし、もし、この発表が偽装されたものだとすればどうでしょうか」

「どういうことだ?」モーゲンソーは鋭くたずねた。

「事件の記録は極端に単純化されているようにみえます。マロン派の党首を狙った単発の事件で組織とのつながりは無し。ゲリラ側で三十五人が死に、残った者は全員逮捕。マロン派幹部に怪我はなし。施設側にも死傷者なし。すっきりしすぎています。当時、レバノン政府はマロン派と友好関係を築こうとしていましたし、キリスト教徒とイスラム教徒の対立にも敏感になっていました。ゲリラを指揮していたのは政府軍関係者だったという噂もあります。ただでさえ微妙な政治状況のなかで、万一、あの事件になんらかの形でユーセフのような幼児がからんでいたとしたらどうでしょうか。明らかにしたくないと考えるのではないでしょうか」

「ふむ……」

「施設の収容者名簿にユーセフの名はありません。しかし、わずか一歳の子どもがその場にひとりでいたはずはありませんから、大人、おそらく親と一緒だったと考えるのが自然です。とすれば親子はなんらかの事情で事件に巻き込まれ、この日、たまたま施設を訪れていたエリーがユーセフを現場から救い出した——」

「すべて憶測の域を出ないな」モーゲンソーは渋い顔をした。

「ヘルメルの町で、ユーセフと同時期に聖マルコ孤児院で育った女性に会うことができました」クリシュナは辛抱強く言った。「地元で結婚して雑貨店を営んでいます。その女性は、ユーセフは孤児院の前に捨てられていたのではなく、エリーがある日とつぜんどこからか連れてきた、そして、ユーセフの母は東洋人だと証言しました。なぜそんなことを知っているのか訊きますと、ずっとあとになってから台所係だった修道女が教えてくれたのだと。それにいつかエリーが、この子には東洋の血が流れている、と言っていたといいます」

モーゲンソーの目がクリシュナのそれとぶつかり、カチリと光った。

「で？」

「これもあくまでひとつの可能性にすぎませんが」クリシュナは用心深く答えた。「ユーセフが聖マルコ孤児院に来たのが一歳前後だったことを考えると、生まれたのは一九八五年末から八六年初め。もしアマルと別れた後、チサトが出産していたとしたら計算は合います」

「チサトだと⁉」モーゲンソーは驚いた。

「はい」

「クリシュナ、それはいくらなんでも飛躍しすぎだぞ。だいいち、彼女は子どもを産まなかったんだろう」

「堕胎したという証拠もしなかったという証拠もありません」

「いや、そもそも妊娠していたということさえ確実ではない。ネット上ではそういう話に持っていったがな。あれはわれわれのでっちあげだ」

「承知しております。日本に帰ったはずのチサトがなぜレバノンにいたのかという疑問も残ります」クリシュナは同意した。

「その通りだ。どう考えても、今の話には無理がある」

モーゲンソーはクリシュナの無表情な浅黒い顔を見つめた。指示されたことは完璧にこなすが、それ以外では万事控えめな男だ。そのクリシュナがここまで突っ込んだ意見を表すのは珍しい。それも、仮説の上に仮説を積み重ねたような話だというのに。

「クリシュナ、なぜそう思うのだ」

「私には東洋人の女性という点がどうしてもひっかかります。当時としては珍しいことです。それに、ユーセフの容貌からしても、彼に東洋人の血が流れていることはじゅうぶん肯けます」

クリシュナは感情をおさえて淡々と答えた。

「たしかにそうだ。だが、言ってみればその一点だけだ。いかに東洋人が珍しいとはいえ、それがみなチサトのわけでもあるまい。それだけでは無理があるぞ」

クリシュナは沈黙を守っている。

「その台所係はどうなんだ？」

「残念ながらすでに死亡しています」

「ふん。となると、やはり真相を知っているのはエリー。それにユーセフとアジール大司教か。しかし、この三人が口を割ることはとうてい期待できないからな」

モーゲンソーはもう一度クリシュナの言ったことを考えてみた。クリシュナは勘のいい男だ。

「万一、その予想が当たっていたとすれば決定打だというのは認めよう。中世ヨーロッパならいざ知らず、この現代の教皇に隠し子がいるのだからな。それに、ふたりは同じプロジェクトに関わっている、それとは知らずに。いや、知っているのか？　そうか、なるほど。知っているのだとしたら——」

クリシュナは俯いたまま教祖の言葉を聴いている。その静かな態度から、クリシュナは口にしないが何かの手応えをつかみかけているのかもしれぬとモーゲンソーはあらためて感じた。万分の一の可能性であるとしても、やらせてみていいかもしれぬ。

「よし、クリシュナ、だめで元々だ。万万が一、ヒョウタンから駒ということになればしめたものだ。やれるものならＤＮＡ鑑定でもなんでもやるんだ」

クリシュナがわずかに満足の色をうかべて退出したあと、モーゲンソーは聖堂に行き、ひとり聖なる石の前で脚を組んだ。もしクリシュナの大胆な仮説が当たっていたら、もうつまらないスキャンダルをちまちまと操作する必要はなくなる。昨日、リビアでの作業が終了したとの知らせが入った。

モーゲンソーは揺らめくロウソクの輪のなかの、象牙色の石に心の内を語りかけた。

――もうすぐです。もうすぐ、私は地上でもっとも強力な力を手に入れるのです。

踊るように伸びたり縮んだりする影を見つめているうちに、モーゲンソーの意識はやがて地上を離れていった。

24

ヴァチカン　3月21日

ユーセフ・ナーデルとナディアがエヴァンズ神父とゆっくり話すことができたのは、結局、ヴァチカンに到着して三週間もたってからだった。

飛行機のなかで話しあったことをすぐにでもエヴァンズ神父にぶつけてみるつもりが、ヴァチカン到着後、ナディアはモース枢機卿につきっきりだったし、エヴァンズ神父もサブラタの拓本に忙殺されていた。ユーセフ自身も、極力普段通りの生活をすることを命ぜられＦＡＯでの研修に忙しく、なかなか機会が作れなかったのだ。

「ユーセフ、私、教皇さまにお会いしたの。とても感謝しているっておっしゃってくださったわ。あなたの言った通り、すばらしい方ね。お目にかかっても緊張で何もいえないかもしれないと思っていたけれど、そんな心配はまったく必要なかった。温かくて、大きくて、父親みたいな雰囲気の方。だからつい失礼を顧みず、モース枢機卿を利用するなんて、いくらプロジェクトのためとはいってもなさるべきではありませんでした、って言ってしまったの。教皇さまはじっと頭をたれて聞いてくださったわ。そして、なんておっしゃったと思う？　あなたの言う通り、すべきことではなかったと思うとお答えになったの。正直に言ってくれて感謝しているとも。そんな教皇さまを見ていたら、ああ、きっとこの方も苦しい決断をされたのだとわかったのよ。それにね、モース枢機卿さまと教皇さまは完全な信頼関係で結ばれているのよ。こんな年寄りが教皇さまのお役に立てたなら、それが最上の選択だったのだよ、ってモース枢機卿はおっしゃるの。ナディアが心配してくれるのはありがたいが、なにも問題はなかったんだよ、って」

ナディアは久しぶりに会ったユーセフに、息を弾ませながら一気にしゃべった。今日のナディアは、輝くばかりに美しく幸福そうだった。

ユーセフは複雑な思いでナディアの上気した横顔を見た。数日前、ユーセフはアジール大司教からナディアが修道女であることを聞かされていた。

「ナディア」

「なあに？」

「きみ、修道女なんだね」

ナディアの笑顔がサッと消えた。

「知っていたの……」

「アジール大司教が教えてくれた。このあいだ」

「そう」

ナディアはユーセフを残して歩き出した。

「驚いたよ。ぼくも自分のことを言えなかったのだから同じだけど、まさかきみが修道女だなんて思ってもみなかった」

ナディアは足を止めた。一呼吸おき、きっぱりと顔を上げふり返った。

「ええ、そうなの。修道女だとわからないようにしなさい、お化粧もちゃんとしなさいと修院長さまから指示されたのよ。それが安全のためだからって。もちろん、最初はとまどったわ。でも、おかげであなたのこと、うまく騙せたみたいね。敵を欺くにはまず味方からっていうんですものね」

「たしかに。すっかり騙されたよ。じゃ、ぼくは何者でしょう？」

ユーセフはなぜだかわからない苛立ちを感じた。

「あなたは学生。そして、今はＦＡＯで研修している」

「なんだ。知ってたのか」

「ええ、教皇さまから教えていただいた。これでおあいこね。でもユーセフ、私が看護師というのは、それは嘘じゃないわ」

ふたりは気まずく黙りこんだ。

「ユーセフ、モース枢機卿さまもすっかり回復されたし、私もうすぐブシャーレに帰ることになるわ。復活祭には修道院にいるはずよ」

「ブシャーレ？　ああ、そうだった。きみはエリーのところにいるんだよね」

「修院長さまを知っているの？」

「ああ。エリー・ハビブはぼくの育ての母なんだ」

ナディアは目を丸くした。

「育ての母って？」

「ぼくは孤児なんだ。で、ヘルメルの孤児院で育てられたんだよ」

「そう。そうだったの。私たち、いろいろなところでつながっていたのね」


ふたりはエヴァンズ神父の部屋をノックし、笑顔で迎えられた。

ユーセフはヴァチカンへの機内でナディアと話し合ったこと、とくに、アレクサンドリア図書館の蔵書が見つかっては困る人がいるのではないかというふたりの仮説をエヴァンズに話した。神父は興味をそそられた様子だった。

「それにですね、エヴァンズ神父、そもそもの疑問があるのです。アラブ軍がアレクサンドリアで見た書籍というのは、確かに古代アレクサンドリア図書館の蔵書だったのでしょうか。その時までどうやって保存されていたのですか？」

「七世紀まで蔵書が残っていたいきさつですね。私も最初はそれがなかなか信じられませんでした。はるか昔にあとかたもなく消えたはずでしたからね。いったい、アラブの将軍がアレクサンドリアを占領した六四二年の時点で発見した書籍とは、本当に古代アレクサンドリア図書館の書籍だったのか。だとすれば、それはどれくらいの分量で、どうやって保管されていたのか、要するに将軍アムルは何を見たのか、そういうことになりますね」

ふたりはそろって肯いた。

「私もできる限り調べてみました。ちょっと長くなりますがよろしいですか。紅茶でも淹れましょう」

エヴァンズ神父はふたりに椅子をすすめた。

「そもそもアレクサンドリア図書館は、紀元前三世紀のプトレマイオス一世の時代に創設されたものです。以後、プトレマイオス朝歴代の王は、熱心に図書の拡充を行い、ついには古代世界最大の図書館と称されるものにまで成長させました。前一世紀には、図書館には五十万冊から七十万冊の蔵書があったといわれています。

どんな種類の書物があったか、ですか？　それはもうありとあらゆるジャンルです。図書館は、内外の貴重な写本を熱心に蒐集しました。創設当初から、図書館長はアレクサンドリアに入港するすべての船舶を調べ、どんなものであれ書籍が見つかれば、図書館に運んで写本を作らせたといわれます。著名なギリシアの劇作家の自筆原稿などは、多額の銀貨を担保に借りだしてきて写本を作り、その後、原本ではなく写しの方をわざと返却するというやり方をしていたといわれます。ええ、きわめて大胆なやりかたです。オリジナルでないものが返却されたことに気づいた文書館側は当然抗議しましたが、こうした場合、アレクサンドリア図書館は担保とした銀の没収によろこんで応じたといわれます。

また、図書館は貴重な書籍を蒐集すると同時に、大量の翻訳書も作成していました。アレクサンドリア図書館は、すべての国の本をギリシア語に訳すことをめざしていたようです。事実、写本のなかには、ゾロアスター教や仏教の経典も含まれていましたし、もちろん、初期キリスト教時代の著作も多数ありました。

それだけではありません。ユーセフ、以前お渡しした資料を覚えていますか？ たとえば前三二三年六月に突然死去したアレクサンドロス大王の遺体の埋葬場所を示す地図、あるいは、地中海周辺を初めとする地下鉱脈地図、美術品を満載したまま沈没した商船についての記録もありました。そういう意味では、蔵書全体の考古学的・学問的・経済的価値ははかりしれません。

ところが、前四八年のローマのカエサルによる攻撃、いわゆるアレクサンドリア戦役の際に、その一部が焼けるという事件が起きました。おそらくカエサル自身は図書館を燃やすつもりはなかったのでしょう。カエサルが火を放ったのは上陸したファロス島であったとも、港に停泊中の船であったともいわれております。あるいはこの火災は、市内での戦闘のさなか、まったく偶発的に起きたのかもしれません。一部の学者は、火災は図書館ではなく、港の倉庫で起きた――港の倉庫にはたまたま輸出用の書籍四万巻が保管されており、これが失われたにすぎなかったと主張します。ただし、この冊数については、四万ではなく四十万とするものもありますが。

全体から浮かび上がるのは、少なくとも前四十八年のアレクサンドリア戦役のとき、なんらかの蔵書の焼失があったということです。そして、図書館の建物自体はまったく焼けなかったか、あるいは全焼をまぬがれたかのどちらかでしょう。なぜなら、このあとアレクサンドリアを訪れた地理学者のストラボンが、アレクサンドリア図書館で調べ物をしたという記録が残っているからです。ストラボンは、書物は大損害をこうむったものの、アレクサンドリアの学問は活況を呈していると述べています。ローマのアントニウスは、蔵書を失って悲嘆にくれるクレオパトラに、ペルガモンの大図書館の二十万冊の書籍を送ったという話もつたわっています。ここまではよろしいでしょうか」

ふたりは黙ってうなずいた。

「さて、私たちのマレオティス・プロジェクトにとって重要なのはここからです。アレクサンドリア戦役を機に、図書館長は蔵書を安全な場所に避難させ始めました。これはかくべつ不思議なことではありません。むしろ、当時のエジプトとローマとの関係を考えれば、図書館の責任者が貴重な蔵書を守ろうと考えたのはごく当然であったでしょう。

図書館長がどんな方法で蔵書を守ったかといいますと、これはじつに単純な方法でした。図書館が所蔵していた書籍のコピーを作成して、そちらを図書館に置き、オリジナルの方は安全な秘密の場所に避難させるというやりかたでした。写本はもちろん手作業で行われましたので、こうしたコピーの作成には、膨大な時間と労力が必要でした。この労働力は、アレクサンドリア図書館が設立当初からかかえていた多数の写字生たちによってまかなわれました。写字生らの給与体系は、筆写された文書の質と行数に応じて細かく定められていたそうです。腕の良い筆写人は、正確で美しい写本を、求められたスピードで作成することができました。それでも、熟練した写字生五百名が、それぞれ年間五冊から十冊の写本を作成できるとしても、数十万冊の蔵書すべてを写し終えるには、百年から二百年の時間がかかります。通常業務の写本作成と並行して進められたことを考えると、この作業には数百年の時間がかかった計算になります。おそらく、写本作業は蔵書の重要度の高い順に進められたと推測できます。

当時のアレクサンドリア図書館の蔵書管理システムは完璧でした。すべての本は、その所有者、出所、行数が記録されたのち、収集資料寄託所において、ゆたかな学識をもつ図書館員によって分類、保管されていました。ですから、この管理システムにしたがって筆写されるべき蔵書の優先順位が決定され、別々の、たがいに接触することのない筆写人に託されたと考えられます。

アレクサンドリア戦役後は写本作業が爆発的にふえたはずですが、筆写人たちは、自分たちが作成している写本が最終的にどこに保管されるか知ることはなかったはずです。それに、アレクサンドリア戦役後の写本作業では、すべての本が完全版として作成されたわけではなかったようです。

このこと――つまり蔵書のオリジナルが別の場所に運ばれ保管されていること――を知っていた人間は、代々の図書館長と副館長のふたりだけでした。そして、五世紀にコプト教会が成立してからは〝アレクサンドリアのもっとも信仰あつきもの〟――たいていはコプト総主教ですが――だけがこの秘密を守ってきたのです。なぜなら五世紀には図書館はすでになくなっていたからです。

少し話が戻りますが、四世紀末にアレクサンドリアで大きなできごとがありました。三百九十一年、ローマ帝国のテオドシウス帝は、アレクサンドリア市内の異教神殿の破壊を命じました。これをうけてアレクサンドリア大司教テオフィロスは、暴徒化したキリスト教徒をひきつれてセラペイオンを襲い、自らセラピス神像を破壊したと伝えられます。セラペイオンというのは、プトレマイオス一世によってたてられた神殿ですが、ここにはプトレマイオス朝時代に創造されたセラピス神がまつられていたのです。この破壊活動のなかでセラペイオンが所蔵していた書物が焼かれ、時を同じくしてアレクサンドリア図書館にも火が放たれました。この段階で、いわゆる歴史上のアレクサンドリア図書館は失われたのです。

計算してみますと、アレクサンドリア戦役からセラペイオンの破壊まではおよそ四百五十年です。写字生の数は図書館の全盛期に比べたら大幅に減少していたと思われますが、かりに年間千五百冊程度のコピーを作ることが可能だったら、四世紀末までに七十万冊近い写本の作成が終了していた計算になります。四百五十年かけてすりかえられてきたオリジナルは、セラペイオンが破壊されたのちも、秘密の地で誰の目に触れることもなくねむり続けることになりました」

ナディアがほうっと息をついた。

「四百五十年間、黙々と作業が進められてきたのね。想像もできないわ」

「月並みな言葉ですが、書籍を守ろうという情熱はすごいですね」

「ええ。同感です。ともかくこうした歴史から、七世紀の時点でこのことを知っていたのはベンヤミン院長その人だけだったのです。ベンヤミン院長には、アラブ人がいずれアレクサンドリアを占領することは、メッカのカリフがエジプトに進撃を開始した時点から予想できていたはずです。そして彼らが隠されていた古代アレクサンドリア図書館の書籍を発見したら、間違いなく焚書を行うであろうことも。ベンヤミン師はなんとしても数百年間守られてきた書籍を救わねばなりませんでした。どんな方法で救えばいいのか……院長は悩み抜いたはずです」

「そして、聖マルコのお告げがあったのね」

エヴァンズがうなずいた。

「ですから、ベンヤミン院長が救ったものは古代アレクサンドリア図書館の蔵書であったということは信じてよいと思いますよ」

「そしていよいよ、古代アレクサンドリア図書館がこの地上にふたたび姿を現そうとしているのね」

「考古学の世界でもこれほどの大発見はまずありません。もし、本当に発見されればですが」

「神父さまは疑っていらっしゃるの？」

「歴史上、あらゆる遺跡や遺物は破壊や盗掘をまぬがれませんからね。過度の期待は抱かないようにしているのです」

「ところで神父さん、ぼくらがさっき言ったこと、どう思われますか」ユーセフが訊ねた。

「アレクサンドリア図書館の蔵書が発見されては困る人がいる、という話ですね」

「そうです。ヘンでしょうか？」

「いや、そうは思いません」エヴァンズは考えながら言った。「蔵書のなかには当然ながら、キリスト教関連の写本も多数含まれていたはずです。当時、アレクサンドリアには、ユダヤ人キリスト教徒の共同体もありましたし、そこでは彼ら独自の聖書が用いられておりました。これはのちに異端とされたはずですが。また、ファロス島に七十二人の学者が集められ、いわゆる七十二人訳聖書が作られたこともよく知られています。その他、現在は失われてしまったとされる翻訳書や、初期キリスト教時代の写本も発見されるでしょう。イエスと同時代に生きた人が書いたもの、イエスの青年時代やその死の前後の様子をもっとくわしく伝える写本もみつかるかもしれません。つまり、現代のキリスト教界全体に、まったく新しい光をもたらす資料が発見される可能性が大きいと、私は思っています」

「新しい光ってなんですの?」

「エキュメニズム、秘蹟、復活、女性聖職者……、こうした課題についてです。私自身は、ソテル二世聖下がめざしておられる現代的な教会のあり方に光を与えてくれる文書が発見されるかもしれないと期待しています」

「でも、それは教会にとっては諸刃の剣となる可能性もあるんじゃないですか」

ユーセフが質問した。

「おっしゃる通りです。現代のローマ＝カトリック教会が正統と認めている教義をひっくり返してしまうような文書が発見されることもじゅうぶんありえますから。おそらく、近代主義に反対するグループは発見を歓迎しないでしょう」

「やっぱりそうか……。プロジェクトを妨害する根拠はそのあたりですね。でも、神父さんはそれでも発見する価値があると考えるのでしょう」

エヴァンズ神父はメガネをはずしてくもりをふき取った。

「私自身は考古学者ですから、もちろん、学問的な興味はあります。こんな大発見に食指を動かされない学者はいないでしょう。それと同時に、アレクサンドリア図書館の蔵書の発見により、いまの行き詰まったキリスト教世界全体に、いわば、新しい神の息吹が注がれる——キリスト者のひとりとしてそんな期待も持っています。それに、写本の発見によってイスラム教との関係が改善される可能性もあるかもしれないのです」

「どういうことですか？」

「現代の私たちが考えているほど、両者の違いは大きくないということです。もっとも、これは発見された史料を注意深く研究しなければ、簡単に結論づけられませんが」

「でも、イスラム側がそれを望むとは限らないのじゃありません？」とナディアが首をかしげた。

「ええ、それもひとつの問題ですね。いま言ったように、ここヴァチカンも一枚岩ではありません。ソテル二世聖下のリベラルなお考えやなさり方に反発する人たちは、カトリック教会の伝統を守ることが何より大切だと考えています。古代アレクサンドリア図書館の蔵書から何が飛び出すのか、それぞれの立場によって、受けとりかたがちがうでしょう。おふたりの話は聖下にお伝えしますよ」

「ありがとうございます」

ユーセフとナディアは顔を見合わせた。

「エヴァンズ神父、ぼくたち、さきほど、サブラタの拓本を見てきました。でも、その後、作業は進んでいないそうですね。あくまでもスキュタレーを探すのだと聞きましたが」

「ええ。そうです。第一の文書の封印が二十世紀の初めに破られてしまったことはおふたりとも知っていますよね。その文書はスキュタレーのありかを示したものでした。手順としては、スキュタレーをまず見つけ、これを使ってサブラタの石板に刻まれた第二の手がかりを解読するのです。じつはいま、バブルスさんと一緒にスキュタレーのレプリカを造っているんですよ」

「神父さま、スキュタレーが出てくる可能性ってどれくらいあるのでしょうか？」

「じつは、私自身はほとんど無いと思っています」エヴァンズ神父は正直に答えた。

25

ヴァチカン　3月23日

サブラタの石板発見以来、ぱったりとプロジェクトが止まってしまったことで、メンバーのあいだでは苛立ちが日に日に高まっていた。いったいいつまでスキュタレーを待てばいいのか、そもそも待つ意味がどれほどあるのか、貴重な時間を空費するだけではないか……焦りと疑問がメンバーの頭の中を大きく占めるようになった。

そんななかで唯一、目に見える成果を上げているのはシモン・バブルスだった。彼はペトロケミカル社と怠りなく連絡をとり、文書が解読されればすぐに世界中どこにでも飛んでいける手はずを整えていた。ティレニアン建設が関わっているサブラタの新博物館建設の方も、どちらに転んでも損はない状態にしてあった。

スタッフォード枢機卿のほうは、先日来のネット上での一斉攻撃の調査を進めていた。これまでのところ、イタリアを初め、アメリカ、カナダ、日本、イギリス、南アフリカ、中国、インド、ドイツが発信源だったことが判明しており、関係国はさらに増えると推測された。それぞれの関連を示す痕跡は周到に消されているが、背後でこれを指示している組織があるはずだった。

スタッフォードはまた、アジール大司教とともに、教皇派のスキャンダルにも対処せねばならなかった。予告通り、一週間ごとに教皇派の人間についておぞましいネタが暴露された。そのたびにネットへの書き込みが膨れあがり、ヴァチカンへの抗議のメール、電話、手紙が殺到した。サン・ピエトロ広場に集まった市民と警察との小競り合いも二、三度起きており、マスコミもこれらを大きく取り上げた。個人攻撃の的となった当人は、時にはスタッフォード枢機卿やアジール大司教に泣いて詫び、時には憤然として否定した。が、何をしたところで世間はおもしろがるばかりだった。スタッフォード枢機卿とアジール大司教のふたりは、この騒ぎがどこかで終息に向かうのか、あるいはもっと広がっていくのか、反応すべき時期はいつか、などについて頭を悩ませていた。

一方、拓本コピーの製作を完了したエヴァンズ神父は、バブルスと一緒にスキュタレーのレプリカを多数製作していた。そもそもは、メンバーにイメージを持ってもらうために始めたことだった。しかし、エヴァンズがレプリカを作っているのをたまたま見つけたバブルスが、スキュタレーをもっとたくさん作るようエヴァンズに強く勧めた。遅かれ早かれ、これを使う日が来ますよ、作っておくことまでは止められません、私も手伝いますといって、バブルスは毎日エヴァンズと一緒に熱心に作業した。

ナディアはエリーからの帰還指示を待つあいだ、モース枢機卿の身辺の世話をしたり、エヴァンズ神父の秘書的な仕事をして過ごしていた。働きぶりは有能だった。ナディアが修道女だという事はすでにメンバーに伝えられていたが、ローマにいるあいだは身分をあきらかにせず、ひとりの看護師としてふるまうというのが約束だった。

もっともつらい立場にあったのは、ラシド総主教とJJだった。スキュタレーを長年探し求め、思いつくことはすでにやり尽くした感がある。今さら新しい手がかりが出てくるとは本人たちも信じられないのだ。ザヘルに相談したくても、《守護者》ザヘルは依然として昏睡状態だ。このままでは早晩、エヴァンズ神父の提案した方法に手を付けるしかなくなるだろう。ふたりとも焦燥感と無力感を強めていた。ラシド総主教は、たまった仕事を片づけるため、アレクサンドリアの修道院にいったん戻ることにした。

ユーセフはアジール大司教の部屋の前に立っていた。昼間、研修先のＦＡＯで仕事をしていたとき、ふとあることが頭に浮かんだのだ。迷いに迷ったすえ、夕食を終えるとアジール大司教をたずねることにした。

「どうした。難しい顔だな。研修で失敗でもしたか」

「仕事のことじゃありません。プロジェクトのことで来たんです。大司教、どうしてそんなに呑気にしておられるのですか」

ユーセフは咎めるような声をだした。アジールは一日の仕事を終え、すっかりくつろいだ様子でハーブティーを飲んでいた。

「プロジェクトのこと？」

大司教はのんびりした声を出した。

「意外ですか。ぼくだってメンバーの一員です。プロジェクトのことはいつも考えています」

「ほう。で、何か名案でも」

「いえ、その――」ユーセフは言い淀んだ。「昼間からずっとあることが気になっていまして。

それでご相談に」

「なんだ？」

「大司教、ぼくを一度レバノンに帰らせてくれませんか」

「レバノン？　なぜだ」

「高校卒業の時、ぼくはエリーからこれをもらいました」

ユーセフはポケットから例の腕時計を出した。

「うむ、覚えている」

「実は、そのとき母のリュックも渡されたのです。ずっと警察が保管していたものが返ってきたのだそうです。けど、カビだらけで、ボロボロで、ぼくは、あの時ろくに中身を見もせずクロゼットに突っ込んでしまいました」

「ふむ。それで？」

「大司教、ぼくはレバノンに行ってあのリュックをもう一度調べたいのです。あのとき、ぼくはリュックからくしゃくしゃの布の固まりやなんかを取り出した覚えがあります。そのとき、ビニールにくるまれた固い棒みたいなものがあったのです。三〇センチくらいの。ぼくはそれをほ乳瓶とかオモチャのガラガラとか、そんなものだと思いました。——あのときぼくは、虫食いだらけでカビが生えた物をあまり触りたくなかったものですから」

アジールが大きな目でぎょろりとユーセフをにらんだ。

「わかっています。それをスキュタレーと結びつけるなんて、飛躍しすぎだってことは。そんな偶然みたいなこと、九十九パーセントあり得ない。でも、このまえエヴァンズ神父のところでスキュタレーの試作品を見せてもらってから、ひょっとしたらという考えが消えないのです。実際に触ってみたわけじゃありませんが、長さといい、太さといい、すごく似ていたような気がします。アジール大司教、できればもう一度、あれを確認してきたいのです」

アジールは黙っている。

「大司教、どちらにしても、スキュタレー探しは行きづまっているのでしょう。行かせていただけませんか。ちがうとわかればそれで納得できるのですから」

「……今どこにある？」

ようやくアジールは尋ねた。

「ヘルメルです。ベイルートのアパートはこっちに来るときに引き払ったので、荷物は全部ヘルメルの孤児院に預けてきました」

「そのリュックというのは、きみの母上の持ち物だったんだな？」

「はい。エリーはそう言っていました」

「このことを誰かに話したか？」ユーセフは首を振って否定した。

「わかった。考えておく。今夜はいったん帰れ」

アジール大司教はユーセフが肩を落として戻って行ったあと、とくと考えてみた。

馬鹿げた話だ。ユーセフも言っていたように、そんな偶然はまずありそうもない。だいいち、ユーセフは実際にそれを見たわけではなく、チラリと見たものが棒のようだったというだけだ。棒の形をしたものがこの世にどれほどあると思ってるんだ。

一方、メンバーの誰もが藁にもすがる思いでいるのも事実だった。やはり一応、ソテル二世に伝えて判断を仰ぐべきだろう。そこまで考えたアジールは、さっそくソテル二世の書斎に向かうことにした。

アジールが廊下を歩いていると、向こうからJJとスタッフォード枢機卿がやってくるのに出くわした。ブシャーレのエリー・ハビブ院長から、一度ナディアを修道院に戻してもらえないだろうかと連絡があり、ソテル二世が許可したのでそれをナディアに伝えに行くところだとスタッフォード枢機卿は説明し、会釈をして足早に去った。

「しかたありませんな」

残されたJJにアジールは話しかけた。「あちらでもナディアがいないと困るでしょう。マロン派の修道院も高齢化が進んでいますからね。彼女みたいに若い優秀な人間をいつまでもここに留めておくわけにもいきませんよ。スキュタレーさえみつかれば先に進めるのですがね」

「ええ。まったくその通りです」JJは肩をすくめた。「みなさんがこうして毎日がんばっておられるのに。われわれの責任です」

「いやいや、そういう意味で申し上げたのではありません。今はわれわれ皆が協力してスキュタレーをさがす時なのですから」

その時アジールはふと、JJに先ほどの話をしてみようと思いついた。なんといってもJJは《守護者》なのだし、まずは彼に相談してみるのがいい。

「じつはドクター、ちょっとお耳に入れたいことがあるのですが。ご足労ですが私の書斎までいらしていただけませんか」

書斎でふたりきりになると、アジールはユーセフの話を伝えた。ただし、ベイルートの事故の一件は伏せておいた。これだけは秘密をまもるという約束だ。どちらにせよあの事件とこのプロジェクトは無関係なのだし。そこでアジールは単に、ユーセフの母親の遺品のなかに、スキュタレーの形に似たものがあった気がするので、どうしても確認してきたいと望んでいると説明した。アジールは言い訳がましくつけくわえた。

「その棒がスキュタレーだとユーセフも私も思っているわけではないのです。ただ、彼は例のエヴァンズ神父のレプリカを触ってみてから気になってしかたがないらしいのです。いわば、スキュタレーでないことを確認するために行くようなものです」

JJは初め驚いていたが、だんだん険しい表情になった。アジールは後悔した。

「いや、馬鹿な話をしました。どう考えてもそれがスキュタレーとは――」

「大司教」JJがそれをさえぎった。「私もユーセフと直接話してみたいのですが。できれば今夜にでも」

アジールは意外に思ったが、もちろん異存のあるはずはなかった。アジールはその場ですぐ電話をかけ、ユーセフにヴァチカンにもう一度来るように伝えた。電話がすむとJJが言った。

「大司教、私からのお願いですが、この件はしばらくここだけの話にしておいていただけませんか。空振りにおわればそのままでよろしいでしょう。その棒状のものがスキュタレーである可能性はそうとう低いと私も思います。しかし、こうした話が出た以上、私としても確認はしてみたいのです。ただ、教皇さま初めメンバーの方々に過大な期待を持たせるのは避けたい。アレクサンドリアのラシド総主教には私から伝えておきます」

「そうですな――」アジールはちょっと考えた。「ドクターの言われることはごもっともです。はっきり申し上げて、このところメンバーはいささか苛立っております。ダメだったとなると落胆もまた大きいでしょう。聖下も例のネット攻撃で神経をすり減らしていらっしゃる。しかし、メンバーに知らせないでユーセフをレバノンにやるとなると……」

「ナディアがブシャーレに戻ります。彼女を送り届けるということではどうでしょう。カナダから来たときのようにユーセフとふたりで行動した方が安全ですし。聖下もお許しくださるでしょう」

「なるほど。それは良い考えです。ではこの件、ドクターにお任せしてもよろしゅうございますかな」


駆けつけてきたユーセフは、JJにアジールにしたのと同じ話を繰り返した。リュックについては、アジールとの打ちあわせ通り孤児院の前に捨てられていた自分と一緒に置かれていたものだと話した。JJはいくつか質問をはさみながらそれを注意ぶかく聴き、その夜、考えられる可能性についてじっくり検討してみた。

ひょっとして仮が両親について何か知っているのではないかと思って呼んでもらったのだが、その期待は裏切られた。もちろん、一歳かそこらでヘルメルの孤児院の門前に捨てられていたのだから、彼自身が何も覚えていないのは当然だ。状況から考えて、リュックの持ち主は母親だとは思うが、個人を特定できるような手がかりは何もなかったとユーセフは答えた。

となると、スキュタレーについてのいちばんありそうな結末は、単なるユーセフの思いこみということだ。これだけスキュタレーのことを考え続けていれば、ひょっとしてそうかもしれないと思ってしまうことはじゅうぶん考えられる。自分たち《守護者》も何度そんな失敗をしたことか。

しかし、もし万一、それがスキュタレーだったら？　それは何を意味するのだろう？

ここでＪＪの思考は壁に突きあたる。

素直に考えれば、リュックの持ち主はスキュタレーの最後の持ち主ということになる。そして、リュックはユーセフと一緒に孤児院に置かれていた。つまり、ユーセフの母親は……。だが、そんなことがあり得ようか——？　いや、結びつかない。だいいち、なぜヘルメルなのだ？

26

ヘルメル　3月25日

三月二五日、灰の水曜日。

ローマのフィウミチーノ空港に向かう車の後部座席に並んだユーセフとナディアはぎこちなく黙りこんでいた。ナディアはブシャーレの修道院に足を踏み入れるまで、ユーセフはヴァチカンに戻るまで、バンクーバーから来たときと同じく婚約者という設定で行動するよう厳命されていた。

ユーセフはまた、アジールとＪＪから、レバノン行きの本当の目的を口外しないよう固く約束させられた。スキュタレーが見つからなければもちろんそのままでいい。ソテル二世にも目的は知らせていないと言われていた。ユーセフもむしろその方がありがたいと思った。

ユーセフとナディアの態度があまりによそよそしいのを見かねて、別れ際にエヴァンズはもっと婚約者らしくふるまうよう注意せずにはいられなかった。

ベイルート空港からブシャーレまではレンタカーで一気に行ってしまうことにした。ハンドルを握るユーセフの隣で、ナディアはまっすぐ前を向いたままひと言も口を開かなかった。ユーセフは、この百二十キロの道のりの先にナディアの本来の世界が待っていることを努めて考えないようにした。ベイルートから内陸に入り、北に向かって車を走らせると右手に雪をかぶったレバノン山脈が見えてくる。ユーセフにとっても懐かしい風景だ。

ブシャーレが近づくにつれ、同志であったナディアが刻一刻と修道女にその姿を変えていくような気がした。今日は灰の水曜日。人は塵《ちり》から生まれ塵に帰る存在であることを忘れないように、司祭は信徒の額に灰で印をつける。ユーセフにとって今年の四旬節の始まりは、まさに同志ナディアの死として感じられた。

ブシャーレの修道院の老受付係は、ユーセフを応接室に通し、すぐに院長が参りますからお待ちくださいと、丁寧に一礼して出て行った。格子のはまった小さな窓、テーブルにつつましくおかれた一輪の花、埃ひとつない磨きたてられた床。修道女が経営する孤児院で育ったユーセフにとって、修道院特有の密度の濃い静けさは、なじみのあるものだ。ユーセフの気持ちはしだいに落ち着いていった。

廊下を急ぐ足音がして勢いよくドアが開き、エリー・ハビブが姿を現した。エリーは修道院長の威厳などどこかに捨て去り、駆けよってユーセフを抱きしめた。ユーセフのなかに残っていたかすかな不安もたちまち消えた。

そのとき、ドアからもうひとりの若い修道女が姿を現した。ナディアだった。グレーの修道服に着替えベールを被ったナディアはまるで別人だった。

「お入りなさい」と言われ、ナディアは静かに入ってきて、ユーセフに目礼した。ユーセフはまじまじとナディアを見た。

「ユーセフ、そんなふうに見つめたらナディアが困ってしまうわよ。さあ、ふたりともかけて」エリーはニコニコしていた。「ヴァチカンにはあなたたちの到着をお知らせしておきました。ユーセフ、ナディア、ご苦労さまでした。それにユーセフ、これまでナディアを守ってくれてありがとう。ひさしぶりにいろいろとおしゃべりしたいけれど、アジール大司教からあなたをすぐに出発させるように釘をさされているの。ヘルメルに大事な用事があるんですって？　少し休まなくてだいじょうぶ？」

「もちろん大丈夫ですよ。エリー、あのリュックを覚えていますか」

「ああ、そうね……」エリーは曖昧な返事をした。「そうだわ、ナディア、キッチンに行ってシスターマルタからお茶のトレーを受け取ってきてちょうだい。いくらなんでもお茶の一杯くらいお出ししなくては」

「はい」ナディアは低く答えて出ていった。

「申しわけありません。でも、ナディアには何も話していませんから」

ユーセフはナディアがこの場を外されたのに気づいた。

「わかっているわよ」エリーは穏やかに答えた。

「ぼくがヘルメルが何をしに行くか、アジール大司教からお聞きになっていますよね」

「ヘルメルに行くということだけはね。なんのためかは聞いていないわ。いえ、言う必要はないのよ。聞かないほうがいいわ。あちらにはあなたが行くことを知らせてあるけれど、ヘルメルももうあの頃とはすっかり変わっているのよ」

「エリー、じつは、あの事件のこと、アジール大司教に話してしまいました」

「それも聞いたわ。アジール大司教ならだいじょうぶ。ただね、やはり気をつけたほうがいいと思うの。というのもね、どうやら最近、ヘルメルあたりであなたのことを聞きまわっている人物がいるようなの」

「え？」

「孤児たちがその後どうやって運命を切り開いていったかを記事にしたいとかで。ルポライターだっていってたらしいけどね。これまでも取材の申し込みがあったときには、プライバシーの問題があるからといっさい断ってきたのよ。孤児院で育ったことを隠したい人もいますからね。それに、あなたはいま大事な仕事にかかわっているんでしょう。くれぐれも用心してね」

　その時、ナディアがトレーを両手に戻ってきた。修道服姿のナディアからユーセフはおもわず目をそらした。ナディアもずっと目を伏せたまま、ていねいにお茶の用意をした。そのあいだ、ユーセフもエリーも何も言わなかった。カップに紅茶を注ぎ終わると、ナディアはまた一礼して出て行った。エリーは一緒にお茶をとは言わなかった。

エリーはどうしても修道院の車を使えときかなかった。ユーセフは断ろうとしたが、レンタカーやタクシーを使うよりは安全かもしれないと思い、相当な年代物のレンジローバーを借りることにした。それにそうすれば帰りにもう一度ブシャーレに寄ることもできる。門の前ではエリーと受付の老修道女が手を振ってくれたが、そこにナディアの姿はなかった。ナディアがふたたび静かな修道女の生活に戻ってしまったことは、ユーセフに鋭い痛みとして突きささった。

ヘルメルまでのドライブは快適だった。ユーセフは窓を開け冷たい空気に頬をさらした。プロジェクトもナディアもスキュタレーも、風とともに遠くに飛びすさり、懐かしさだけがユーセフの胸をひたひたと満たした。

レバノン北東部の静かで小さなヘルメルの町並みは、ユーセフの子ども時代からほとんど変わっていないように見えた。この街がシリア帝国の一部だった時代に作られたという、高さ三十メートルほどの、とんがり帽子をかぶったような石の「ピラミッド」の周囲を車でぐるりと廻ると、ユーセフはオロンテス川のほとりに建つ孤児院に車を向けた。

建物こそ以前のままだったが、エリーが言った通り、当時の修道女も職員も誰も残っていなかった。料理上手のハリファ修道女はすでに世を去り、厳めしく、かつやさしかった修道院長は、遠くの施設で手厚い介護をうけながら余生を送っているという。もちろん、ともに育った兄弟姉妹たちももういない。

応対に出たてきぱきとした小柄な受付係は、ユーセフが来意を告げると、伺っておりますと言い、すぐに先に立って奥の小部屋に導いた。

小さな窓と換気扇がひとつついた薄暗い部屋には、両側に棚が作られ、衣装箱や様々な大きさの箱が整然と並んでいた。そのなかに、ユーセフの荷物も名札をつけて収められていた。受付係は、用事が済んだら鍵をかけて、帰りに受付に戻してくださいと言いおき出ていった。

ユーセフの荷物はそれほど多いわけではない。学生時代に使っていたノートや教科書が少しと、CDや本、身のまわりの品が少々といったところだ。ユーセフは棚から段ボールを下ろし、「雑貨」と書かれた箱を開けた。アルバムやテニスラケットなどに混じって、めざす箱があった。ユーセフはその箱を両手で注意深く取り出し、部屋の中央のテーブルに載せた。そこでひとつ深呼吸をした。

それから用意してきた綿の手袋をはめ、テープをはずしてふたを開けた。なかには色褪せたボロボロのリュックが、数年前にしまったときと同じ状態でおさまっていた。ユーセフは今度は何ひとつ見逃さないように、はやる気持ちをおさえつつ、リュックの中の物を丁寧にテーブルに並べていった。

くしゃくしゃのたくさんの布は、幼い息子のお襁褓《むっ》であったのだと、ユーセフはこのとき初めて思い当たった。それから数枚のタオル。ウサギのぬいぐるみ。錆びついたミルクの缶。ビスケットの袋。ひびが入ったほ乳瓶……。

そして、リュックの底近くに、やはりそれはあった。ビニールにくるまれた棒状の物体。あのときユーセフはオモチャか何かだろうと思ったのだ。

ユーセフはビニールからその物体を取りだした。それは白い布に丁寧にくるまれていた。はやる気持ちをおさえ慎重にそれを開く。ユーセフの瞳が大きく見ひらかれた。

そこには長さ三〇センチほどの白いアラバスター製の棒があった。

長い年月を経てもアラバスターは半透明のかがやきを失っていなかった。棒の上下には精緻な葉模様の彫刻がほどこされ、息を呑むほどの美しさだった。

ユーセフは息を殺し、震える手でそれを目の前にかかげた。人類の遺産を救うために作られた暗号解読のキー。これが作られてから千年以上の時が流れたのだ。それがいま、深海の底から嵐の浜辺に打ちあげられたようにユーセフの前に姿を現した。

思ったより重みのあるその棒を、ユーセフは耳に近づけ、振ってみた。なかからカラカラと乾いた音がした。

27

日本　3月25日

クリシュナが来たとき、モーゲンソーはいつも通りのごく軽い夕食をとり、シャワーをあびたところだった。

「ご相談があります。ソテル二世についてです」

「ほう。きかせてくれ」

クリシュナは一瞬教祖を見上げ、それから眼を伏せた。

「ソテル二世は教皇となった現在もなお、コプト教徒時代の任務を続けているふしがございます」

「任務？　なんだそれは」

「《守護者》とよばれるものです」クリシュナは黒く光る目を上げた。「アレクサンドリア時代のアマルはこの任務遂行のために生きていたと思われます。彼の行動にはいろいろとひっかかる部分があるのです。ある時期から友人との接触を極端に制限したこと、コプト教会に頻繁に出入りし始めたこと……、いずれもこの《守護者》と関係しているのかもしれません」

「……」

「それに、偶然かもしれませんがチサトとの交際が始まったのもこの時期です。もしかしたらこの《守護者》が彼の行動の謎を解く鍵ではないかと」

「それで――」モーゲンソーはかすれ声で聞いた。「その《守護者》とはなんなのだ」

「残念ながら、肝心のこの点がわかりません」

「……」

「いかがいたしましょうか」

「うん？」

「もう少しつっこんで調べてみてよろしゅうございますか」

「ん？　ああ、もちろんだ。もちろんやってくれ」

なんということだ――。モーゲンソーは独りになるとつぶやいた。

無意識に照明を落とし、八角円堂の中心に二メートル四方のマットを敷いた。慣れた手つきで部屋着を脱ぎ、うすい下着一枚になって、一時間ほどさまざまなポーズをし、最後に結跏趺坐《けっかふざ》を組み瞑目した。いつもならこのあとすぐに深い瞑想状態が訪れるのだが、今夜はいつまで待っても心がざわめいている。

理由はわかっている。はたしてクリシュナは気づいただろうか。クリシュナがあの言葉を発した瞬間から心臓が激しく鼓動を打ち始めたことに。

《守護者》――そうだ、《守護者》だ。それがすべての謎をとくキーワードだったのだ！

モーゲンソーの胸に、二十年前のある冬の日の記憶があざやかによみがえった。

そのころ、モーゲンソーは古今東西の宗教書や哲学書を手当たり次第に読みあさっていた。啓示を与えてくれたものはなかったが、ひとつだけ確実にわかったのは、古来人間は、世界をどうとらえるべきか、いかに生きるべきか、生きる意味は何か、どうしたら幸せになれるか、死とは何かを切実に問い、答えを求め続けた存在だということだった。

ある日、モーゲンソーは一通の奇妙な手紙を手に入れた。霙《みぞれ》まじりの冷たい雨の日だった。雨宿りのつもりで入った南インドの海辺の古書店で、モーゲンソーは何気なく一冊の本を手に取った。するとその宗教書のすきまから、縁のすり切れた、色褪せた紙がひらひらと舞い落ちた。誰かがはさんだまま忘れてしまったのか、あるいは故意にそこに隠されたのか――。

モーゲンソーは最初の数行に目を走らせると、古書店の店主に気づかれないように手紙をもとの場所にはさみ、その本を買いもとめた。そして帰りの列車のなかでむさぼるように読んだ。稚拙な文字で書かれた手紙は、第一次世界大戦勃発直後に、ジュマと名のる人物からアレクサンドリアのコプト修道院院長あてに書かれたものだった。

無学な人間の手による、要領を得ない、たどたどしい文章だった。しかし、奇妙に胸に迫るものがあった。手紙でジュマは、自分と兄であるアリという修道士の犯した罪を告白していた。

修道士のアリは、アレクサンドリアの修道院に保管されていたベンヤミン院長なる人物の文書を勝手に開き、そこに書かれていた秘密の場所からある物を盗み出したのであった。病気の母親の手術費を工面するためだった。しかし、ジュマが発見したものは財宝とはほど遠いものだった。

『両端に彫刻をほどこした、直径七センチ、長さ三〇センチほどの白い棒で、ずっしり重く、振るとなかからカラカラという音が聞こえました』

ジュマは手紙のなかでその発見物をこう描写していた。

その後、兄、母があいついで死に、ジュマ自身も病に冒された。途方にくれマレオティス湖のほとりにへたり込んでいたジュマは、盗んだ白い棒を修道院に返そうと決心した。手紙の最後をジュマは、『ベンヤミン院長が望まれた通りに《守護者》の方々の使命が遂行されるよう最期の瞬間まで祈り続けます』と結んでいた。

手紙を本に戻してからも、《守護者》という謎めいた言葉がモーゲンソーをつかんで離さなかった。《守護者》とは、そしてその使命とはなんだろう？　果たしてこの手紙は修道院に届いたのだろうか、それとも手紙を出すことも適わぬうちに、哀れなジュマは死んでしまったのだろうか。それに、白い棒はその後どうなったのだろう――。

以後、モーゲンソーはアレクサンドリア修道院に関係する史料をさがし、必要と思えばアレクサンドリアにも一再ならず出かけ、時間という大海の底に沈んだ歴史のかけらをたんねんに拾い集めた。

それらを総合してたどりついた結論は、ベンヤミン院長の古文書は、古代アレクサンドリア図書館の蔵書に関する暗号だということだった。アレクサンドリア図書館はもうこの世にはないというのが一般に信じられていることだ。しかし、必死に史料をあさるうち、七世紀の古い記録のなかに、ベンヤミン院長とともに貴重な書物の運び出しにかかわったと主張する者の証言をモーゲンソーは発見した。その人物は、自分たちが荷造りしアラブの手から守ったのは、古代アレクサンドリア図書館そのものだったと誇らしげに述べていた。そして、この偉大な事業に協力した幾人かの学者仲間の名を挙げていた。そのなかには、別の文献にもしばしば登場するアレクサンドリアの天文学者や聖書学者の名もあった。

一方、いくら手を尽くしても《守護者》に関する情報は皆無だった。そのうちモーゲンソーは聖なる石に出会い、すっかり《守護者》に興味を失ってしまったのだ——。


先月、アレクサンドリア修道院のラシド総主教はじめ、修道士のロフティ・ザヘル、医師のJがそろってソテル二世と面会したとき、モーゲンソーは古代アレクサンドリア図書館関連の動きが始まったのかもしれないと見当をつけた。モーゲンソーはやつにかまをかけ、この直感が正しかったことを確認した。

だが、モーゲンソーは大事なことを見落としていた。この計画にはやはり《守護者》が存在する。伝説などではない。《守護者》は現在もなおこの計画のキーとして動いているのだ。そして……、なるほど、クリシュナが言った通りアマルが《守護者》なら、最近のヴァチカンの動きにも説明がつく。

いや、待て。ならば、かつてあれほどアマルと密接だったＪＪはどうなのだ？　それにラシドやザヘルは？　いやいや、それだけではない。アジール大司教、スタッフォード枢機卿、エヴァンズ神父、そしてバブルス……彼らは本当は何者だ？

28

ヴァチカン　3月27日

朝六時。三週前と同じ教皇公邸書斎に、ふたたびメンバーが招集された。スタッフォード枢機卿、アジール大司教、エヴァンズ神父、バブルス、ＪＪ、そして昨夜おそくレバノンから戻ったユーセフである。ラシド総主教だけはアレクサンドリアからの到着が遅れていた。

ユーセフは頬を上気させ、スキュタレー発見のいきさつを説明した。ユーセフが話しているあいだに、木箱に収められたスキュタレーが回覧された。もともとこの箱は、エヴァンズ神父のレプリカを入れるために作られたものだった。メンバーは最近では夢にまでみるようになっていたスキュタレーの実物をおそるおそる触ってみたり、そのみごとな細工に息を呑んだりした。ソテル二世は全員がじゅうぶんにスキュタレーを見終わるのを待っていた。

「スキュタレーを取り戻すことができたのは奇跡だ。いかなる運命をたどってこれがユーセフのもとにたどり着いたのか、それも大いに興味を引かれるところだが、いまは先に進むことが重要だと思う」ソテル二世はエヴァンズ神父の方を向いた。「まず、サブラタの碑文の解読を完了させる。これにはラシド総主教とＪＪ、そしてエヴァンズ神父の三人であたってもらいたい。スキュタレーの内部にあるものを取り出す方法も探ってくれ。おそらくそれがないと、暗号は解けない仕組みだろう。バブルス、きみはサブラタの後始末を完了させてほしい。石板の運び出しとマレオティス・プロジェクトにつながるすべての痕跡の消去だ。スタッフォード枢機卿とアジール大司教は、このあとのビッフィ枢機卿との会見に同席してほしい。以上だ」

「あのー」バブルスが人差し指を上げた。

「どうした、バブルス」

「ビッフィ枢機卿さまが何かまずいことを言ってよこされたのですか？」

ビッフィ枢機卿の評判はヴァチカン内で決して良くはない。そしてバブルスのような外部の人間から見ても、ビッフィはそのような人物として認識されているのだ。

「いや――」ソテル二世はゆっくりと言った。「このところ、ネット上がいろいろと騒がしいことになっているのは知っての通りだ。一週間ごとのおぞましい暴露攻勢も続いている。ビッフィ枢機卿は最近の情勢について話し合いたいと言ってきたのだ。諸君の気持ちは想像できるが、話す機会を持つのは良いことだと思う」

「仰る通り、枢機卿が何を考えておられるのかを知っておくほうがよろしいと思います」と言ったのはスタッフォード枢機卿だ。

「うむ。まあ、やはり会う方がいいのでしょうな」アジールもしぶしぶ同意した。「それに、われわれがこうして会っていることも、ビッフィ枢機卿は耳にしているに違いない。そういう人間です。仲間にはなれないが、敵にもまわしたくない。何かたくらんでいなきゃいいのですがね」

このやりとりを聞いたバブルスは、「なるほど。だいたいわかりましたよ。教皇さま、どんな嫌なことを言われるか、どんな難題をふっかけられるか知りませんが、われわれがついています。負けちゃなりませんよ」と励ました。


「ちょっとよろしいですか」

執務室に戻るソテル二世の後ろを急ぎ足で追いかけてきたのはＪＪだった。いつになくこわばった表情を浮かべている。ハーニー・アマルは黙って執務室に招き入れ椅子をすすめた。

「急にすまない。さっき話に出たビッフィ枢機卿のことだがね」ＪＪは声をひそめた。「ハーニー、枢機卿は実際には何と言ってきたんだ」

「私といちどじっくり話し合いたいのだそうだ。いまネットでいろいろな噂が乱れ飛んでいるから、おそらくその件だろう。私はそう受け取ったが」

「ハーニー、そんなにのんびり構えているようなことじゃないぞ、これは。あのビッフィ枢機卿が動いたからには、絶対なにかつかんでいる。そうでなきゃ向こうから働きかけてなぞくるものか。本当に枢機卿は何も言わなかったのか」

「だから、ネットの件だろう。それだけだってじゅうぶんすぎるほどだ」

「いや、ハーニー。それなら彼はもっと早いタイミングで来たはずだ。枢機卿は何か知っているにちがいない」

「きみは見当がついているのか」

「ああ。おそらくな。外れていればいいが」ＪＪは落ちつきなく部屋を歩きまわった。

「なんだ？　言ってくれ」

「ハーニー」ＪＪは足を止めた。「ビッフィ枢機卿はきみがかつて《守護者》だったことをつかんだんだ。枢機卿が動き出すほどのことといえばそれ以外考えられない」

ＪＪは頭をかかえんばかりだったが、ソテル二世はさっぱりと言った。

「それならちょうどいい。ＪＪ、ずっと言ってきたように、私はメンバーに秘密を持ちたくないんだ。いい機会じゃないか。打ち明けよう」

「いや、まってくれ。話すのはとりあえずアジール大司教とスタッフォード枢機卿のふたりにしてくれないか。そしてビッフィと会って、彼がどこまで知っているかを探ってからにしよう」


予想していたとはいえ、ビッフィ枢機卿との会見は愉快とは言い難いものだった。

聖座財産管理局局長のアレッサンドロ・ビッフィ枢機卿は、約束の午後二時ぴったりに教皇執務室に現れた。スタッフォード枢機卿とアジール大司教はすでに部屋に入って待機している。すすめられるまま、ビッフィ枢機卿は巧みに車いすを操ってスタッフォードとアジールの向かい側におさまった。

「ネット攻撃の事が出るだろうと思ったので、この件を担当しているスタッフォード枢機卿とアジール大司教にも同席してもらった。かまわなかったかな」

ビッフィ枢機卿は「もちろん一向にかまいません」と答え、時間をつくってくれたことへの礼をひとしきり述べた。

「それにしてもこのところのネット攻撃は目にあまるものになってまいりました。なかでも、聖下がアレクサンドリア時代の交際女性に中絶を強要し、ぼろきれのように捨てたなどと……」

「枢機卿、いきなり失礼ではありませんか」

アジール大司教がうなったが、ビッフィはまったく怯む様子をみせなかった。

「私自身、もちろんこんなデマを信じているわけではございません。だいいち、万一そのようなことがあったとすれば、聖下がここにこうしておられるわけがございませんから」ビッフィは深緑の眼を細く絞りソテル二世を見上げた。「教皇聖下をはじめ、スタッフォード枢機卿やアジール大司教、そしてスタッフが適切な対応をなさっておられることはじゅうぶん承知いたしております。私も教皇庁の一員として、聖下が問題をすみやかに解決されることを心より願っております」

枢機卿のトーンは、そんなことはとうてい期待していないがと言わんばかりだった。

「私は以前からいちど聖下とじっくりお話ししたいと願っておりました」ビッフィの薄い頬の肉が神経質にぴくぴくと動いた。「じつはつい先日、さる人物から非常に奇妙な話を聞きました。ちょうどおふたりもおそろいでございますし、本日はことの真偽を聖下におうかがいしたいと存じます」

「真偽ですと?」アジール大司教がかみついた。

「はい」ビッフィは緑色の眼を平然とアジールに向け、つぎにソテル二世を見た。「まことに不可思議な話なので」

「ビッフィ枢機卿。いったいその奇妙な話とは何かな」ソテル二世が穏やかに訊ねた。

「まるでおとぎ話のようでして――」ビッフィは獲物を前に舌なめずりする蛇のように、なおももったいぶって言葉を切った。

「その前に、さる人とはどなたかおっしゃっていただきたいのですが」

スタッフォード枢機卿が静かに尋ねた。ビッフィは今度はスタッフォードの方に顔を向けた。

「さる人物でございますか。その人間はカトリック教会の将来を憂える者と申しております」

「ずいぶんご立派な心がけの人物ですな」

ビッフィはアジールの皮肉をいささかも意に介さなかった。

「その人間の名前はいまは伏せておきましょう。必要があればいずれお知らせいたします」

「ビッフィ枢機卿、何にせよ不快な思いをされたのであろうな。ところで、そろそろその話を聞かせてもらいたいのだが」

ビッフィはソテル二世に爬虫類のような冷たい視線をからませ、いちど大きく息を吸いこんだ。そして抑揚のない声で言った。

「聖下は《守護者》という言葉をお聞きになったことがおありでしょうか」

一瞬、沈黙が流れた。

「守護者？　いや、聞いた覚えがないが」

スタッフォードとアジールも怪訝な顔で首を振った。ビッフィはそれを見て薄笑いを浮かべた。

「ご存知でいらっしゃらない？　これは意外ですな。私の認識では聖下ほど《守護者》と関係の深い方はおられないはずですが」

「枢機卿、まわりくどい言い方はお止めになったほうがよろしいですぞ。いったいその《守護者》とはなんなのです。聖下と関係が深いとはどういうことです」とアジールが威嚇した。

「では申し上げましょう。《守護者》とは古よりコプト教会に伝わる重要な役職。そして聖下、あなたご自身がその《守護者》であらせられる」

ソテル二世は当惑の面持ちで傍らに控えるふたりの側近を見、いつもと変わらぬ声で答えた。

「枢機卿、申し訳ないがなんのことをおっしゃっているのか私にはわからない。あなたも知っての通り、たしかに私はかつてコプト教徒だった。しかし、《守護者》などという言葉は当時も今も聞いたことがない。ましてや、私自身がその《守護者》だなどと仰られても……。枢機卿、あなたはどうしてそんなことをおっしゃるのですか」

「一度《守護者》となればその使命は生涯消えることがないからです。現在ローマ教皇の地位にあるあなたがおいそれとお認めになれないのは無理もありませんが」

「ビッフィ枢機卿、あなたご自身もカトリック教会の聖座財産管理局局長ではありませんか。このように聖下を侮辱されるようなことをおっしゃって、いったい何をお望みなのですか。聖下ははっきりと否定されておられる。これ以上言い募るのは聖下に対してあまりにも不敬です」

スタッフォード枢機卿がいさめた。ビッフィは皮肉な笑みを浮かべた。

「なるほど。不敬ですか。しかし、どちらがより不敬なのでしょうか、神に対して。聖下はカトリック教会の最高指導者、聖ペトロの後継者です。しかし、その実はいまもなおコプト教徒であり、かつ《守護者》というコプト教会の重要な役割を担っておられる。いくら聖下が否定されても、私は引き下がるつもりはございません。スタッフォード枢機卿、あなたはさきほど私が何を望んでいるかと問われました。私はこのような事態を看過することはできません。それが私のカトリック枢機卿としての役目だと思っております。聖下、もし全世界のカトリック信徒がこれを知ったらどう思うでしょう。裏切られたと大きな失望を味わうのではありませんか。ましてや全能の神がいつまでこの状態をお許しになるでしょうか」

ソテル二世はビッフィ枢機卿の珍しく赤みのさした頬を見つめた。

「枢機卿、私は現在のカトリック教会が直面している危機について、あなたと率直に話し合えたらと考えていた。あなたは賢明な方だ。神への篤い信仰も持っておられる。そうです。私は知っています。われわれが協力することができればこの難局をのりこえる智慧を得ることができたかもしれないのに。残念です」

ビッフィ枢機卿の仮面のような表情の下でかすかに何かが揺れすぐに消えた。それからビッフィは深い緑色の眼で三人を順番に見た。そして静かに車いすを回転させ、黙って出て行った。


「まったく不愉快な男ですな」アジールが憤懣やるかたないといった面持ちでうなった。「だが、油断なりませんな。われわれでさえついさっき知ったばかりの事実をいったい彼はどうやって知ったのでしょうか」

「私はビッフィ枢機卿自身が、最近の事件の仕掛け人だとも考えています。枢機卿は愚か者ではありません。あのような態度をとるからには、確実な情報源を持っているでしょう」

スタッフォードが分析した。

「枢機卿のおっしゃる通りです」と言ったのはＪＪだった。ＪＪは話し合いの行方が気がかりでたまらず、ビッフィ枢機卿が出て行くやいなや部屋に飛びこんできたのだ。

「それで、ビッフィ枢機卿はハーニー、いや失礼、聖下の返事を信じなかったのですな」

「はなから信じちゃいないという態度でしたね」とアジールが憤然として言った。

ソテル二世も肯いた。

「ビッフィ枢機卿の情報源は、《守護者》とマレオティス・プロジェクトの存在を知り、かつこれを阻止したいと考える人間だろうな。ザヘル師の襲撃、一連のネット上の動きもみなこれにつながっていると考えられる。ビッフィ枢機卿がここまでつかんでいる以上、プロジェクトメンバーに早急に《守護者》のことを伝えたい。ＪＪ、かまわんだろう」


その夜、マレオティス・プロジェクトメンバー全員がふたたび教皇公邸書斎のテーブルを囲んだ。ラシド総主教もぎりぎりで間に合った。バブルスが銀のポットを抱えて器用に皆に紅茶を注いでまわり、ビスケットやサワークリームのトレーをまわした。

「じつはずっと皆に伏せていたことがある。いままで黙っていたのをどうかゆるしてほしい――」ソテル二世はテーブルの上で両手を組んで話し始めた。

「話は三十五年前にさかのぼる。一九七四年、私は二十歳でアレクサンドリア大学の経済学部の学生だった。ある日のこと、私はコプト修道院の院長からとつぜん呼び出された。行ってみるとそこにはＪＪもいた。院長は、私たちふたりがコプトのある重要な役務に選ばれたと言い、これからは生涯その役割を担っていかねばならないと告げた。寝耳に水だった。たしかに私はコプトの共同体のなかで育てられたし、当時はコプト教会の将来を憂え、一信徒として教会を守ろうという気持ちも強かったがね。院長は、今後は任務を遂行することを他のすべてに優先し、心して生活せよという。その一方的な言い方に私は腹がたった。私にだって大学で研究したいことがあったし、ＪＪは医師としてまさに出発したばかりだったのだ。勝手にそんなことを決められては困る、だいいち、その任務とやらはなんだと私は抗議した。しかし院長は、いや、決めるのはこちらだ、拒むことはゆるされていないと落ち着きはらっていた。何をどう言っても無駄だった。結局、ＪＪと私はその日、誓いをたてさせられ、《守護者》となった」

エヴァンズがあわててカップをガチャリと置き、バブルスはバターナイフに手をのばしたまま固まってしまった。

「それは、その——」ややあって、スコーンを持っていることも忘れたラシド総主教が、まるで答えを聞きたくないかのように訊ねた。「——その、ベンヤミン院長の《守護者》のことをおっしゃっているのでしょうな」

誰もこのまぬけな質問を笑わなかった。ラシド、バブルス、エヴァンズ、ユーセフの四人は固唾をのんでソテル二世の次の言葉を待った。

「そうだ」と言ったソテル二世の声にはどこかホッとした響きがあった。「すまなかった。諸君にプロジェクトメンバーとして働いてもらっていながら、このことを伏せておくのは辛かったのだ」

バブルスがまっさきに口をひらいた。

「どうか失礼をお許しくださいよ」そこで言葉を切り、思い切って尋ねる。「てことは、教皇さまは現在も《守護者》なんですか？」

「いいや、ちがう」ソテル二世はきっぱり否定した。

「でもたしか、《守護者》は生涯その任務を担わねばならないんじゃ…」

「その通り。《守護者》が交代するのはメンバーが死去した時のみと定められている」

ソテル二世は同意を求めるようにラシド総主教を見た。ラシドがかろうじて肯いた。

「説明させてくれ。《守護者》の使命を引き受けてからのJJと私は、脇目もふらずに突っ走った。当時、《守護者》は大きな問題を抱えていたんだ。第一の封印があばかれ、スキュタレーが消えてしまっていたからね。私たちはなんとかしてスキュタレーを見つけてやろうと意気込んだ。記録をひっくり返し、運送業者や港での聞き込み、なんでもやった。スキュタレー探し以外は何も見えなくなっていた。――結果として私は、かけがえのない大切な人を傷つけ、永遠に失ってしまった。そうなってみて初めて私は、大切にすべきものを決定的に取り違えていたことに気がついた。私はコプトに関することすべてが疎ましかった。つながりをきっぱり絶ちたいと思った。若かった私はそれしか道はないと思いつめた。私は《守護者》を辞めさせてくれとあのふたりに懇願した。もちろん、受けつけられなかった。JJには使命に立ち返るんだと諭された。でも私は、傷つけた人に対して、それだけがせめてもの償いだと信じていた。そしてついに一九八五年、私は任を解かれた。例外中の例外だ。解任の際の条件は、このことを決して口にしないということだった。もちろん私に異存はなかった。私はローマ・カトリックに転向し、大学を去って神学校にはいった」

ようやく事態を飲みこんできたラシドが不満げな声をもらした。

「それではここにいるJJはあなたが《守護者》であったことを知りながら、ずっと私に黙っていたと？」

「総主教。新しく《守護者》となった者に前任者の名が知らされることはない、それがルールであることはあなたご自身よくご存知のはず。お気持ちは理解できますが、ＪＪは口にするわけにはいかなかったのですよ。あなたにも、そしてもちろんザヘルにも」

「しかし、それはあまりに……」

ラシドはなおぶつぶつとつぶやいた。

「ラシド総主教――」ＪＪが言った。「決まりとはいえ、居心地のいいものではありませんでしたよ。ハーニーの親友だったザヘルが《守護者》に選ばれたときも、私は何も言うことができなかった。そのことはおわびします」

「いや、もちろん……」

ラシド総主教は気持ちの整理をつけるために必死で努力している様子だった。その横顔を見ながらバブルスが大きな目をくるくるまわして言った。

「教皇さま、わたしの正直な気持ちを言わせていただきますとね、そりゃあ、あまりに水くさいってもんです。こんな大事なことはもっと早く言ってもらわなくちゃなりません」

「バブルス、まったくその通り。プロジェクトが始まったときに言うべきだったのだ」

ソテル二世が頭を下げた。

「いやいや、聖下のせいじゃありません。言わないでくださいとお願いしてきたのは私なのですから。責めを負うべきは私です」ＪＪがあわてて言った。

「こうしてみなにまた集まってもらったのは、ビッフィ枢機卿が、どうやってかはわからないが、私が昔《守護者》だったことをつきとめたからだ。そして今日、真っ向からそれを突きつけてきた。今も《守護者》なのだろう、と。否定はしたがね、彼はまったく信じなかった」

ソテル二世はラシド総主教の方を向いた。

「総主教。時代は変わり、状況は変化しました。このマレオティス・プロジェクトが成立したのものそのためでしたね」

「いかにも。世界はベンヤミン院長の時代とは大きく変わりました。われわれが聖下にアレクサンドリア図書館の件でお願いしたのも、まさにそれが理由でした」ラシドの口調はいつもに戻っていた。

「これでようやく私もＪＪが聖下にご相談申し上げるべきだと強く主張した理由に納得がいきました。あのときＪＪは、聖下がベンヤミン院長の計画に協力すべき運命にあると言ったのです。いやはや、まったくその通りでした」

29

アレクサンドリア　１９８０年夏

《守護者》はスキュタレーを必死で探し続けていた。

ハーニー・アマル、ＪＪ、ハミス・ハサン修道院長の三名の《守護者》のうち、ハサン修道院長は、すでに足腰が弱くなっていたため、実際に動きまわるのは若いアマルとＪＪだった。活動用資金もいくぶんはあったが、この先どれだけ続くかわからない調査を考えると節約するほうが賢明だった。ふたりの若者は食糧を詰め込んだリュックと寝袋を背負い、古い地図をたよりに足を棒にして歩きまわった。

一九八〇年夏のある週末、ふたりとも疲れ果て、まったく手がかりのつかめない調査への鬱憤もあって、ちょっとしたことで言い争った。ＪＪは、今回はアレクサンドリアに残って学会に出席すると言いだした。ＪＪに先にそういわれてしまうと、アマルは《守護者》の使命が自分ひとりにのしかかってくるように感じた。どこにもぶつけようのない怒りを胸に、ふたりは一言も交わさず街角で右と左に別れた。

結局、アマルはその日、図書館で文献をあさって一日過ごし、暗くなってから重い足で家路についた。シャワーを浴び、冷蔵庫からビールを一本出し、ぼんやりとテレビを眺めた。そして、数十年後の老いた自分を想像した。《徴》を待ち、失われたスキュタレーを探し続けて虚しく歳月を費した孤独な老人――それが自分だ。これまでどれだけの《守護者》が、《徴》を待ちながら報われることのない一生を終えたことだろう。結局、自分もそうした先人たちの列に連なって終わる運命かもしれない――。

アマルはアパートの屋上に出て身体を冷やそうと思った。しかし、昼間の蒸し暑さは夜になってもいつまでもあたりにまとわりついていた。ぼんやりとするうちにいつのまにか夜更けになった。部屋に戻るとすぐに電話が鳴り始めた。受話器の向こうでＪＪが起きて待っていろとだけ命じ、二十分後にアマルのアパートに飛び込んできた。

「わかったんだ！　ハーニー、見つけたんだ」

ＪＪの顔に浮かんだ歓喜の色を見て、アマルに震えが走った。

「いいか、驚くな。スキュタレーの手がかりがみつかった」

「まさか！　本当か？　ああ、神よ」

「今日、俺は学会でアフガニスタンから亡命してきたパシュトゥーン人の医者のスピーチを聞いた。そのあとちょっとしたパーティが開かれたんだ。俺は言語学者のカヌニという元大学教授と知り合いになった。教授もアフガニスタンで教えていたんだが、退職後は奥さんとともにイギリスにわたった。ともかく、この老教授がアフガニスタン時代の思い出話ばかりするんで辟易《へきえき》しかけていたとき、アラバスターの筒という言葉が飛び出したのさ」

JJはそこで思わせぶりに言葉を切った。

「老教授は、イギリスにわたる直前の一九七〇年に、カブールで体験したできごとが忘れられないという。いいか、その日教授はバザールの雑踏のなかで、大使館に勤務する参事官一家をみかけた。一家と親しかった教授はそばに行ってあいさつしようとした。そのとき後ろから男が勢いよくぶつかってきて教授は転んでしまったらしい。ぶつかったのは貧しい身なりをした中年のアラブ系の男で、誰かに追われているようにすごく焦っていた。そしてあたりを見まわし、いきなりしゃがみ込んで、参事官夫妻の娘に何かを押しつけ、一言二言つぶやくと人ごみのなかに走って消えてしまった。驚いた娘が母親の手をひっぱり、今しがた男が押しつけていった包みを見せた。その時には起きあがって一家に近づいていた教授も、一緒に包みをのぞき込んだ。ハニー、ぼろ布からは凝った彫刻をほどこした美しいアラバスター製の筒が出てきたそうだ」

「――つまり？」

アマルは口の中がからからになってうまく言葉が出なかった。

「ああ。教授は自分でも手にとってよく見たそうだ。上下に美しい彫刻があり、長さは三十センチくらい。そして振るとカラカラと音がした」

「おお！　でもどうして」

「わからない。ただ、男は娘に何か言っていたらしい。おそらくは発音から〝殺される〟と言っていたんじゃないかと。これはカヌニ教授の意見だがね」

「殺される、か。たしかにスキュタレーを誤って手にした者にはわざわいが降りかかる。だが、いったいどうしてアフガニスタンなんかに」

「アレクサンドリアだよ！　バルフはアレクサンドリア・バクトラ、ヘラートはアレクサンドリア・アレイア、カンダハルはアレクサンドリア・アラコシア。アレクサンドロス大王は、征服地にアレクサンドリアの名前をどんどん付けた。なあ、とんでもない間違いがどこかで起きたんだ」

「ほんとか！　じゃあ、世界のどこかのアレクサンドリアに行ってしまったかもという、われわれの推測は間違っていなかったんだな！　それにしてもアフガニスタンとはな」アマルは頭をくしゃくしゃとかきむしった。「待てよ。それは十年前の話だろう。今はどうなんだ？」

「そこなんだが、まだその一家が持っている可能性が高い。というのも、イギリスに渡ってまもなく、カヌニ教授のもとにクリノ夫人――というのが参事官の名前だ――から手紙が来たそうだ。手紙のなかに、アラバスターの筒を娘がひどく気に入って大事にしていると書いてあった。たしかにこのうえなく美しく魅力的なものだったらしい」

「そうか。大事に、か。しかし、一家はいまどこだ？　クリノというのは日本人か？」

「大使館の知り合いに頼み込んで調べてもらった。それで遅くなったんだ。クリノ参事官は七十三年にモスクワに異動になった。アフガニスタンが共和政になった年だ。そして一昨年、

らなんとしてでも行く。任せてくれ」
「うまいことに来月、大阪で学会がある。是非とも行かねばならない会じゃないが、こうなった
「日本か……。遠いな」
トーキョーに戻っている」

翌月、JJは日本に飛び、アジア大洋州局局長となっていた栗野正吾《くりのしょうご》の自宅を訪ねた。肩書きはシリアの古美術品蒐集家ということにした。

成城にある栗野正吾の家は高級住宅街のなかでもひときわ大きな門構えの洋館だった。主人の正吾は留守で、見知らぬ外国人の突然の訪問に警戒の色を浮かべていた妻の公子《きみこ》は、JJがアフガニスタンのカヌニ教授の名を出すと、ようやく笑顔をみせた。

美しく手入れされた庭から満開のジャスミンの芳香が流れ込む応接室で、JJはひとしきりカヌニ教授の噂話をし、ころ合いを見計らってカブールのバザールでのできごとを持ち出した。教授の話通り、夫妻の娘は見知らぬ男から受け取ったアラバスターの筒を、その後も大切にしていたという。

「あれからもう十年も経つのですわね。懐かしいわ。あのバザールでのできごとはよく覚えていますす。ええそうですわ。筒のような形で、振るとなかでカラカラと音がしました。古美術品だったのですか。そう、そんな感じもしましたわね。私どもも、盗品だったりするといけないと思って、そのあとすぐ警察に届けたんですけど、お嬢ちゃん、どうぞそのままお持ちなさいってあちらが言ってくださいましてね。娘がひどく気に入ってしまったものですから。たしかに美しい模

様が彫られていましたけれど、そんなに高価なものだとは思いもしませんでしたわ」

「よろしければ、ぜひ拝見したいのですが」

「あら」と、公子はきれいにセットされた髪に手をやって困った顔をした。「いまどこにあるかしら。モスクワにはたしかに持っていきました。日本に戻るときにも持って帰ったはずですけれど――そういえば、最近見ないわね」

「では、お嬢さんに会わせていただけませんか」

「まあ。ですけど、娘はここにはおりませんのよ」

公子はびっくりしたように言った。

「どちらに行けばお目にかかれるでしょうか。是非とも拝見したいのです」

「お気の毒ですわ。実は昨年からエジプトのアレクサンドリアに行っておりますの」

ＪＪはあやうく声を上げそうになった。栗野知里《ちさと》は、一年前からアレクサンドリア大学に留学しているのだと、公子は説明した。国際関係、特に中東方面に興味があって、やっと日本に戻ったのに、高校を卒業するなりエジプトに行ってしまったと、公子は話した。


灯台もと暗しとはこういうことだと、三人の《守護者》は思いもよらぬ展開に驚いた。

それからしばらくしてシリアから転送されてきた栗野公子の手紙には、探してみたがやはり家に箇はないようだとあった。もし今でもお探しであれば、娘に連絡してみてもいいがとの内容だった。

日本にないとすれば、アレクサンドリアまで持ってきたことも考えられた。大切にしていたという話から、スキュタレーを捨てたり誰かにあげてしまったとは考えにくいと《守護者》は結論づけた。そして作戦をたてた。娘に近づき、単刀直入に切りだすのがいちばん手っ取り早く簡単なやり方ではあった。そして、譲ってくれるよう頼めばいい。

ところがここでハミス・ハサン院長が異議を唱えた。《徴》が三つとも出現して初めて《守護者》は動き出すことになっている。第一の文書は開かれるべきでない時に開かれ、それがあの哀れな兄弟の死と今日の事態を引きおこした。《徴》が整わない今は決してスキュタレーに手を出すべきではない。彼女が今もスキュタレーを所有しているかどうかだけを確認し、そののちは、彼女から目を離さないようにするのだ。

若いアマルとJJにとっては、長年探し求めた手がかりに近づきながら手出しができないのはもどかしいことであった。スキュタレーを取り戻しておくだけなら問題ないではないか、ふたりは何度も三人目の《守護者》であるハサン院長に迫ったが、最終的には院長の主張の正しさを認めざるを得なかった。

アレクサンドリア大学で国際法を学んでいる日本人という情報だけで、夫妻の娘、栗野知里はすぐにみつけることができた。日本人留学生は珍しい時代だった。

ちょうどハーニー・アマルはアレクサンドリア大学の経済学部講師の職にあり、栗野知里に自然に近づくには最適の位置にいた。アマルは偶然をよそおって知里に会う機会をつくり、一言二言あいさつを交わす関係になった。やがてアマルの講義に知里が現れるようになり、ふたりが親しくなるまでにそう時間はかからなかった。

栗野知里はきめの細かい乳白色の肌と漆黒のストレートヘアがきわだつ、東洋的な美しい娘だった。少し離れぎみの潤んだ大きな目とふっくらした口元が表情豊かに動き、思慮深く、高い理想をもっていた。

いつだったか、東京の両親の家にいたら自分は潰れてしまっただろうと、知里が話したことがあった。父親はそれがエリートコースだから外交官になった、でも私は違う、私は人と人のかけ橋になりたいの、知里は眼をきらきらさせて語った。

こうして、一九八〇年以後、栗野知里は《守護者》の監視下にはいった。

それから五年がたった。一九八五年、知里は二十五歳、アマルは三十一歳になっていた。待つには長い五年間だった。が、このあいだに、ハーニー・アマルと栗野知里はゆっくりと、そして着実に距離を縮めていた。

大学近くのアフガン料理店が、いつものふたりの待ち合わせ場所だった。学生相手の安くてボリュームのある料理を出す店で、知里がカブールにいたことがあるのを知ると、店主はことのほか喜んだ。そしてふたりが行くと、アフガン風ライスプディングや、スパイシーなチャイをサービスしてくれた。

その日も店はピンクや黄色やオレンジの鮮やかな色調の服にヒガーブを巻いておしゃれをした女子学生であふれていた。卒業を間近にひかえた知里も、お気に入りの水色のヒガーブを頭に巻き付け、干しぶどうとチキンのパラオをつついていた。日本の炊き込みご飯に似ているパラオは知里の好物だった。

そのころ大学院に進んでいた知里の希望は、アレクサンドリアに残って職を得ることだった。《守護者》らは知里を、というよりスキュタレーをアレクサンドリアに留めておくため、彼女の就職に関してできるかぎりの支援をすることに決めていた。

知里は教授たちの信頼も厚く、論文の出来からしても、大学に残って研究職を選ぶことは夢ではなかった。アマルはそういって熱心に勧めた。

「できたらほんとにそうしたいわ。私はここが大好きだもの」知里は賑やかな店内をいとおしそうに見まわした。「私は日本人だけどほとんど日本で暮らしたことがないの。たぶん、日本の社会には合わないのよ。できるならここに残りたいわ」

「できるさ。そうしたらいい。実は観光学部のアル・クワリ教授がきみの論文を読んだそうだ。会いたいと言ってる。なんなら、すぐにでも教授と話をつけるよ」

「ありがとう。ただ、両親はね、そのあとどうするかは別にして、ともかく一度は日本に戻ってこいと言ってきているの。たしかに、この六年間、一度も帰らなかったし」

「それでいいのかい？」

知里は大きくため息をついた。

「日本に行けばたぶん、外交官試験を受けろと勧められるでしょうね。で、そのあとはきっとお見合いね」

「お見合い？」

「おかしいわよね。たぶん、今ごろ母はお相手の写真を何人分か用意してる。帰ったら着物を着せられて気取ったポーズで写真を撮るの。こんなふうに」といって知里は両手をかさねてポーズを取った。「いっそのこと、エジプトの衣装で写真とってやろうかしら」

「知里、大学のことは本気だよ。もしその気があれば今日にでも教授と話してくる。そうだ、これから一緒に行こう」

「ありがとう。もう少しだけ考えさせてちょうだい」

「そういえば――」アマルはできる限りさりげない風をよそおって切りだした。「ほとんど日本にはいなかったというけど、アフガニスタン以外にどんな国に行ったことがあるの？」

「ええと、シリアのダマスクス、フィリピンのマニラ、それからアフガニスタン。次にモスクワに転勤になって、そのあと東京に戻ったの。日本の学校に行ったのは、高校三年生の一年間だけよ」と指を折った。

「外交官ってずいぶん異動があるんだね。アレクサンドリアを離れたことがない僕には想像つかないな」

「面白かったわよ。弟も私も現地で友だち作るのが得意なの。でも、外交官の奥様たちの世界ってすごく大変らしいわ。アフガニスタンにいた頃は、メイドさんもいたの。雇わなくちゃならないのよ。そのメイドさんたちを気持ちよく働かせるのがまた苦労なんですって。自分でささっとやってしまったほうがよっぽど楽なのにって母がよく愚痴ってた」

「アフガニスタンか。ずいぶんと珍しい体験もしたんだろうね」

アマルはスキュタレーのことをどう切りだしたらよいか考えあぐねていた。ＪＪにはこの五年間どれだけせっつかれたかわからない。焦ることはない、まだ《黴》だってひとつも出てないのだからと鷹揚に構えていた修道院長さえ、知里に接触して一年が経った頃からは、「まだお嬢さんとは話してないのかい」と訊ねるようになった。

アマル自身、知里にスキュタレーの話をもちだせない自分がなさけなかった。今日こそは訊いてみるんだと固く決心して家を出ても、いざ知里の顔を見て、楽しく話しているうちに、まあ次でもいいかという気持ちになってしまう。一方では、スキュタレーのために知里に近づいた後ろめたさが日ごとに大きくなっていた。日本からきたこの女性は、周囲にそんな陰謀が張り巡らされていることなど少しも知らず、無邪気に自分を信頼してくれているのだ。

それでも、アマルには知里がスキュタレーを手放したりせず今でも持っているという確信があった。

「アフガニスタンといえば、この前母から手紙が来たの。あの頃かわいがってくれていたおじいさんの大学教授が亡くなったんですって。そういえば私、あの頃、きれいなアラバスターの筒をもらったのよ」

アマルの鼓動がはね上がった。そうか、カヌニ教授は亡くなったのか。アマルははやる気持ちをさとられないように、と同時にやっと姿を現した糸の端をつかみそこねないように、慎重に問いかけた。

「アラバスターの何？」

「筒よ。うーん、棒という方がいいかな。カブールにいた頃ね、バザールの雑踏で、白い筒みたいなものを知らないおじさんからもらったの。このくらいの長さの棒で、上と下の部分に綺麗な模様が彫ってあったの。その人はひどく慌てていて、何か言いながら私に筒を押しつけてあっという間にどこかに行っちゃった。そこにおじいさんの教授も居合わせたの。私、なんだかひどく印象的だったから、しばらくあれをお守りみたいに持っていたのよ」

「ずいぶん奇妙な体験だね」アマルはできる限りさりげなく答え、次の重大な質問を切りだした。「で、その棒って今でも持ってるの？」

知里はそれには答えず、しばらく残りのパラオを食べることに集中しているようだった。アマルも黙ってチャイを口に運んだ。

「高校三年で日本の学校に入った時ね」しばらくして、知里は話し始めた。「教室でただじっと座って先生の話を聞くことや、友だちが夢中になってるアイドルの話なんかにどうしても馴染めなかったの。だんだん学校を休むようになって、でも休んでたって面白いことなんてひとつもなくて、なんで日本になんか帰ってきちゃったんだろうと毎日くやんでた。で、そのとき考えたのはね、外国生活で身に付いたものをきっぱりぜんぶ捨てて、日本の社会に溶け込み、日本人として生きるか、そうでなければ日本を出て行くか、どちらかを選ばなければ私は生きていけないということだった」

「ずいぶん思いつめたんだね」

「結局、自分が何者かわからなくなっていたのね。今考えれば無理もないわ。自分のアイデンティティが作られる時期に、あちこち引きまわされたのですもの。日本人でもなければ、もちろんアフガニスタン人でも、ロシア人でもない、そんな中途半端な状態——」

そこで知里はアマルを見上げた。

「ある日、あたりを見まわしていたらアラバスターの筒が目に入った」知里は肩をすくめた。

「あんな筒を後生大事に机に飾っている私って、バカじゃないのって」

「で、それから？」悪い予感がした。

「捨てちゃった。それで解決するわけじゃないけれど。とりあえず少し気分が良くなったわよ」

「捨てた……」

「ええ」

「本当に？」

「本当よ」知里は一瞬怪訝そうな顔をした。「だって、あのアラバスターの筒は私の外国生活を象徴するものだったんだもの。ほんとは割ってしまいたかったの。でも、力いっぱい投げつけても割れなかった。意外と頑丈なのよ」

「あれを、もう、持ってないのか」

知里はぐったりと椅子に沈み込んだアマルを不思議そうにみやった。

「どうしたの？」

「え？」

「顔色が悪いみたい。気分でも？」

「ああ？　いや、そうじゃない。だいじょうぶだ。けど、ちょっとがっかりしたんだ。アラバスターの筒っていうの、見てみたかったから」

「そう？　そんなに見たかった？」

「うん。いや、それほどでもないけどさ」アマルはしどろもどろになった。「だって、それ、綺麗なものだったんだろう？」

「そうよ」

「な、だからさ」

「――おかしい」

「なにが？」

アマルはぎくりとして、あわてて椅子から身体を起こした。

「ねえ、どうしてそんなに気になるの？」

知里が追及した。

「気になんてしてないよ。そんな筒のことなんて。ぼくは何も」

「うそね、ハーニー。なんだかあなた、私があのときどんな気持ちでいたかより、アラバスターの筒の行方のほうが気になるみたい」

「そんなことはない！」と言ったアマルの口調は強すぎた。

知里はしばらく黙ってアマルの顔を見つめていたが、勢いよく席を立った。

「いいわ。ともかく私はあれを捨ててしまった。わかった？　もうこの話はおわり！」

その後アマルはどうやって帰ったかまったく記憶になかった。仲間にどう話そうかとそればかりに頭を悩ませた。どんな言い方をしたところで、この数年間を空費してしまった事実は否定しようがない。アマルは知里がスキュタレーを持っていると何の根拠もなく信じこんでいた自分の不明を悔やんだ。
報告を聞いたふたりの《守護者》――ＪＪと近ごろめっきり老け込んだ院長――の反応は優しかった。ふたりとも失望は明らかだったが、アマルを責めることはなく、むしろ、これまでの辛抱強い働きをねぎらってくれさえした。《徴》が三つそろった時点で譲ってくれるよう誠心誠意頼もうと、もともと考えていたのだからと院長は言い、まだ《徴》は出ていないんだ、やり直せばいいさと、JJも無理に明るい声を出した。アマルはうな垂れるばかりだった。

その夜、JJはアマルのアパートを訪ねてきた。

「ハーニー、昼間も言ったように、おまえさんだけが責任を感じることはない。おれにしたって徴はまだだからと、のんびり構えていたんだから」

JJはそう言ったが、アマルは強く首を振った。

「いや、JJ。確認するチャンスをどうあってでももっと早くに作るべきだった。それをずるずると五年も引き延ばして……。言いわけとしか聞こえないだろうけど、知里に会うたびに、今日こそは切りだそうと思ってはいたんだ。それにぼくには彼女がまだあれを持っているという確信があった」

JJはアマルの苦しげな横顔をしばらく黙って見ていた。

「ハーニー、知里を欺すのがつらくなったんだろう。スキュタレーが目的で彼女に近づいたことを知られたくないと思ったんだろう」

「そんなことは……ない」

アマルは立ちあがって冷蔵庫からビールを二本とつぶれたクラッカーの箱を出してきて、無造作にテーブルに置いた。

「もちろん、おまえさんがこれまで《守護者》の使命に忠実に生きてきたのはよくわかっている。今もそうだ。けどな、人の心というのは理屈通りに働いてはくれないものさ」

アマルはクラッカーの箱を見つめたままＪＪの言葉を聞いていた。

「責めるつもりで言ってるんじゃない。彼女に惹かれたとしてもそれは自然なことだ。あの娘《こ》は本当に良い子だ。われわれの方でおまえさんの気持ちにもっと配慮する必要があった」

アマルはなおもテーブルを凝視していた。

「ハーニー、こっちを見ろ。いいか、酷なことを言うようだが、こうなってもわれわれの使命は変わらない。おまえさんにもわかっているはずだ。ハーニー、これがわれわれの運命なんだよ」

「ああ」アマルは苦しげに答えた。「もちろんわかっている」

「できるだけ早いうちにおれは日本に飛ぶ」

「日本？」アマルが憔悴した顔を上げた。

「そうだ、日本に戻ってやり直しだ。もう一度だけ、栗野夫人に会ってみる」

「少し、待ってくれないか」とアマルが声を絞り出した。

「ん？」

「ひっかかるんだ。五年前、ＪＪが栗野家を訪ねたとき、母親はスキュタレーが捨てられてしまったとは思っていなかったよな？」

「ああ。はっきり聞いたわけじゃないが、少なくとも、捨てられたとは考えていなかったと思う。だからこそ、知里がアレクサンドリアまであの棒を持ってきているとおれたちは見当をつけたんだ」

「ＪＪ、もし、知里が部屋のゴミ箱にスキュタレーを捨てたら、一家の主婦が気づかないはずはないよな？　ひょっとしたら母親はスキュタレーを拾い上げて、どこかに仕舞いこんで、ＪＪが行ったときにはそのことを忘れていたのかもしれない」

JJは難しい顔をして腕を組んだ。

「ハーニー、その解釈は都合よすぎると自分でも思うだろう。母親がまだスキュタレーがあると思っていたのは、知里がどこか知らない場所で処分してしまった可能性を示している」

「かもな。だがJJ、第三の可能性がある。知里が嘘をついているということだ」

JJは眉をつり上げた。

「きみの言う通り、母親が知らなかったのは、知里があれを家のゴミ箱に捨てたりなんかしていないからだ。かといって彼女がどこかであれを捨てたともやっぱり思えない。昼間はショックで考えられなかったが、やはりそう思う。知里はあれを気に入って大事にしていた。腑に落ちないんだ。ぼくへの当てつけであぁ言ったんじゃないかと思えるんだよ。JJ、頼む。あと少し時間をくれないか」

JJはずっと眉と眉のあいだにしわを寄せていたが、最後にはあまり思いつめるなよ、と言い残して帰って行った。


——JJの指摘はあたっている。知里と過ごす時間が重なるにつれ、気持ちに変化が生じた。彼女を前にすると、スキュタレーのことなど持ち出す気持ちが失せた。一緒の時間は楽しくあっという間に過ぎた。自分が近づいた目的を知ったら、彼女はひどく傷つくに違いない。あるいは怒りに燃えて離れていってしまうかもしれない。そんなためらいと怖れを繰り返した五年間だった。

ここで諦めたら、スキュタレーはまた深い闇のなかに沈んでしまう。もう一度だけ試してみるのだ。知里は嘘をついている。いまこそ、《守護者》の使命に立ち返れ——アマルはそう自分に言いきかせた。

二週間後、アマルは知里をアフガン料理店に呼び出した。観光学部のアル・クワリ教授の推薦状を手にして。

「やあ」アマルは努めて明るく言った。スキュタレーのことはおくびにも出してはならない。

「推薦状をもらったよ。とりあえず経営コンサルタント会社と、国際協力のＮＰＯと、旅行社に一応の話は通しておいた」

知里は驚いて目を瞠り、どうしたのと目で問いかけながらアマルの前に座った。

「実はこのあいだ、知里は卒業後どうするつもりなんだとクワリ教授に訊かれたから、きみの希望を伝えたんだ。で、こうなった」アマルはテーブルの書類の前で両手を広げてみせた。今言ったことは半分は本当で半分は嘘だ。「勝手にこんな事して悪いとは思ったんだけど」

立場を利用してアル・クワリ教授に話を通すことを、以前のアマルだったら潔しとはしなかっただろう。知里と会うときには、できるだけただのひとりの人間でありたいと思ってきた。しかし、自分は《守護者》だ。知里を信頼させるためなら、なんだってやる。

「驚いたわ」知里は信じがたいという顔をした。「悪いなんて。だけど、どうして?」

「この前、日本に帰るかもしれないと言っていただろう。きみに確かめてからにすべきだと思ったんだけど、話がどんどん進んでね。気が進まないなら面接は断ればいい。きみの自由だ。でも、教授からこれだけはかならず伝えてくれと言われた。ぜひ大学に残ってくれ、だってさ」

「大学に？　それ本当？」知里は目を輝かした。

「もちろん。前から言っていただろう。それがきみにはいちばんふさわしい道だと思う」

「ああ！　ハーニー。なんて言っていいかわからないわ。もちろんすごく光栄なことだけれど」

「今すぐ返事しなくていいんだ。よく考えて。こっちで仕事が決まっていれば、たとえ日本に顔見せに帰ってもお見合いなんてことにはならないだろう？　それともやっぱり日本で結婚したいのかい？」

知里はアマルの真剣な顔を見て吹きだした。

「あの話、本気にしていたの？　たとえ母がお見合いをセッティングしていたって、そんなもの行かないわよ。だいいち、まったくその気がないのにお見合いなんてしたら先方にも失礼でしょ。そのくらいのモラルは私にもあるわ」

「じゃあ、日本で結婚なんてしないと思っていいんだね」

アマルは心底ホッとした顔を見せ、テーブルの上の知里の手を取った。知里はその手を引っ込めなかった。

アマルと知里はふたたび親密な関係になった。ときおり、アマルの胸に一抹の後ろめたさがよぎったが、それでもふたりは幸せだった。しっかり捕まえていないとどこかに消えてしまう貴重な東洋の花を、いま自分は腕のなかに抱きしめているのだとアマルは思い、その甘さに酔った。

知里の大学講師のポストが内定し、いったん日本に戻るという話もいつの間にか立ち消えになった。両親は諦めたらしかった。知里に《守護者》のことを明かすことは一生できない。しかし、それ以外のことだったらアマルは自分のすべてを捧げる気持ちでいた。《守護者》とスキュタレー、それがふたりを決定的に分かち、かつ繋いでいた。困難はたしかにあるが、乗り越えられる――。

アマルがスキュタレーの話をもう一度持ち出したのは、ふたりで肩を寄せ合ってスークの雑踏の中を歩いているときだった。慎重にタイミングをはかったつもりだった。場所選びが失敗だったとは思わない。おそらく、たとえどんな場所でどんな言い方をしたところで同じ結果になっていただろう。

知里の反応は早かった。アマルがアラバスターの筒のことを口にしたとたん、顔色がさっと変わった。

「なぜ？　なぜまたアラバスターのことを持ち出すの？」知里の顔はこわばっていた。「このあいだ、母から手紙が来たの。アラバスターの筒の行方を探しているというシリアの古美術商からまた問い合わせがきたって。私があれをもらったのはもう十五年も前のことよ。あのことは、家族以外にはほとんど誰も知らない。今になってあの筒を見つけようとする人が急に現れるなんておかしいわ。ハーニー、あなた、何か隠しているのでしょう。あの古美術商という人とどういう関係なの」

これまで数年がかりで積みあげてきたものが、目の前でがらがらと崩れおちようとしていた。絶望がアマルの表情をかすめた。それを知里は見逃さなかった。

「ハーニー、お願い。本当のことを言って」

「誤解だよ。ぼくは何も隠してなんかいない。ただ、こうして雑踏を歩いていたら、アラバスターのことを思いだしただけだ」

アマルは知里の肩に手をかけようとした。知里はその手を振り払った。

「ごまかさないで。あなたの表情を見ればわかる。あなたは嘘がへただもの。私、わかるの」知里は涙を浮かべていた。「あなたが大学のポストを探してくれたときはうれしかったわ。どうしてかわかる？　私のことをいちばんに考えてくれたと思えたからよ。この何か月か、私はとても幸せだった。あなたはアラバスターのことも口にしなかったし、やっぱり私自身を大事に思ってくれているのだと信じられたの。ときどき、あなたが何かに悩んでいるようなのが気になっていたけれど、考えないようにしたの。誰だって悩みはあるんだし」

「そうだよ。知里。考えすぎだ。ぼくはアラバスターのことなんてどうだっていいんだ。きみがいやなら、もう二度と口にしない」

「いいえ、いいえ」知里は激しく首を振った。「それは嘘だわ。あなたはアラバスターの筒の行方が知りたい。なぜだかは私には見当もつかないけれど。あなたはずっと切りだすチャンスを狙っていた。何か月もかけて、私を信用させて。あなたを好きにさせて！」

アマルは必死で知里の手を取ろうとした。その手は氷のように冷たかった。

「そんなに知りたいのならはっきり教えてあげる。わたしはあれをもう持っていない。言ったでしょう。捨ててしまったの。もう、どこにもない。いくら探したって見つかりっこないわ！」

それがふたりの別れの日になった。アマルが最後に見たのは、大きな目に涙をいっぱいにため、悲しみと怒りに唇をふるわせた女性だった。

30

レバノン、ジェイタ　3月31日

ペトロケミカル社の中東地域を統括する陳安治《チェンアンヂー》に呼ばれ、レバノンでの掘削を命じられたとき、この地域を長年担当してきた馬志明《マーヂーミン》の頭にまっさきに浮かんだのは、そんなところに鉱脈があるだろうかという疑問だった。が、今回の仕事は地下資源よりはるかに価値ある遺物を見つけだすことにあると陳から聞かされた。おまけに、現場でそのことを知っているのは馬だけで、作業を請け負う地元の工務店はもとより、ペトロケミカル社内でも上層部のごく一部しか真の目的を知らないという。どうやら会社の狙いは、現場で掘り出す物自体より、それに付随して得られる情報らしいというところまでは馬にも見当がついた。が、それがどんな類の情報か馬は知らない。まあ、いいさ、と馬はすぐに自分にいいきかせた。ペトロケミカル社の性質上、情報管理は最優先事項だ。自分の役割はここで目的の物を掘り当てること、それだけだ。

ただひとつ気がかりだったのは、レバノンでも有数の洞窟のすぐ近くでの掘削許可が下りるかどうかで、馬はその点だけは数々の現場を踏んできた者としてひそかに気をもんでいた。中国籍のペトロケミカル社がレバノンで事業をするとなれば、それなりの理由がいるはずだ。

会社は以前から話のあったレバノン政府の飲料水システムに参入することにし、その一環としてジェイタにおける試験掘削を申請した。馬の心配をよそに、それはすんなり許可された。

掘削現場はベイルートから十五キロほど北方のジェイタ洞窟の北側。この巨大な鍾乳洞は、十九世紀前半にアメリカ人のハンターによって偶然発見されるまで、その存在をまったく知られることがなかったという。

発見後はレバノン最大の観光名所のひとつとなり、ツーリストは玩具《おもちゃ》のような赤と緑のトロリーで地底湖の入り口まで行き、そこからボートに乗って幻想的にライトアップされた鍾乳洞を見学することができる。全長七キロにも達するジェイタ洞窟のうち、観光客が立ち入れるのはそのごく一部、入り口からほんの五百メートル程度である。そして最初の発見から百二十年以上経って、この洞窟が上下二段構造になっていることが判明した。こちらも見学可能で、上部の洞窟にはレバノン国旗の色でもある赤・緑・白に塗装を施されたケーブルカーが観光客を運んでいる。ジェイタに到着した馬志明も、さっそく地元の小学生の群れに混じって上下の洞窟を見学した。たしかにレバノンが誇るだけのことはあって、その規模と鍾乳石の美しさは圧巻だった。

いま馬志明が立っているのは、ジェイタ洞窟の入り口から五キロメートルほど奥に進んだ地点に相当する山の北側の斜面である。この数日、樹木を伐採し、土砂を運び出した成果があって、現場はいまやささやかな平地と化していた。馬がひそかに探していたのは洞窟の本道から分岐した狭い脇道で、洞窟内部からではなく、山の岩を掘り崩してアプローチするのがいちばんだと馬は判断した。ここならツアー客はまったく来ないし、地元の人間もめったに立ち入らない。

昨日、樹木や岩石を取り除く作業中に手応えがあった。馬はさっそく現場作業員に三日間の休暇を言い渡した。が、実際はもう作業員が現場に戻ることはない。今日からは自分たちだけで作業をすすめ、もし機械が必要な場面がでてきたら馬自身が操作するつもりだった。その程度の訓練は入社当時いやというほど積まされていた。

ほどなく、ヘルメットをかぶったシモン・バブルスとエヴァンズ神父が白い息を吐きながら上ってくるのが見えた。

馬はひょうきんな顔立ちのバブルスと頰を真っ赤にした童顔のエヴァンズを前に、これからの作業手順を説明し始めた。先日紹介されたシモン・バブルスが、高級チョコレートブランドの社長であることに馬はすぐ思い当たった。妻が何度か北京の老舗百貨店からバブルス社のチョコレートを取り寄せたことがあり、そのカタログに蝶ネクタイを結んだバブルスの印象的な顔写真が掲載されていたのだ。しかし、バブルスとともに現れたのがヴァチカンの若い聖職者だったのは正直意外だった。

作業服姿のバブルスとエヴァンズ神父は馬のあとについて一帯を見てまわった。見たところは荒れた白い岩肌が露出しているだけだが、顔を近づけると、岩の向こう側から冷たい風が吹いているのがわかる。岩はこれでわけなく崩せると、馬は現場に一台だけ残しておいた小型パワーショベルをさして説明した。この岩の向こうにはジェイタ洞窟につながる空洞があるはずだった。エヴァンズ神父はごつごつした岩を触り、ショルダーバッグから磁石と高度計を取り出した。そして、馬とともに地図にかがみ込み、時々頭を上げながら周囲と照合を始めた。

ここ何日かバブルスは、ユーセフがヘルメルから持ち帰ったスキュタレーを、ひまさえあればためつすがめつし、なんとかして開けることができないものかとあれこれ手を尽くしていた。

スキュタレーは見れば見るほどほれぼれする美しさだった。材質はアラバスターという石だという。エヴァンズ神父に教えてもらったところ、アラバスターは古代エジプトの人びとが好んでもちいた鉱石で、白く半透明なものや、ベージュがかったものや、白とベージュのマーブル模様のものなどがあるらしい。

「アラバスターは柔らかいんです。だから昔の人は加工して壺にしたり、香油をいれる瓶にしたり、時にはスフィンクスまで作ったりしたのです。エジプトに行くとアラバスター製のミニチュアピラミッドのお土産を売ってるそうですよ。光を通す性質を利用して、なかに電球をいれてランプとして使われることもあるんです」

ベンヤミン院長のスキュタレーはミルク色がかった白色で、長さ三十五センチ、直径は七センチほど。上下に精巧な葉っぱ模様の飾りがある。それはアカンサスという葉で、古代ギリシア時代から装飾模様としてよく使われてきたのだとエヴァンズが説明した。バブルスは自分でも調べてみて、それがコリント式といわれる柱の模様とそっくりなことを発見しておどろいた。

問題は開け方だった。一見したところ継ぎ目などどこにもない。バブルスは自慢の視力を生かして、目を皿のようにしてさがしまわった。そしてようやく、上部のアカンサス模様の中央に細い切り込みがはしっているのに気がついた。そこで、ためしに少し力をいれてひねってみると、アカンサスの葉がゴリっと音をさせて動いたのだ。バブルスは飛びあがった。きっとここがネジになっていて頭部が外れるのだ！　しかし、いくらまわしてみても石がこすれる音ばかりで、まったく緩む気配がない。

バブルスは諦めなかった。そのうち気がついて、下側の模様のなかにも同じ切れ込みを探した。やはりそこにもアカンサスの葉に巧みに隠された切れ込みがみつかった。バブルスはさっそくスキュタレーの上下を持ちかえて同じことを試みた。しかし、こちら側のアカンサス模様はビクともしなかった。長年のあいだに固まってしまったのかもと思ったが、それにしてもまったく動かない。

バブルスはもう一度スキュタレーをひっくり返し、上部の模様を詳しく調べてみることにした。アカンサスのレリーフは、表側の葉の奥にもさらに葉っぱが重なって彫られている。ずいぶん手の込んだものだとあらためて感心するうち、バブルスはおや、と思った。

アカンサスの模様が上下ぴったり合うのは一か所だけだと思いこんでいたが、注意してまわしてみると、三か所で模様が一致する。つまり、繰り返し模様になっているということだ。バブルスは頭部をゆっくり回転させ、上下の模様が一致するところで止めた。そして耳を澄ませた――何もない。さらに三分の一回転させて次の一致箇所で止めた。ここでも変化はない。バブルスは息を殺して最後の三分の一を回転させた――しかしやはり何も起きなかった。けれど、ここに何かのヒントが隠されているとバブルスは確信した。

バブルスはそこでいさぎよくスキュタレーを手放し、ローマの街に散歩に出た。煮つまったときにはいったん頭を空っぽにする。ことに自分のように脳みその容量が小さい人間は、そうしてやらないと新しいアイデアが入ってくる場所がない、バブルスはそう信じていた。

街のいたるところに色とりどりのイースターエッグがあふれていた。あと十日あまりで復活祭なのだ。この時期、バブルスチョコレート社は大きく売り上げを伸ばす。もともとは本物の卵の殻にカラフルなペイントをするものだが、街で売られているのはチョコレート製。本物の卵サイズのものから、人間の顔くらい大きなものまであり、中の空洞にオモチャを入れた卵が子どもに人気だ。チョコレートは銀や赤や黄色や緑の光る紙にくるまれたり、袋に入れてリボンをかけられたり、ウサギの形のチョコレートとセットで売られたりする。卵もウサギも復活のシンボルなのだ。

毎年、バブルスチョコレート社の一番人気は、最高級のチョコレートを惜しげもなく使用したラグビーボールくらいの巨大なイースターエッグで、これを破格の安値でローマ市限定で販売する。なかには黄色いコーティングをしたヒヨコのチョコが入れてある。バブルスはまた、市内の教会すべてに、毎年匿名でイースターエッグを贈っていた。貧しかった子ども時代の自分へのプレゼントなのだ。

バブルスはテヴェレ川に沿ってぶらぶら歩き、一軒の店に入った。ここはトラステヴェレ地区のなかで、いや、世界でいちばんリゾットがうまい店だ。料理を待つあいだバブルスは何気なく誰かが置き忘れた雑誌を手に取った。おきまりのクロスワードパズルが載っている。縦のカギと横のカギ。それが交わる部分の文字をつなげると——バブルスの頭のなかで何かがカチリと音をたててはまった。

リゾットを食べ終えるのももどかしく、バブルスは走ってヴァチカンに戻った。作業部屋ではエヴァンズ神父が拓本の整理をしていた。

「神父さん！『開く』って単語は英語でＯＰＥＮですよね」バブルスはドアを開けるなり叫んだ。

「はあ、そうですが」

「――いやいやいや。英語ってことはない。神父さん、ベンヤミン院長は何語をしゃべってたんですかね」

「アラビア語でしょうね。それがどうかしたのですか」

「じゃ、アラビア語で『開く』はなんて言うんです」

「ぼくはアラビア語は――。あ、そうだ。ちょっと待ってください。アリババの話がありましたね。『ひらけゴマ』っていうやつ。ええと、たしか……そう！『イフタフ・ヤー・シムシム』」

「イフタフ？」

「――ヤー・シムシム」

「それの綴りを教えてください」

「開け、だけならイフタフでいいはずですよ。iftah と綴るんだと思います」

「ありがとうよっ」

バブルスは部屋のすみに飛んでいって、箱のなかからスキュタレーを取り出すと、熱心になにかやり始めた。

「あ！　それ、回るんですか」

エヴァンズ神父が驚いてそばに来たが、バブルスは脇目もふらず、口のなかでぶつぶつつぶやきながら真剣な顔でスキュタレーの頭を回し続けている。エヴァンズはしんぼう強く待った。やがて、バブルスがぐったりして手を止め、エヴァンズにスキュタレーを渡すと手を額に当てて天を仰いだ。

「いったい、どうしちゃったんですか、バブルスさん」エヴァンズはスキュタレーの頭部を自分でも回してみてひどく感心した。「ふうん、すごいな。ここが開くのかな――」

「神父さん、そのアカンサスの模様がぴったり合う場所が三か所あるんですよ。私はそれがカギだと思いましたね。で、アラビア語の『開け』つまり『iftah』の順に模様を動かしてみたんです。『i』は9、『f』は6ってぐあいに。一文字ずつ反対回りにして。けど、なあんの反応もなかったです」

「逆は？　最初の回転方向を逆にしたら――」

「もちろんやりましたよ。イケると思ったのになぁ……」

「はあ。ダメだったんですか……」

「もう今日は脳みそがいっぱいだ。明日また続きをやってみますよ」バブルスは傍目にもわかるほどがっくり肩を落として帰って行った。

翌日になってもバブルスはまだ自分のアイデアへの自信を捨てていなかった。アラビア語じゃなかったんだ。けど、それなら？　――しかし、いくら考えてもろくに学校に通ったことのないバブルスには思いつかなかった。そこでバブルスはヴァチカン宮殿の廊下を歩きまわって、ちょうど奥まった聖堂から出てきたアジール大司教をつかまえた。

バブルスの質問について少し考えたアジールは、アラビア語でないならギリシア語かラテン語だろうな、と答えた。だがアレクサンドリア図書館がヘレニズム文化の象徴であったことを考えれば、ギリシア語の可能性が大きいとアジールは言った。

バブルスはさっそくアジール大司教から教えてもらった『開く』のギリシア語『ανοιχτο』をアルファベットに直した『anoichtho』を紙に書いた。それをスキュタレーのわきに置き、真剣な顔でまわしていった。最初の「a」を時計回りに三分の一回転、次に「n」を反時計回りに三分の一回転掛ける十四回……。

すると、昨日とちがって、それぞれの箇所でカチッという手ごたえが感じられた。バブルスははやる気持ちをおさえつつ、最後の「o」までたどり着いた。ひとつも間違えなかったはずだ。その証拠に、どの文字でもかすかな手ごたえが感じられた。

しかし、切り込み部分から外れるはずの頭部はやはりびくともしなかった。そんなはずはない――このやり方が間違っているなんて思えない。バブルスはスキュタレーを縦にしたり横にしたり、振ってみたりいろいろやってみた。すると、スキュタレーを上下反対に持ったときにだけ、スキュタレー内部で何かがコトリと動く感触があった。バブルスはハッとして動きを止めた。

そしてまた、先ほどとまったく同じ手順を最初から繰り返した。ただし今回は、スキュタレーの上下を逆に持った状態で。考えてみればスキュタレーはどちらが上だと決まっているわけではない。バブルスが勝手に、動く方を上だと思いこんでいただけだ。

今回もひとつひとつの文字の場所で小さな手ごたえがあり、それと同時に、スキュタレー内部でも上から下に何かがコトンと移動している手ごたえが伝わってきた。つまり、逆さまにすることによって重力が働き、内部の仕掛けも同時に動いているのだ。

最後の文字まで到達したとき、今までびくともしなかった方、つまりバブルスが上にしている側のアカンサス模様がなんの抵抗もなくコロンとはずれた。そして、内がわからは、これもまた見事なレリーフをほどこしたそっくり同じ形のスキュタレーが出てきたのだった。

そのころ、エヴァンズ神父、ラシド総主教、ＪＪの三人は別の作業に没頭していた。石板のサイズとスキュタレーのサイズ、そして石板に彫られた文字の大きさから、テープは幅二・五センチ、長さ百三十センチでスキュタレーを一周する。このテープをスキュタレーに巻きつけたときに横に並ぶ文字列は十四文字だ。エヴァンズはまず、石板を横に八十分割したテープを作成することに決めた。なぜなら、文字列は八十行、石板の横の長さは二百六十センチで、スキュタレーのぴったり二周分に相当したからだ。

次に、それぞれのテープをスキュタレーに巻き付け、二周分、つまり二十八文字からなる文字列を取り出す作業を開始した。本物のスキュタレーは今朝早くバブルスが持っていってしまったので、まったく同じサイズのレプリカを三本使用して三人で手分けした。

直径約七センチのスキュタレーに巻きつけた場合、一本のテープで四種類の文字列が抽出できるため、文字列は合計で三百種類を超える。現れた文はすべて注意深く別紙に書き写された。どれも古代エジプトの象形文字のような絵文字が混ざったもので、たまに数個のアルファベットのつながりが現れても意味をなさないものばかりだった。こうして、文字列をひとつひとつ書き留める単調な作業を繰り返しているうちに、ほろりとひとつの文章が現れた。《守護者》ふたりとエヴァンズ神父は一瞬ポカンとし、次に安堵した。

西6スタディオン北13スタディオン海に燦めく光のもと人類の遺産は眠る

この文章がファロス灯台を示しているのは明らかだった。

世界七不思議のひとつにも数えられるファロス灯台は紀元前三世紀ころ、かつてはヘプタスタディオンとよばれた堤防でアレクサンドリア市と結ばれていたファロス島に建造された。高さ百五十メートル以上あったとされる巨大な灯台の光は、五十キロメートル先の船からでも確認できたといわれている。十五世紀にマムルーク朝のスルタンが灯台の跡地に堅固な要塞をつくり、現在はカーイトゥベーイと呼ばれる観光名所のひとつだ。おそらくその台座のどこかに図書館の蔵書が眠っている——サブラタの碑文はそう告げているのだった。

「ここまではっきりしている以上」ラシド総主教が髭をしごきながら満足の声で言った。「もう無理してスキュタレーをこじ開けることはなかろう。たとえスキュタレーの内部に何かがあるとしても、それは暗号解読とは無関係のものかもしれないのではないか」

バブルスが飛び込んできたのはその時だった。

エヴァンズ神父は上気した顔をバブルスに向けた。そして、初めてバブルスの手にある二つのスキュタレーに気づいた。ラシドとＪＪの目もスキュタレーに吸いよせられた。

「開いたんですね！」

「やりましたよ！　みなさん、やはり内側にもうひとつあったんです」

バブルスが両手をかかげてみせた。エヴァンズ神父が困ったようにＪＪを見た。

「それがな——」とＪＪも横目でエヴァンズの手にある拓本を見ながら言った。「いま、ちょうど平文が現れたところなんだ。解読は終わったんだよ」

「へ？　まさか！　そんなはずはありません」バブルスは猛然と首を振った。「このスキュタレーはとんでもなく精密にできているんです。こんなすごい仕掛けを作れる人間は天才ですよ。これもベンヤミン院長が造ったのだとしたら、あのお方は怪物ですよ。いいですか、みなさま方、ここまで手のこんだものを作っておいて、それが解読に関係ないなんてことは、絶対にありません」

「けどバブルスさん、これを読んでみてください。はっきり場所を示しているし、ここに人類の遺産が眠ると書いてあるんです」

バブルスは目をぱちくりし、エヴァンズ神父から拓本を受け取って目を走らせた。そして、作業台に両手をつき、文章を何度も読んだ。

「なるほど。ファロス燈台ですね——。その昔、アレクサンドリア市にあった燈台でしょう？　私だって勉強しましたよ。うん。もっともらしい場所ではありますね」

そして、バブルスは《守護者》とエヴァンズ神父に向きなおった。

「でも、私は欺されませんよ。これは、われわれを引っかけるためのトリックです。だいいち、みなさん、おかしいとは思いませんか。ベンヤミン院長の文書は三つあるんでしょう？　だとしたら、最後の文書でお宝のありかが明かされるってのが相場と決まってる。でなきゃ暗号が三つある意味がないじゃありませんか。まさかお忘れじゃないでしょうね、サブラタの拓本はまだ二つ目ですよ」

「それは、たしかに、一理ある」ＪＪがしぶしぶ認めた。

「こんなに簡単に平文が出てきたことが逆に怪しいとも思えますしね」とエヴァンズ神父も首を

かしげた。

「これが簡単か、ねえ……」ラシドが恨めしげに唸った。

「とすればだな」とＪＪが言った。「こういうことじゃないか。ファロス燈台は最終目的地ではないんだろう。燈台にいけば、おそらくまた別の手がかりがみつかる」

「しかしなあ、こんなにはっきりと、人類の遺産が眠ると書かれているのにな」ラシドは諦めきれない様子だ。

「みなさん、あれこれ言ってる場合じゃありませんよ。この小さい方のスキュタレーを試してみましょう。あとのことはそれから考えましょうや」


そして結局、バブルスが正しかった。

初め、エヴァンズ神父は第一のスキュタレーを使ってやったのと同じ方法を、第二のスキュタレーでも試してみた。しかしそれではひとつも平文が現れなかった。一応、今回取り出された文もすべて別紙に書き写された。次に、第一のスキュタレーを使って出てきた文章すべてを、もう一度第二のスキュタレーに巻き付けて解読を試みた。しかし、結果は同じ。意味の通る文章は現れなかった。

写し取った何百枚もの暗号文が並んだ作業台を囲んで、皆はがっくりと椅子に座りこんでしまった。エヴァンズ神父も緊張の糸が切れたようにぼう然としている。バブルスひとりが、諦めきれずに作業台の文章を辛抱強く眺めていた。やがて「おや？」というバブルスの声がした。

エヴァンズ神父が近づくと、バブルスは二番目のスキュタレーから取り出された文章の一枚を持ち、第一のスキュタレーで現れた暗号文の隣にならべていた。

「エヴァンズさん、これはどういうことでしょうね」

エヴァンズ神父もバブルスと頭をつけるようにして作業台を覗きこんだ。そこに並べて置かれた二枚の紙の中ほどに、まったく同じ記号の列が双子のように並んでいた。

「同じですね。同じ記号が現れている。どういうことだろう？　偶然？　いや、試してみなければ」そう言って、エヴァンズは急いで、第一と第二のスキュタレーから取り出されたすべての暗号文の照合を始めた。なかなか注意力を要する仕事だった。バブルスも目を皿のようにして作業を始め、へたり込んでいたＪＪとラシドも立ち上がった。

数時間かけ、第一と第二のスキュタレーから出たすべての暗号文を慎重につき合わせてみた結果、ぴったり同じ記号の繰り返しがみられるのは、バブルスが最初に発見したひとつだけだということが判明した。

「偶然じゃありませんよね？」

バブルスは期待のこもった目でエヴァンズ神父を見上げた。エヴァンズは懸命に頭を働かせた。こういうことがありえるのだろうか。二枚の帯状の紙を並べてみると、数にすれば十四の、同じ文字と記号が繰り返された部分がある。しかし、同じだというだけで、この十四文字が意味をなさないことに変わりはない。もしこれが答えだとして、いったいどう扱えばいいのだろう。

「あのな」そこでＪＪが口を開いた。「ひょっとしたらそれはキーフレーズというやつじゃないかな」

「キーフレーズ？」三人が同時に聞き返した。

「ああ。かのユリウス・カエサルは、アルファベットを後ろに三文字ずらした暗号文を好んで使ったそうだ。こういうのを換字式暗号という。別名、カエサル・サイファーだ」

皆の驚きの視線を無視してJJは続けた。「この方法だと、たとえば『I　LOVE　YOU』は『LORZHBRX』となる。スペースはつめる。ただ、こうして単純に文字をずらすだけでは二十五通りの暗号しか作れない。アルファベットは二十六文字しかないんだから、遠からず解読されてしまう。そこで、だんだんと複雑なしかけが考え出されるようになったわけだ」

「じゃ、これが？」とバブルスがスキュタレーを指さして訊いた。

「いや、スキュタレーはカエサル・サイファーより古く、古代ギリシアのスパルタで使用されていたものだ。暗号の送り手側と受け手側が同じ太さの棒を持つ。つまり棒の太さが暗号解読の鍵という単純なものだ。こういうのは、転字式という」

「そうですね」エヴァンズ神父が肯いた。「それでJJ、キーフレーズというのは？」

「さっき言ったカエサル・サイファーでは暗号文を解くための暗号アルファベットが単純すぎる。単に何文字か後ろにずらしただけだからね。そこで、考え出されたのがキーフレーズを使う方法だ。たとえば『I　LOVE　YOU』がキーフレーズだとしよう。この文字列をスペースと重複するアルファベットを抜いて並べると『ILOVEYOU』となる。そこで、最初に『ILOVEYOU』、続けてこの文字列を抜かした残りのアルファベットをWXZABCDFGHJKMNPQRST と並べるのだ。これが暗号アルファベットになる。これをAからZの通常のアルファベットに対応させて暗号文を解読するというしくみだ。キーフレーズは最初ではなく最後に置いてもいい。この方法はキーフレーズさえ知っていれば暗号アルファベットを作るのが簡単で、その割に解読が難しいのでずいぶん長い間使われたといわれている」

「とすると？」

　バブルスが早く結論をいってくれとばかりに急き込んだ。

「私が思ったのは、さっき見つけた一致する十四文字がキーフレーズなのかもしれないということなんだ」

「なるほど……つまり、どういうことで？」と、バブルスはまた首をかしげた。

「あとはやってみなけりゃな、そうだろう、エヴァンズ神父？」

「はい。やってみましょう」

「どうやるんだ？」ラシドがきいた。

「この重複する十四文字をキーフレーズだと考えて暗号アルファベットをまず作ります。そして、第三の文書の封印を解きます。予想通りなら、第三の文書を解読するために、この暗号アルファベットが役立つはずです」

　そうは言ったものの、解読用の暗号アルファベット作りは簡単にはいかなかった。いちばんの問題は、キーフレーズに含まれていたのが、いわゆるふつうのアルファベットだけではなかった点だ。

　キーフレーズと仮定される十四文字は次のようなものだった。

文字列には二つの数字のほか、明らかにヒエログリフとわかるものが含まれていた。古代エジプトの象形文字――ヒエログリフ――の解読には有名な話がある。

一七九九年、ナポレオンのエジプト遠征の際に、重さ七百五十キロもある黒い岩――いわゆるロゼッタストーンが発見されたとき、フランスの少年ジャン・フランソワ・シャンポリオンはまだ十歳だった。彼はロゼッタストーンに強い関心を持ち続け、語学の才能を生かして三十一歳の時についにその解読に成功した。その方法はつぎのようなものである。

ロゼッタストーンには、上中下段それぞれに異なる種類の文字が刻まれていた。すなわち、上段がヒエログリフ、中段がデモティックとよばれる古代エジプトの民用文字、下段がギリシア語であった。シャンポリオンはこれらがすべて同じ内容を表していると仮説をたてた。そして、ギリシア語を基準として解読を進めていった。それまでヒエログリフは神秘的な内容を表す特別な表意文字だと考えられていて、解読には魔術的な力が必要だと考える解読者さえいた時代である。シャンポリオンは、王の名がカルトゥーシュとよばれる楕円の枠で囲まれていることを手がかりとしてついに解読に成功し、ヒエログリフが表意文字であると同時に表音文字であることを突き止めたのである。

エヴァンズ神父はこの手法にならい、ヒエログリフの部分をアルファベットに置き換えた。すると次のようになった。

GSこHZKB9P5TAEN

三番目の文字はヒエログリフではなくアラビア文字だったので、これも対応するアルファベットの「J」に置き換えられた。9と5の数字の扱いが問題となったが、これは一応「ヌル」、つまり意味をもたない文字として無視することとした。
こうして、十二文字からなる次のキーフレーズができあがった。

GSJHZKBPTAEN

次に、キーフレーズを用いる換字式暗号の原則に従って二六文字の暗号アルファベットが作られた。

GSJHZKBPTAENCDFILMOQRUVWXY

こうしてようやく第三の、つまり最後の文書の封印が解かれた。
Ⅲの焼き印のある古い木箱から出てきたのは、あっけないほどのただ一枚の紙きれであった。二十センチほどの細長い紙の中央に、黒々した大きな文字でこう書かれていた。

ZLHOCSNTOOTPCJNLBKCBD

メンバーははやる気持ちをおさえつつ、これらを一文字ずつ暗号アルファベットに当てはめていった。しかし、期待に反し、次のようなまったく意味をなさない文にしかならなかった。

EQDSMBLISSIHMCLQGFMGN

そこで、キーフレーズを冒頭ではなくアルファベットの最後に置く方法も試された。これも意味不明の文にしかならない点では同じだった。

ここまで来ての失敗には失望が大きかった。何か見落としがある。どこかで勘違いをしたのかもしれない、メンバーは焦り始めた。

ここでもバブルスのひと言が解決への糸口となった。アラビア文字には数字の「9」とよく似た文字がある、とバブルスが言い出したのだ。メンバーは色めき立った。たしかに辞典をみると、「9」に見える文字がアルファベットの「W」にあたる。メンバーの顔が輝いた。あらためて「W」を加えた新たなキーフレーズが作成された。

GSJHZKBWPTAEN

そして、これをもとに作成した暗号アルファベットに第三の文書に当てはめられた。しかし、それでも平文は出現しなかった。

「思うんだが」暗号はお手上げだと言っていたラシドが珍しく口を開いた。「9が数字じゃなくてWなら、5はどうなんだ？　われわれはこれを、その、ヌルだとかなんとかいって無視したが、これも何かの文字じゃないのか」

バブルスはほじかれたように、アラビア文字の一覧表に目を走らせた。が、やがて首を振った。数字の5の形をしたアラビア文字はない。

「ひょっとしたらアラビア文字じゃなくて、別の文字なのかもしれないぞ。探してみるか」

「いいですよ。やってみましょう。インターネットを使えばわけないですよ」

バブルスは請け合ったが、ことは思っていたほど簡単ではなかった。翌日、バブルスは目をしょぼしょぼさせて作業室に入ってきた。

「結論だけいいます。日本のひらがなという文字に数字の5に似たものをみつけました。『ち』という文字です」

「ほう！」ラシドとＪＪが乗り出した。

「でも、問題があるんです。第一に、この音をアルファベットに直すとＣＨＩまたはＴＩとなってしまいます。これまですべての文字が一文字のアルファベットに対応していたことからすれば、これだけが複数なのは不自然でしょう」

「たしかに」とエヴァンズ神父。

「それに、もっと根本的な問題があります。日本の文字はもともと中国から輸入された漢字をもとに作られたようなんです。そこからひらがなが発明された。で、発明されたのは平安時代です」

「どういうことだ？」ラシドが訊いた。

「平安時代が始まったのは八世紀末です」エヴァンズ神父が代わりに答えた。「つまり、ベンヤミン院長の時代よりずっとあとということです」

「じゃ、これもダメなんだな」ラシドががっくりした。「ほかには似ている文字はなかったのか」

「さがせばあるかもしれません。もっと時間をかけてじっくりやれば、ですけどね」とバブルスが答えた。

「べつの考え方はないかな」ＪＪが言う。

「まったくの思いつきですが、これはやはり5という数字かもしれませんよ。アラビア数字といわれるものは、もともとはインドで発明されて、イスラム世界に入ってきたものです。伝わったのは八世紀くらいというのが一般に言われていることですが」エヴァンズ神父が言った。

「それじゃ、やっぱり時代があわないんじゃ」とバブルスががっかりした声を出した。

「ええ。ふつうに考えればそうです。でも、ベンヤミン院長という人のことをあれこれと調べてみると、暗号に関して並々ならぬ関心と知識を持っていた人物だったことがわかるのです。彼ほどの学識を持った人間が、当時、世界でもっとも発達していたインド数学についてまったく無知だったとは思えないのですよ。もちろん、これは私の想像でしかありませんが」

「じゃ、神父さんはこれが数字の5だとして、どういうふうに使えばいいと思うんですか？」

「このあいだ、ＪＪがカエサル・サイファーのことを話してくれましたよね。この5という数字はそれじゃないかと」

「つまり？」バブルスがじれた。

「そうか！　五文字ずらすという意味か！」ＪＪが叫んだ。

「ええ、どうでしょうか」

「やってみよう。ひょっとしていけるかもしれない」

最初、単純に五文字分ずらした暗号アルファベットが作られたが、それでは解読できないことがわかった。それで、五文字をヒントに何パターンかの暗号アルファベットを試した結果、キーフレーズを六文字目から配置した暗号アルファベットでついに平文が現れたのだ。

JEITAGROTTONAHRELKALB

「ジェイタグロット　ナハル・エル・カルブ」

31

ヴァチカン　4月5日朝

「このあいだのこと、お考えに変化はございませんか」

アレッサンドロ・ビッフィ枢機卿は、教皇執務室でソテル二世とふたりきりで向き合った。

「このあいだのこととは――」ソテル二世の声にはとまどいがあった。

「むろん《守護者》のことです」ビッフィは冷たく言い放った。横顔を照らす朝の陽ざしが、薄皮を貼りつけた彫刻のような輪郭をことさら際だたせている。

「まだお隠しになるのですか。はっきり申し上げたほうがよさそうですね。聖下、私は知っているのですよ。現在、レバノンの洞窟であるプロジェクトが進行中であることも。きけば初期キリスト教時代の書籍も含まれるきわめて貴重な発見が見込まれるとか。それに、地下資源、失われた物語の写本――いわば古代の智慧のすべてが姿を現さんとしているそうではありませんか。これほど意義のあるプロジェクトをなぜこそこそ隠されるのでしょうか。ああ、もちろん公になさるわけには参りませんね。聖下が《守護者》であることがわかってしまうのですから」

ソテル二世の表情に変化はない。ビッフィは口調を変えた。

「聖下、あなたはしごくまっとうな、健全な精神の持ち主であらせられます。私のように歪んだ人間とはまったく違う。輝かしい業績、すばらしい頭脳、教会を率いる強烈なカリスマ性をそなえていらっしゃいます。全世界の信徒が聖下に多大な信頼を寄せるのも当然です。その聖下がなぜ、信徒を躓《つまず》かせるようなことをなさるのでしょうか。いえ、誤解なさらないでください。私は聖下に真実を明かしていただきたいと思ってこう申し上げるのではありません。いやむしろ、そんなことをなさって世界中の信徒に失望をあたえるのだけは避けていただきたいのです」

「枢機卿、あなたは前回、私が《守護者》だと主張された。いったいあなたは《守護者》とはどのような存在だと認識されているのですか」

「それをこの私に説明せよとおっしゃるのですか」ビッフィは皮肉に頬をゆがめた。「いいでしょう。このあいだも申し上げましたが、《守護者》とはコプト教会から特別に選ばれた者、連綿と続く秘密の守り手、計画の遂行者です。ただしその存在は決して表に出ることはありません。古代アレクサンドリア図書館の蔵書を守る者、ひと言でいうならそれが《守護者》の役割だと理解しております。そして、《守護者》はかならずコプト教徒から選ばれます。違いますか」

ビッフィの緑色の眼が深みを増し、ソテル二世をとらえ、からみついた。どんな言葉も、どんな表情も、どんなトーンも、ビッフィの鋭い観察眼を逃れることはできないと思われた。

「――わかった」ソテル二世は言った。「枢機卿、あなたと手を取りあえないのはまことに残念だ。私はたしかにかつて《守護者》だった。しかし、あなたはひとつ大きな考え違いをしておられる。今の私は《守護者》ではない。そしてもちろんコプト教徒でもない」

ビッフィはかすかな笑い声をたてた。

「聖下、その言葉をどれほどの人間が信じるでしょうか。聖下が《守護者》やプロジェクトを隠しておられたのがその証拠ではありませんか。いや、この件でこれ以上言い合うのはやめましょう。そんなことをしても何も生まれません」

「では？」ソテル二世が問うた。

「わかっておいでのはずです。私どもはアルベルティーニ枢機卿こそがローマ教皇になるべきお方だとずっと以前から考えて参りました。ですから、聖下には教皇位をお譲りいただきたい。退位を表明してくだされればいいのです。理由は、そうですね、月並みですが健康上の理由というのはいかがでしょうか。《守護者》のことを公表なさる必要はありません。無用な混乱を生むことはありません。ただし、私どももアレクサンドリア図書館の蔵書にかかわらせていただきます。古代の書籍がもつ情報は私どもにとっても必要なのです」

「もし、それを拒否したら」

「それなら――」とビッフィはよどみなく続けた。ためらいはまったくない。「残念ですが、聖下のもうひとつの秘密を明かすしかありません」

「もうひとつの秘密？」

「ええ。例の女性の一件ですよ」

「しかし、それはもう……」ソテル二世は当惑した。

「いいえ。これまでのは、憶測の域を出ない情報ばかりです。ですが、私はちゃんとした証拠を持っているのです。聖下、誰もあなたのスキャンダルにまみれた姿などみたくはないのです。どうか、もう一度よくお考えくださいませ」

32

ヴァチカン　4月5日夕刻

とうとうこの時が来てしまった——JJは窓の向こうの、まだ明るさの残る薄青色の空をぼんやり眺め、ぐずぐずしていた。行かなければ。皆が待っている。

もうすぐ彼は真実を知る。そして苦しみを新たにする。

ソテル二世が《守護者》だという話だけなら、ビッフィ枢機卿の誤解だと押し通すこともできたかもしれない。事実、ハーニー・アマルはもう《守護者》ではないのだし、枢機卿がどんなに言い募ったとしても、ソテル二世に対する信頼の方がはるかに大きいのだから。信徒たちはいずれソテル二世が《守護者》であったという過去を受け入れ、忘れてしまうだろう。

だが問題は別のところにある。ビッフィは間違いなく、アマルと栗野知里の関係を知っている。それもかなり詳しく。《守護者》の一件に加え、それまでも暴露されたらおわりだ。だが、いったいどうやって知った——？　いくら考えてもわからなかった。
　ＪＪはようやく重い足をひきずるように教皇執務室に向かって歩き出した。ここまできてしまったら、知っているすべてをありのままに話すしかない。スタッフォード枢機卿とアジール大司教が示すであろう反応を想像すると、ＪＪの気分はさらに重苦しくなった。かつてハーニーは《守護者》としての自分を許せないと去っていった。それも無理もない。この私だって、これまで何度《守護者》の使命を恨んできたことか。

　ドアを開けたスタッフォード枢機卿は、ＪＪの顔に深い苦悩が刻まれているのをすぐに見て取った。枢機卿にうながされてＪＪがのろのろと座り、ソテル二世が話し始めた。

「午前中、ビッフィ枢機卿がまた訪ねてきた。このあいだと同じ話だ。結局、私はかつて《守護者》だったことを認めることにした。ただし、今はそうではないということを、彼はまったく信じなかった。いや、信じないことにしたのかもしれない。そして、枢機卿は私が退位を表明するように迫った」

「退位!?　とんでもない！　そんなことをなさる必要はまったくありません」

　アジール大司教が言った。

「私もそう思っていた。しかし彼は、もし拒否するなら例の女性の一件を持ち出すと脅してきた」

「しかし、それは聖下もおっしゃっていたではありませんか。昔のことです。おそれる必要などありません」

　アジールは憤懣やるかたないといった顔をした。スタッフォード枢機卿も納得がいかない口ぶりでたずねた。

「それで聖下は私どもをお呼びになったのですか。私も、ビッフィ枢機卿の脅しなど怖れるようなことではないと思います。それとも、何かほかにご心配なことがおありですか？」

ソテル二世はＪＪの方を向いた。

「ＪＪ、私が栗野知里と別れてからもう四半世紀が経つ。前にも話した通り、私が《守護者》を辞めると決心した理由は彼女だ。私と別れたあと、彼女がどんな人生を歩んだのか私は知らない。もちろん知りたい気持ちもあった。しかし、私にできるのは、遠くにいて彼女のために祈ることしかなかった」

「ええ。よくわかっております。われわれも彼女の幸せを望んでいました」ＪＪが答えた。

「しかしきみたちは、《守護者》としてその後もスキュタレーを追い続けたはずだ。当然、知里の消息も知っているのだろう。私はこれまで、あえてそれを訊ねないようにしてきた。ユーセフがヘルメルでスキュタレーを見つけてきたときでさえ」

ソテル二世はＪＪの表情の変化を見のがすまいとしていた。ＪＪは答えた。

「スキュタレーがなぜユーセフのところにあったのかはわかりません。これは本当です」

「ＪＪ、教えてくれ。知里はいまどこでどうしている。ビッフィ枢機卿は何を知っているのだ？」ソテル二世の声には悲愴な響きがあった。

「聖下」ＪＪは声を絞り出した。「これから話すことを聞けば、あなたは私のしてきたことを責めるでしょう。いえ、それはいいのです。責められて当然です。私が怖れるのはあなたが苦しむことです」

「ＪＪ、いちばん苦しんだのは知里だ。私のことなどどうでもいい」

ＪＪは耐えきれず立ち上がった。そうやって彼が逡巡するあいだ、スタッフォード枢機卿もアジール大司教も静かに待っていた。

「あなたがコプト教会を去ったあと――」ＪＪは覚悟を決めて話し始めた。「代わりにザヘルが新しい《守護者》に選ばれました。私はザヘルと一緒にスキュタレーを探し続けました。私はまた日本に飛びました。あなたは知里がスキュタレーを捨てたはずがないと最後まで考えていました。だから私ももう一度だけ、シリアの古美術商として栗野家を訪ねることにしたのです。

東京の栗野家はひっそりとして人気がありませんでした。私は数日滞在して様子を探りました。近所の主婦たちに、近ごろ娘が帰ってきた様子がなかったかそれとなく訊いてみました。皆、一様に首を振りました。海外勤務の多い家なので留守がちだという返事がかえってきました。私はそのなかのひとりにこっそりと謝礼を渡し、もし一家の姿を見かけることがあったらすぐに連絡してほしいと頼みました。その主婦は理由を聞きたくてうずうずしていましたが、謝礼を上乗せするとそれ以上何も言わなくなりました。私はエジプトに帰り、主婦の連絡を待ちました。しかし、半年以上たっても何の音沙汰もありません。そこで私は主婦に問い合わせの手紙を出しました。返ってきたのは、娘はいないというたったひと言の返信だけでした。知里だけがいないのか、一家が戻ってこないのか、それだけでは不明でした。が、われわれはそこで知里を追うことはやめにしたのです」

ソテル二世はひと言も漏らすまいとしていた。ＪＪはまた椅子に戻ってきた。

「一九八七年の春、アレクサンドリアの私のもとに知里から手紙が届きました。以前、母親に教えておいたシリアの連絡先から回送されてきたのです。おどろいたことに消印は東京ではなく、ダマスクスでした。手紙には、彼女がアレクサンドリアを去ってからのことが、綺麗な文字で丁寧に書かれてありました」

ＪＪはできるならこの場から逃げ出したかった。

「ビッフィ枢機卿が知っているとほのめかしているのは、アレクサンドリアを去ってからの彼女のことでしょう。どうやってかわかりませんが、ビッフィは知里のことである重大な情報をつかんだのです」

いよいよもっとも辛いことを言わねばならない。ＪＪはスタッフォード枢機卿とアジール大司教に救いを求めるように目をやった。ふたりとも押し黙ったままＪＪを見つめている。

「聖下、彼女の身には、われわれが想像もしていなかったことが起きていたのです。――知里は身ごもっていました」

「まさか！」ソテル二世は初めて声を出した。灰色の目が驚きに大きく見開かれている。「ありえない。もしそうなら、彼女が黙っていたはずがない」

「いいえ」ＪＪはうなだれて首を振った。「アレクサンドリアを去るとき、知里は妊娠に気づいていませんでした。ひどく体調を崩してはいましたが、それはあなたとのできごとで心労が重なっていたからだと考えていたのです」

「……」

「日本に戻り妊娠を知ったときも、あなたに対する彼女の怒りはおさまっていませんでした。知らせてなどやるものか、と最初は思ったそうです。そのうち、あなたが大学を辞めて神学校に入ったという噂を聞きました。彼女は悩みました。お分かりでしょう。彼女はあなたの将来を台無しにしたくなかったのです。そのうち、母親がこのことに気づきました。わけを知って母親の公子は烈火のごとく怒り、堕すよう強く迫りました。彼女の表現を借りれば〝アラブ人との子〟など絶対に産ませない、そんな子が自分の孫だなんて考えただけでもゾッとする、と。知里の両親には彼らなりの娘への夢があり、それをことごとく壊されたことへの怒りもあったのだろうと彼女は書いていました。

知里は家を飛び出しました。といっても生活していくだけのものは何も持ち合わせていません。あなたに頼ることだけはできないと彼女は頑なに考えていました。結局、出産までの生活を助けたのは彼女の弟だったようです。弟は姉のやり方には批判的でしたが、かといって姉を見捨てることはできませんでした。彼も就職したばかりで、決して楽ではなかったと思いますが、知里自身も翻訳の仕事などを見つけてきてどうにかやりくりをしました。

その後、知里には翻訳の注文が順調にはいるようになりました。それで母子はつつましく暮らすことはできたのです。私のもとに手紙が着いたのは、先ほど申し上げたように一九八七年、息子が一歳になる頃でした。彼女は幼い子どもとふたり、シリアのダマスクスにいました。大学時代の友人がダマスクスでコンサルタント会社を起業し、語学に堪能な彼女に声をかけたのです。知里は私に取り引きを申し出ました」

「取り引き？」スタッフォード枢機卿がかすれた声で訊いた。

「ええ。彼女は私のことをシリアの古美術商と信じていました。聖下、あなたの直感は間違っていなかったのです。知里はスキュタレーを私に売りたいと言ってきたのです」

ソテル二世の表情には、感情がついて行けなくなってしまったのか、なんの変化も浮かばなくなっていた。JJは目を伏せて続けた。

「スキュタレーがそれほど価値のあるものなら、売って今後の資金の一部にしたいと彼女は書いていました。われわれ《守護者》は、この手紙に驚喜したのです。彼女はあなたのことにはひと言も触れておりませんでした」

「それでは、その時あなた方はスキュタレーを手に入れたということですか。それともできなかったのですか。いったい何があったのです」アジールが言った。

「それがわれわれの、いえ、私の生涯最大の失敗です。彼女はできればイースター休暇のあいだに私と会いたいと書いてありました。ところが、シリアから回送されてきたため、手紙はだいぶ遅れて届いていて、もう聖週間にはいっていました。私はすぐに手紙に書かれていたコンサルタント会社に電話をかけました。今考えればどんな犠牲をはらってでもダマスクスに飛んでいくべきでした。ところが、愚かにも私はそうしなかったのです。復活祭のあいだ、私はベイルートである重要人物の手術を執刀することになっていました。術後の管理などからベイルートを離れることはできないと考えた私は、どんな値段でも買い取りたいということ、取り引き場所はベイルート市内のあるホテルのロビーにしてほしいと知里に伝えました」JJは大きくため息をついた。

「約束の日、知里はホテルに現れませんでした。もし遅れるならホテルに連絡がはいるはずと思い、何時間も何時間も待ちました。夜まで待って、結局、彼女が決心を翻したのだろうと私は考えました。それもわかるような気がしたのです」

「それから？」無言のソテル二世に代わってアジールが先をうながした。

「何度もダマスクスの事務所に電話をしました。ようやくイースター休暇あけにコンサルタント会社の共同経営者である友人と連絡が取れました。ところがその友人はイースター以来知里が消えてしまったと私に告げたのです」

「消えた⁉」

「ここからは確たる証拠のある話ではありませんが」とＪＪはソテル二世を気遣うように見た。「私が知里と会うはずだったあの日、ベイルートでは大きな事件が起きていました。市内にあった施設がゲリラに襲われたのです。ホテルと施設はかなり離れた場所にありましたが、私は胸騒ぎがして事件のことを調べました。彼女が巻き添えになった可能性を考えたのです。ところが、警察は非常にガードが堅かった。それで逆におかしいと思いました。そこで、われわれは別ルートをつかって探りました。そして――」

ＪＪはつばを飲みこんだ。ソテル二世はＪＪの次の言葉をすでに知っているように見えた。アジールは蒼白になっていた。

「――そして、民間人の女性がひとり犠牲になったという感触を得ました。どうかこんな言い方しかできないのをお許しください。すべての状況から判断して、知里はあの日、亡くなったのだと思います」

長い沈黙が訪れた。

「ＪＪ」ようやく口を開いたソテル二世の声は、どこか遠い世界から聞こえてくるように弱々しかった。「なぜそのとき教えてくれなかったのだ。なぜ手紙をもらったときすぐに。知里が亡くなったなら、どうしてせめて――」

「ハーニー」とＪＪは昔の呼び方で語りかけた。「もし聞いていたらきみはどうしただろうか。神学校をやめてしまっただろう」

「そうとも。知里は私のせいで死んだようなものだ。それを知ってどうして神学校になどおれよう。司祭になどなれようか」

「私はそれを恐れたのです」

「なぜ？　私はもう《守護者》ではなかった。司祭になろうがなるまいが、きみたちとは関係なかったのに」

「いいえ。違います」ＪＪは低く、しかし揺るぎなく言った。「あなたは聖職者に、そして教皇にならなければなりませんでした。なぜなら、あなたこそが〝ラコテの異形の獅子〟だからです」

ソテル二世は愕きあきれ、あえいだ。

「本気でそんなことを考えていたのか。〝ラコテの獅子〟だなどと。そんな頃から」

「聖下」ＪＪは勇気をふりしぼった。「あなたが《守護者》であることを嫌ったのと同じように、私自身何度《守護者》であるこの身を呪ったかわかりません。ええ、おっしゃる通りです。どんなに残酷にきこえようと、私はあなたが〝ラコテの異形の獅子〟としていつの日か立つまで、知里のことをこの胸にしまっておく決心をしたのです」

ソテル二世はうつむいて椅子に沈みこんだ。

重苦しい空気をスタッフォード枢機卿の乾いた声が破った。

「ＪＪ、問題のその日、知里さんはひとりでベイルートに出てきたのでしょうか。一歳の息子さんは一緒ではなかったのですか」

ＪＪの身体がわずかに震えた。

「ダマスクスの友人は知里は息子を連れていくと言ったといいました。そのために運転手付きのタクシーを手配してあげたそうです。ですから、おそらく息子も……」

「ああ……」

ソテル二世から絶望の声が漏れた。

スタッフォード枢機卿が隣をみると、アジールが震えていた。

「大司教？」

ＪＪがすぐに来て脈を取った。アジールの額からは汗が噴き出していた。ＪＪはソファに横になるようにすすめたが、アジールはだいじょうぶだといってそれを断った。

「聖下、私はもしかしたらたいへんなことを知っているかもしれません。ここで話していいものかどうか……。いや、やはりお話しすべきでしょう。そうすれば――」

アジール大司教はＪＪが持ってきたブランデーをひと口飲み、額の汗をぬぐった。そうやっているうちに、だんだん頬に赤みが戻ってきた。

「まだ頭のなかが混乱していますが、でも、そうにちがいない。聖下、その男の子は生きていますよ！」そしてＪＪに向かって言った。「ＪＪ、あなたもそれを考えたはずです。ユーセフに遺されたリュックにはスキュタレーが入っていた。その復活祭の日、スキュタレーを持っていたのは知里さんです。そして、おそらくは事件に巻き込まれて亡くなり、スキュタレーがユーセフに残された。とすれば――」

「その可能性は私も考えました」ＪＪが静かに言った。「でも、やはりいくつかの点で結びつきません。まず、さっきも言ったように警察はあの事件でひとりの民間人犠牲者の存在をほのめかしました。ならば、一緒にいたはずの息子の消息も警察は知っていなければおかしい。けれど、そんな感触はまったくありませんでした。一方、ユーセフはヘルメルの孤児院の前に捨てられていた子どもです。ベイルートとヘルメルははるかに離れている。方向もまったく違う。ダマスクスからのルート上でもありません。そもそも、知里が息子を孤児院の前においていくはずがない。彼女はスキュタレーを売り、息子とふたりで再出発するつもりでいたのですから。たしかにリュックにスキュタレーがありました。その点は謎です。でも、やはり、ユーセフと彼女を結びつけるのは無理があります」

アジールは、それをさえぎった。

「いや、違うのです。みなさん、ユーセフは孤児院前で拾われた子どもではないのです」

33

ジェイタ洞窟　4月7日

ジェイタ洞窟につながるナハル・エル・カルブ、現在ではドッグリバーとも呼ばれる川は、古代からよく知られた場所である。川の両岸の岸壁には戦勝を記念する歴代の王たちの碑文が刻まれ、観光の目玉のひとつとなっている。エジプト新王国時代のラムセス二世がヒッタイトと戦ったカデシュの戦いの戦勝記念碑もここにあったらしいが、フランスのナポレオン三世がその上から自分の業績を彫り込んでしまった。英雄は歴史を作るが、それと同時にどれほど多くの人類の遺産が彼らの独占欲、名誉欲から破壊されてきたことだろう。

さて、レバノンの小さな入り江に入った船が、いかにしてナハル・エル・カルブをさかのぼり、洞窟の奥にたどり着いたのか、今となっては知ることができない。あるいは最終目的地までのルートでは船は使われなかったのかもしれない。

ともかくジェイタ洞窟が、ベンヤミン院長の時代から数えても千三百年にわたって人跡未踏であったことを思えば、ここほど人類の遺産の避難場所としてふさわしい場所はなかったといえる。

馬志明《マーヂーミン》がパワーショベルで残った岩を完全に取りのぞくと、そこにようやく人が通れるくらいの縦一・五メートル、横一メートルほどの穴が出現した。エヴァンズ、バブルス、馬の三人はそれぞれ強力な懐中電灯を手に足を踏み入れた。十メートルほど進むと道が三本にわかれた。調べた結果、二つは行き止まりだった。最後の道を手探りでさらに三百メートルも進んだところで急に前方が開けた。メタルハライドランプを据え付けて煌々と照らし出された光景に三人は息を呑んだ。

そこはコンサートホールほどもある巨大な鍾乳石の空間だった。二十メートルの高さに達する天井からは乳白色や薄緑色の鍾乳石が優美なカーテンのように幾重にも垂れ下がり、空気は冷たく澄んでいた。

そして三人は、整然と積まれたおびただしい木箱に驚かされた。これほどきちんとした状態になっていることまでは期待していなかった。なにしろ、迫りくる敵の火の手をからくも逃れて運ばれた書籍なのだ。しかも千年以上の年月が経過している。虫に喰われたぼろぼろの書籍が散乱していたとしても不思議はなかった。

エヴァンズ神父が中身を傷つけないよう用心して木箱をひとつこじ開けた。なかには一冊ずつ油紙で丁寧にくるまれた古代の書物が収められていた。エヴァンズは震える指でタイトルをなぞった。ホメロスの文字が見えた。

木箱は古代世界最高のレベルを誇ったアレクサンドリア図書館の名を汚すことなくきわめて正確に分類され、ラベルを貼ってジャンルごとに置き場所が定められていた。あわてて詰め込んだと思われるものはごくわずかで、整理が行き届き、保存状態もきわめてよかった。洞窟内が低温に保たれていること、通路から吹いてくる風によって意外にも湿気が籠もらなかったこと、油紙に防虫効果のある亜麻仁油が用いられていたこと、そして特に貴重な書籍は、防虫効果の高いホワイトシダーの木箱に収められていたことなどが、書籍保存に良好にはたらいたものと見られた。ここでも、ベンヤミン院長の用意周到さと先見の明が光っていた。

ざっと見積もったところ、書籍の総数は五十万冊前後に達するだろうとみられた。最盛期の古代アレクサンドリア図書館が七十万冊の蔵書を有していたとすれば、その七割が残った計算になる。

これはすぐさまヴァチカンに伝えられ、ＪＪ、ラシド総主教、アジール大司教、ユーセフが取るものもとりあえず駆けつけた。ソテル二世の現場入りは、数年先までびっしりつまっているスケジュールの調整をしなければ不可能であった。

ペトロケミカル社による試験掘削という表向きの理由が書籍の運搬に役立つのは言うまでもな

いが、実際に洞窟内に入って作業をするのはプロジェクトメンバーに限るとの方針が確認された。たいへんな作業になるが、秘密をたもつために必要な方法だった。

バブルスは馬志明のもとで働かせるため、社内から部下を二名を送りこんだ。サブラタ遺跡の発見でも活躍したふたりである。彼らはジェイタ洞窟北側の開口部で木箱を受け取り、馬の指示に従ってペトロケミカル社の作業員に渡す役割になった。

こうして、現場での役割分担とスケジュールが決まるとさっそく作業が開始された。書籍そのものの確認は現場では行わないので、要は木箱の分類をなるべく崩さぬよう順番に運び出すことに全力を傾ければいいのだ。およそ五万箱というおびただしい木箱に通し番号が打たれ、リストが作成された。チェックをうけた木箱は、トロッコで運ばれる。坑道の特に狭い箇所はバブルスの部下がトロッコが通れる程度までに広げた。

木箱をトロッコに積み込み、うす暗い坑道を三百メートル進んで出口で待ちかまえる馬に渡すという、単調な作業が黙々と続けられた。洞窟のなかに重機を持ち込むことはできないため、すべて手作業ではあったが、もともと手作業向けに作られた木箱なので無理ではなかった。

「筋肉がつきますね」ヘルメットを取り、汗ばんだ額をぬぐいながらユーセフはバブルスに話しかけた。バブルスはここ数日、社長業を放り出して現場にかかりきりだった。「バブルス社長は意外に力持ちなんですね」

「ユーセフさん、見くびってもらっちゃ困りますよ。言ったでしょう、自慢じゃないが若い頃はそうとう荒っぽいことをやってきた私です。そこらへんのひ弱な若者なんかと一緒にしてもらいたくないですね」

バブルスは腰を伸ばして洞窟内をぐるっと見わたした。洞窟の発見からちょうど一週間だ。まだほんのわずかしか運び出せていない。今のところ、どんなにがんばっても一日五百箱が限度だった。能率を上げて、できればひと月、長くてもふた月をめどに全ての書籍を運び出したいというのが計画だった。

「こうやって毎日やることがあるっていいもんです。それも頭を使わずに、ただ黙々と身体を動かすなんて最高ですよ。柄じゃないのにデスクワークなんてしてますとね、肩が凝ってしようがないんです」

みたところ、丸ぽちゃでいかにもデスクワーク専門といった風貌のエヴァンズ神父も、頬を真っ赤にして嬉々として動いていた。ユーセフはバブルスに言った。

「エヴァンズ神父は考古学者ですから、古代アレクサンドリア図書館の発見現場に立ちあっているなんて感慨もひとしおでしょうね。イギリスにいた頃はその世界では有名だったらしいです。考えてみれば考古学者というのもアウトドア派じゃなくちゃできませんね」

「そうそう。われわれみんな、身体を動かすに限ります」

「だけど、ＪＪにはやはりこの作業はきつそうでしたよ。アジール大司教も初日にここを見てまわって少し作業に加わったらもうぐったりでした。ふたりとも身体が気持ちについていかないみたいです」

「言っちゃ悪いが、あのおふたりはここじゃ大して役にたちません。なのに、ちょっとでも時間があれば飛んできてウロウロしてる。飛行機代だってバカにならないんですよ。ほかに仕事はないんですかね」

「はは。キツいなあ。ＪＪに聞こえちゃいますよ」

「そういえば、最近ラシド総主教の姿がみえませんね」

それを聞きつけたエヴァンズ神父が近寄ってきて答えた。

「総主教はしばらく戻れないそうです。もともと腰痛もちで作業は無理ですし、アレクサンドリアの修道院もそうそう留守にできないそうで。ザヘル師にも様子を知らせたいからとおっしゃって」

「じゃ、ザヘル師は意識が戻ったのですか？」ユーセフが聞いた。

「いや、実際はまだ話がわかるような状態ではないようです」

そのとき、坑道の向こうから言い争うような声が響いてきた。そして、バブルスの部下の背の高い方の男が飛び込んできた。バブルスは目をむいた。

「申しわけありません。こちらまで来てはいけないのですが、この方がどうしてもとおっしゃるので」

大男の後ろから姿を現したのは、アレッサンドロ・ビッフィ枢機卿だった。ここでは枢機卿の緋色の帽子や長いスータンはいかにも場違いに見えた。ビッフィは驚き立ちつくしているＪＪたちの中央に車いすを動かしてきた。

「ほう。これはこれは。壮観ですね。この箱のなかにアレクサンドリア図書館の書籍が眠っているのですか。すばらしい」

「枢機卿、なぜ……」

「ここがわかったかですか。私はなんでも知っていますよ。あなた方のプロジェクトのことなら。初めから」

「初めから――」

「まあよけいな詮索はいいではありませんか。そんなことより、これほど貴重な古代遺産を独り占めなさることの方が問題でしょう」

「独り占めなんて、そんなケチな考えじゃありませんぜ、枢機卿さま」バブルスが叫んだ。ビッフィはわざと驚いたようにそちらをみた。

「おや？　これはバブルスチョコレート社の社長でいらっしゃいますね。ご高名はかねがね。さしずめ、あなたは資金調達のご担当でしょうな」

「なんのためにいらしたのですか」とＪＪが苦々しく問うた。

「そうですね――」とビッフィはＪＪ、バブルス、エヴァンズ、ユーセフを順々にみた。「まず第一は、ご退位の問題です。先日、私はソテル二世聖下にそれをお願い申し上げました。まだそのお返事はいただいておりませんけれども。第二にはこの古代アレクサンドリア図書館の蔵書です。なかなか貴重な発見がありそうですな。私どももぜひ拝見したい。それに、内容によっては処置を考えませんと」

「なんですと？」

「エヴァンズ神父、あなたは考古学者だ。これがどれほどの意味をもつ発見か誰よりもわかっておいででしょう。われわれローマ・カトリック教会にとっても、どんなに貴重な史料が出てくるか――たいへん興味深い。ただ、史料のあつかいにはくれぐれも慎重を期さなければなりません。でないと混乱をきたしますので」

「エヴァンズ神父さん、この方がいったい何をおっしゃりたいか、わかるように説明してもらえませんかね」

バブルスが言った。エヴァンズ神父がビッフィをちらりと見た。ビッフィはどうぞというように右手を広げた。

「古代アレクサンドリア図書館は、当時世界中からあらゆる書籍を蒐集していました。そのなかにはとうぜん、原始キリスト教時代のものも多数含まれると考えられます。要するに、これまでわれわれがまったく知ることがなかった史料もそうとうあるでしょう」

「で？」

「たとえば、同時代人によって書かれたイエス・キリストその人の記録があったとします。現在、聖書の四つの福音書にイエスの言動が記されているわけですが、たとえば、聖書にはイエスの青年時代のことはほとんど出てきません。十二歳でエルサレムの神殿に行った帰りに姿が見えなくなり両親が探しまわったという有名なエピソードがあります。しかしそれ以外は、三十歳くらいになっていわゆる公生活を始めるまでの情報が何ひとつないのです。おそらく、教会側が正典として認めることができないと判断した史料が除かれているからです。今回、アレクサンドリア図書館の蔵書が見つかったため、この空白期間に関する新たな史料が出てくる可能性があるのです」

「へえ。それが問題ですか」

「内容によります。もしこの失われた十数年間のイエスの青年時代に、現在のカトリック教会の立場と矛盾する事実、容認しがたいようなできごとがあったらどうでしょう。しかもそれが信憑性の高いものだったら？　枢機卿がおっしゃっているのはそういった類の史料のことだと思います」

「まあ、そういったところです」

「神父さん、私も神父さんが作った冊子は読みましたよ。で、地下鉱脈のところでピンときた。たしかにこれは大発見だと。ほしがる人がたくさんいるだろうとね。儲け話に飛びつく心理は古今東西共通ですから。でも、聖書のことはそれほどまずいんでしょうかねぇ」

「バブルスさん、ナグ・ハマディ写本の話を聞いたことがありますか」

「あるような無いような……。聖書に関係ある話でしたっけ」

「そうです。一九四五年にナイル河畔の町で偶然発見された古いパピルス文書です。『トマスによる福音書』や『フィリポによる福音書』、それに『アダムの黙示録』などのグノーシス文書などが含まれる貴重な発見でした。これらは正典とは認められなかったものだったのです。アレクサンドリア図書館の蔵書には、ナグ・ハマディ写本に匹敵する、あるいはそれをはるかに超える聖書学的価値のある写本が含まれているでしょう。さっきも言ったように、問題はその内容なんです。たとえばですよ。もし､空白の期間､イエスが結婚していたという文書が出てきたら――」

「……なるほどね。少しわかってきましたよ。そんなのがぼろぼろ出てきたら、枢機卿さまのような伝統にしがみつくタイプの方々にとっては具合が悪いってわけだ」

「私個人はさておき、バブルス社長、イエスが結婚していたなんて考えたくない信徒は世の中に大勢います。それに、なぜカトリック教会の聖職者が独身でいる必要があるのか、一から考え直さなくてはならないかもしれません。聖職者の妻帯はいまもっともホットな話題のひとつですからね。それに、イエスの子孫はどうしているのか、など別の問題がでてくるかもしれませんし」

「それに、アレクサンドリア図書館は多数のグノーシス文書も持っていたはずです。この文書も問題を引きおこす可能性が大きいのです」とエヴァンズ神父。「たとえば教会の位階制をグノーシス的思想は否定しています。カトリック教会では女性は聖職者になれませんが、初期のキリスト教会では女性の指導者が存在していたといわれます。しかし、教会組織が整備されてゆくなかで、女性聖職者は消えました。古来、教会は女性について差別的ともいえる立場を表明してきたのです。神に背いた者とか、男をたぶらかす者とか。六世紀ころに開かれた宗教会議では、女性に魂があるかどうか真剣に議論していたそうですし、トマス・アクィナスさえ女性は神が作った失敗作であって万物創造の際に生み出されるべきではなかったと言っているんです。宗教改革者のルターは女性が出産で死ぬならそれでいい、出産することが女性の存在価値なのだからと」

「ひどいなぁ」

「現代の社会では、これほどあからさまな表現がされることはないでしょうけれど、教会における女性の地位が男性のそれより下にあることは確かですからね」

「つまり、ヴァチカンにいらっしゃる保守派のお歴々は、自分たちが依って立っているところをぐらつかせるような史料が出てくることを心配しているわけですかい」

「察しがよろしいですね。まだまだありますよ」ビッフィ枢機卿は他人事のように続けた。「洗礼を受け、教会の教えを受け入れ、ミサに参加することが救いへの唯一の道だというのが教会の立場です。けれどもグノーシス思想では質を問題にする。神との一致や互いに愛し合うことなどをね。復活や殉教に関してもわれわれとは異なる思想をとっていましたね、神父」

「ええ。イエスの十字架上の死と復活を、歴史的事実ではなく、象徴的にとらえる立場をとるグループもあるようです」

「それで、処分ですか」そこまで聞いていたJJが口をはさんだ。

「ドクター、何も焚書にしてしまおうというのではありませんよ。カトリック教会はこれまでにも同じようなことをやってきたではありませんか。禁書目録を作成するという形で。慎重を期するというのは、はっきり言えばカトリック教会の立場を強化するものを残し、それ以外は封印するということです、永遠に」

「それがこの現代で公正なやりかただといえますか」

「ドクター、お言葉ですが、われわれは公正さなど望んではいないのですよ。しかしソテル二世はわれわれとは異なるお考えの持ち主かもしれません。われわれはそれを心配しているのです。ソテル二世は改革者だ。カトリック教会を変えてしまうお方だ。ですが、正直であることと、救われるかどうかは別のことです。われわれの使命は世界十二億の信徒を守ること、カトリック教会を守ることなのです」

ビッフィ枢機卿はふいに口を閉じ腕時計をみた。また足音が近づいてきた。皆は一斉に、先ほどビッフィが現れた坑道の方に目をやった。やがて姿を現したのは、黒いタートルネックに黒のズボン、黒縁の大きな眼鏡をかけたヨハン・モーゲンソーだった。そのすぐ後ろに影のようにぴたりとついているのは、白い修行服を着たクリシュナである。

モーゲンソーは枢機卿に向かって深々と卑屈に腰をかがめた。

「みなさまそろそろお話がお済みのころかと存じまして」

それからモーゲンソーは、ＪＪ、バブルス、エヴァンズ、ユーセフに順々に軽く頭を下げ、赤く光る唇を開いた。

「宗教家のヨハン・モーゲンソーと申します。お目にかかるのは初めてですが、私の方ではみなさま方のことはよく存じております。そして今回のすばらしい発見のことも」

ＪＪがハッと声を上げた。

「あのプロバトールの家の」

「そうです。そうです。バンクーバーでのお手並みはお見事でした。すっかり裏をかかれました」

「ビッフィ枢機卿に情報を流していたのはあなたですね」

「ドクター、世の中には予想もつかないことがあるものですよ」モーゲンソーはＪＪを憐れむようにみた。

「ドクター、ソテル二世がご退位の決断をくだすよう、あなたからもお口添えねがえませんか」とビッフィがふたたび口をひらいた。

「断ります」ＪＪは素っ気なく答えた。

「では、よろしいのですかな。クリノチサトさんのこと――」

「それはもう……」

「まだありますよ。申し上げたように、私どもはなんでも知っているのです。ドクターがいろいろと隠しておられることも――」

そこまで言ったとき、そっと近づいてきていたバブルスの部下が、うなり声を上げてモーゲンソーに飛びかかった。一瞬のできごとだった。不意をつかれたモーゲンソーは大男にのしかかられて両膝を床についたが、すぐにクリシュナが反撃に出た。クリシュナは小柄だが敏捷だった。バブルスの部下の背後から肩をぐいとひき、訓練されたしなやかな動きであっというまに大男を仰向けに倒してしまった。その隙にモーゲンソーはすばやく起きあがり、小走りにユーセフの隣にぴたっとつき、その腕をつかんだ。皆が動けずにいるあいだに、モーゲンソーはふところから銃を取り出し、ユーセフに突きつけた。

「こんなまねをするのは私の得意とするところではないのですよ。さあみなさん、アレクサンドリア図書館の蔵書をそっくりこちらに引き渡すことと、ソテル二世の退位を約束してください。そうすれば終わります。カトリック教会は安泰、そして私は必要な写本をいただきます」

「必要な写本とはなんだ」ＪＪが叫んだ。

「アレクサンドロス大王のミイラが眠る墓所やレアアースの埋蔵場所、ヘブライ人の初期の著作物、ホメロスの完全な写本、古代の交易圏やその中心都市を示す地図、宝物を満載したまま沈んだ船の記録、ギリシアの著名な哲学者の著作物……私はそんなものに興味はありません。けれど、欲の皮がつっぱった連中がどれほどの値をつけるか、今から楽しみですよ。私が欲しいのは、宗教書です。といっても、カトリックだとかプロテスタントだとか、ましてや保守派やリベラル派の勢力争いに関係するものなど興味はありません。私がめざすのは、そんなものを超えた真の宗教だ」

「なんという愚かな……」

「そうですかな、エヴァンズ神父。私はすでに聖なる石を所有しています。聖家族の遺骨で作られた最強の聖遺物です。くはは……」モーゲンソーはたまらず含み笑いを漏らした。「カトリック教会などもろいものですね。皆さま方はご自分の教会のトップさえ守れなかった」

「それはどういう――」JJが言いかけると、モーゲンソーは掌を自分の喉にあてゆっくりと喉を掻ききる仕草をした。

「グレゴリウス十七世はわずか四日。それから、ハドリアヌス七世は一年と少しでしたかな。ローマ教皇の在位期間を操作するくらい造作ないことでした」

「まさか……」

ビッフィは車いすの上で微動だにせず、薄笑いさえうかべてこの展開をながめていた。そうやってしばらくにらみ合いが続いた。次の瞬間、皆の前を誰かが横切り、モーゲンソーに体当たりした。

モーゲンソーは突き飛ばされてよろけ、そのはずみで弾が発射された。鍾乳石の空間に轟音がこだました。

驚いたことに、モーゲンソーに体当たりしたのはソテル二世だった。彼は脚をかかえてうずくまり、破れたベージュのチノパンツから血が流れだした。その瞬間、全員呪文が解けたように動き出した。バブルスが両手をだらりと下げたモーゲンソーから銃を取り上げ洞窟の奥の方に放った。それからエヴァンズとふたりでモーゲンソーを取り押さえた。モーゲンソーはぼうぜんとされるがままになっていた。バブルスの部下は今度はクリシュナにとびかかり、駆けつけた馬志明ともうひとりの部下が暴れるクリシュナの腕を後ろにまわして動けなくした。JJはソテル二世に駆け寄った。ユーセフが真っ青になりながらも、自分のシャツを引き裂いて止血しようとしていた。JJはぶるぶる震えているユーセフをやさしく脇にどけ、傷口を確認した。弾は左のふくらはぎを傷つけていた。

「だいじょうぶだ。大したことはない。安心しろ」ＪＪはそう言って励ました。そしてあらためて同志の顔を見た。「ハーニー、いったいどうしてここに？」

34

ヴァチカン　4月12日復活祭

ジェイタ洞窟での作業が始まって数日後のこと。宮殿の中庭を散歩していたソテル二世の携帯電話が鳴った。発信者名を見て彼は目を疑った。ソテル二世は急いで部屋に駆け戻り鍵をかけた。何かただならぬことが起きている予感がした。

ザヘルは急速に、そして完全に回復していた。記憶もとぎれることなく、言葉も確かだった。医師の目を盗んでかけているのですと、ザヘル電話の向こうで嬉しそうに声をひそめた。ソテル二世はさっそくジェイタ洞窟で蔵書が発見された喜ばしいニュースを伝えた。するとザヘルはおどろき焦り始めた。

「ハーニー、総主教に気をつけてください」

「総主教？」ソテル二世はザヘルの頭がまだ混乱しているのだと思った。「ラシド師に気をつけろと？　どういう意味だ」

「だいじょうぶ。気は確かです。それより、総主教はいまどこで何をしているのですか」

ソテル二世はびっくりした。アレクサンドリアにいるものとばかり思っていたからだ。手が空き次第、また洞窟に戻ると言っていたと答えると、ザヘルは、ああ！　と叫んだ。

「ハーニー、これから言うことをよく聞いてください。私を襲ったのはラシド師です。彼がやらせたのです。信じられないかもしれませんが、今はくわしい説明をしている時間がありません。アレクサンドリア図書館の蔵書がいよいよみつかったとなると、一刻の猶予もない――」

ハーニー・アマルはザヘルの話に耳を傾け、すべてを受け入れることにした。もっとも信頼できる同志の言葉だ。彼はいくつか準備を終えると、誰にも告げず、ジェイタ洞窟に向かった。

洞窟の事件からの五日間は、ソテル二世にとってきわめて大事な時間となった。

怪我を負った教皇はすぐにベイルートの病院で手当を受けた。弾はふくらはぎに命中していたが、骨や神経は傷ついていなかった。年甲斐もなく無茶をしたわりには大したことなくすみましたねと、JJが憎まれ口をきいた。心配されたのは病院関係者にソテル二世の正体がばれないかということだったが、この点ではいつもの教皇の私服が大いに役立った。ほらね、とソテル二世は言った。エヴァンズさえも今回ばかりはそのことを認めざるをえなかった。

モーゲンソーを殺人未遂で当局に引き渡すこともできたが、結局のところ、それはなされなかった。ジェイタ洞窟での作業が世間に知られるには時期尚早であったし、なによりモーゲンソーが現場で魂が抜けたようになってしまったからだ。彼は意味のない言葉をわめき散らしたかとおもうと、次の瞬間にはすすり泣き、クリシュナに抱きかかえられなければ、立っていることさえできないほどだった。

洞窟を出てゆくとき、クリシュナが一度だけふり返った。彼はすべてを諦めたような顔をメンバーに向け、まぶたを伏せて教祖を支えて去った。生涯をかけて追ってきた夢が崩壊したのだ。モーゲンソーが立ち直るには長い時間がかかるだろう。というより、彼の精神はとうの昔に崩壊してしまっていたのだろう。

ビッフィ枢機卿だけは、騒ぎのあともいつもの冷笑を顔に貼りつけたままでいた。そして、ヴァチカンに戻ると何事もなかったかのようにふたたびソテル二世に面会をとりつけ、例の取り引き話をくりかえした。枢機卿の底知れぬ哀しみと諦めをたたえた暗緑色の眼をソテル二世は憐れみをもって受け止めた。どんなに平静を粧おうと、深い人生の苦悩がまぎれもなくそこにあらわれていた。

「枢機卿、聖週間のあいだはやめにしませんか。その代わり復活祭後にはかならずきちんとしたお返事をすると約束します」

「たしかに、聖週間に争うのはよくありません」

枢機卿はただちに同意した。

残る問題はラシド総主教だった。

コプト教会の総主教で《守護者》でもあるイブラヒム・ラシド。マレオティス・プロジェクトの中心人物であった彼が、いったいどうしてメンバーを裏切ったのか。そして、今どこにいるのか――。

修道士のロフティ・ザヘルがラシドの変化に気づいたのは、彼ら《守護者》がヴァチカンにやってきた直後だったという。総主教がモーゲンソーやビッフィ枢機卿と通じていた以上、プロジェクトの進行状況を彼らが逐一知っていたのは当然だ。だが、その動機は謎のままだった。

答えは向こうからやって来た。何日も行方不明だったラシド総主教は、ふらりと幽霊のようにヴァチカンに現れた。無精髭が伸び、頬の肉はだらりとたるみ、目には生気がなかった。彼は部屋に入るなりソテル二世の前に跪いた。

「告白しなければならないことがございます。私は赦しを願う資格さえない罪を犯しました」

総主教は額を床にこすりつけた。

「どうかおかけください。お話をおうかがいしましょう。あなたもご存知のように、神はかならずお赦しくださいます」

憔悴しきったラシド師はすなおに椅子にかけた。そうしてしばらく俯いたままでいたが、ぽつぽつと話し始めた。

「宗教家のヨハン・モーゲンソーが最初に私に接触してきたのは、私どもがベンヤミン院長の古文書のことで聖下にご相談に上がった直後でございました。彼が主宰するプロバトールの家はもちろん、モーゲンソーという人間のことも、私はまったく知りませんでした。話を聞いてみようと思ったのは、ベンヤミン院長の古文書という言葉をモーゲンソーが使ったからなのです。驚きました。私ども《守護者》以外に知るはずのないことを、どうして彼が知っているのか。それを探りだしてやろう、それが最初の気持ちでした。気味の悪い男だというのが彼についての第一印象でした。彼は眼鏡の奥の黒い目を光らせて、あなたたちの修道院に伝わる宝の伝説を調べさせてもらったと、妙に自信たっぷりに言いました」

ラシドは目を上げた。

「教皇さま、いったいどうやったものか、やつはベンヤミン院長がのこされた古文書の存在を知っていました。しかもそれがアレクサンドリア図書館の蔵書に関するということも。それから私にこう言ったのです。古代アレクサンドリア図書館の蔵書が発見されれば、単性論の正しさが証明されるでしょう。あなた方はカルケドン公会議で、異端の汚名をきせられた。しかしそれは、ローマ・カトリック教会にとって都合の良いように史料を選択し、教義を解釈した結果でしかありません。アレクサンドリア図書館の史料さえ見つかれば、本当に間違っていたのは両性論者の方だったとわかる。これがコプト教会にとって二度とない挽回のチャンスであることはおわかりのはず。それを目前にしながらヴァチカンなどと手を結び、みすみす大切な文書を渡してしまってもいいのですか、と」

「総主教、異端とおっしゃるが、コプト教は異端ではありません。それに、そもそも、あなた方の教会は単性論に分類されることを否定しておられるではありませんか」

ラシドは身をよじり、こぶしで涙をぬぐった。

「たしかにその通りです。しかし、カルケドン公会議で退けられたという歴史は消えません」ラシドはすがるような顔を向けた。「私は愚かでした。モーゲンソーのそそのかしにのってしまったのです。彼は、コプト教会をなんとか再生させたいと望んでいた私の弱みにつけこみました。いやいや、そうではございません。正直に申しあげます。この私自身、コプト教会を生き返らせた指導者として、この名を残したかったのです」

ラシドはそこまで言ってしまって、気持ちがいくぶん楽になったのか、あとはすらすらと話した。

「モーゲンソーは、アレクサンドリア図書館の蔵書にたどり着くまではプロジェクトを泳がせ、発見時点で奪い取る計画でした。コプト教会にとって有利な文書はすべてこちらに渡してもらえる約束でした。私はやつの指示に従い、ザヘルの仕事を見張りました。その頃、ちょうど第二の文書の解読が進行中でした。私はその進捗状況を逐一モーゲンソーに伝える約束をしていました。そのうち、ザヘルが誰かにつけられているようだと言い出しました。口にはしませんでしたが、ザヘルは私のことを疑っているのだと直感しました。彼が第二の文書の解読をおわって、それをメモリースティックに保存しパスワードを設定したと知ったとき、私はしてやられたと思いました。モーゲンソーからもひどく叱責されました。そして……そして、やつはザヘルを襲ったのです」

ラシドは無骨な手で口元をおおった。嗚咽がもれた。

「私はやつがそこまでやるとは思いませんでした。が、もう遅すぎました。裏切ればやつはためらいなく私の口を封じるでしょう。ザヘルが助かってくれたことがせめてもの救いです。ただ、私はモーゲンソーに《守護者》のことだけは決して教えまいと初めから決めていました。やつは何度も《守護者》とは何かと迫りましたが、私はそれは修道院に伝わる伝説にすぎないとしらを切りとおしました。モーゲンソーより何より、コプト教会を襲う災いを怖れていたからです」

ソテル二世は師の改悛の気持ちは本物だと判断した。

「ラシド総主教、よく打ち明けてくださいました。これまでお辛かったことでしょう。あなたは、モーゲンソーがビッフィ枢機卿ともつながっているのはご存知だったのですか」

「最初は知りませんでした。ビッフィ枢機卿があなたに退位を迫るようになって気づいたのです。彼らがいつから手を組んだのかわかりません。モーゲンソーは秘密主義です。おそらく、あのクリシュナという信徒以外は誰も信用していない。決して自分の手の内は明かしません」

「もうひとつお聞かせください。総主教、このことを私に打ち明ける気になったのは、なぜですか。ジェイタ洞窟でモーゲンソーがあのようになってしまったからですか」

ラシドはかぶりを振った。

「いいえ、そうではございません。蔵書発見の知らせをうけた私はまず、ザヘルの病室に行きました。意識はまだ回復していませんでした。それでも私はザヘルの耳もとにかがみこみ、ついに古代アレクサンドリア図書館にたどりついたぞと言わずにはおれませんでした。私も現地に飛びたい気持ちはおさえがたくありましたが、一方でやつらが現場を襲うところに居合わせたくなかったので、私は飛行機の予約をぐずぐず先延ばしにしました。私は院長室に鍵をかけて引きこもると、モーゲンソーに連絡をいれました。おどろいたことにモーゲンソーはもうジェイタの町に入っていました。異様な興奮状態にあり、饒舌でした。やつは得々としてこれで長年の悲願が実現すると喋り始めました。カトリックの保守派だのリベラル派だのの争いにはもともと興味なんかない、それどころか、キリスト教なんてどうなろうと知ったことではない。アレクサンドリア図書館には、既存のあらゆる宗教を破滅に追いやる大発見があるんだ。次は自分の時代だと、熱に浮かされたようにまくし立てました。私は不安になり、コプト教会はどうなる、約束は守ってくれるのだろうねと念を押しました。やつは狂ったように笑い始めました。私はぞっとしました。最初から彼はコプト教会のことなどどうでもよかったのです。聖下、モーゲンソーはとんでもない狂人です」

二〇〇九年復活祭。

午前十時からの復活の大祝日のミサを終えたソテル二世は、左脚をかばいながらサンピエトロ広場を望むバルコニーに出た。広場はエジプトとレバノンから贈られた色とりどりの花で飾られ、キリストの復活を祝うために世界各地から集まった巡礼団であふれんばかりだ。

ソテル二世は歓喜で顔を輝かせた信徒たちを前に、二か月前にローマ教皇として初めてバルコニーに立った日を思いかえした。あの日からずいぶん長い年月が流れたような気がした。

今夜、ソテル二世はテレビを通じて全世界のカトリック信徒にメッセージを発信することになっていた。テレビ局のクルーが会見場となる部屋でセッティングを行っている。会見はインターネットでも世界同時中継される。

教皇の復活祭メッセージは、例年通り正午にサンピエトロ大聖堂のバルコニーから発せられた。今夜のテレビ中継は、全世界の信徒に向けて、あらためて復活を祝うメッセージを送るものだろうと予想された。


親愛なる兄弟姉妹の皆さん。

今日、私たちはともにキリストの復活を祝いました。

聖週間をとおして私の胸にはひとつの問いがありました。

いったい、復活とは私たちにとってなんでしょうか。

おそらくその答えは皆さんおひとりおひとりのなかに、ユニークなかたちで存在し、皆さんを日々生かしていることでしょう。そして、それぞれは異なっていても確かにいえること、それは復活とは私たちの人生を変える体験だということです。

今夜は、私自身の復活体験を皆さんと分かち合いたいと思います。

――アレクサンドリアのコプト修道院にはひとつの古い文書が存在していました。それは、古代アレクサンドリア図書館の蔵書が保管されている場所を記した古文書です。そうです。アレクサンドリア図書館は消えてはいなかったのです。しかし、七世紀、図書館にふたたび危機が迫りました。イスラム勢力が町を占領しようとしていました。アレクサンドリア修道院の院長であったベンヤミン師は、図書館の蔵書を隠し、きたるべき日まで封印する役目を果たしました。そして蔵書を守るために三人の《守護者》とよばれる者が選出されました。守護者は何百年にもわたり連綿とその使命を全うしてきました。

そして、今から三十五年前、私自身も《守護者》となりました。しかし私は《守護者》の使命を遂行する過程で、ひとりの罪無き日本人女性を利用しました。やがて彼女は私の真の狙いを知り、去っていきました。私はそのとき、人生におけるもっとも重大な過ちを犯したことに気づきました。

今年二月、教皇に選出された私のもとに、アレクサンドリア図書館の蔵書発見に向けての協力要請が、《守護者》の方々からもちこまれました。そして、つい先日、古の世界最大の図書館がふたたび地上に姿を現しました。およそ五〇万冊に達する人類の知の遺産です。私たちは、蔵書発見にいたる歴史や書籍のもつ重要性などから、この件を発表するにあたっては慎重を期さねばならないと考えておりました。ところが、このアレクサンドリア図書館の蔵書を奪おうとする勢力が迫っていたのです。

皆さん、私はその女性がその後男児を出産し、そのわずか一年後にある事件に巻き込まれて不慮の死を遂げたことを、つい最近まで知りませんでした。私はかつての自分の過ちが決して過去のものではなく、多くの人の運命を変え、今なお、消えぬ傷跡を残していることをつきつけられました。同時に、彼女と一緒に亡くなったはずの男児が生き延び、すばらしい青年に成長していることも知りました。

アレクサンドリア図書館の蔵書を狙う人びとは、かつて私が《守護者》であったこと、私と彼女との関係、そしてひそかにＤＮＡ鑑定を行うことによって、生き延びた男児の父親が私であることを特定し、それを理由に私に退位を迫りました。退位を承諾すれば、この件すべてを公表しないという条件で。

聖週間のあいだ、私は死と復活について考えをめぐらせていました。死とは、私自身の闇、そして文字通り亡くなった彼女の死でありましょう。それとともに、私にはひとりの息子が残されていました。彼女の犠牲とひきかえに残された宝、復活のしるしです。

親愛なる兄弟姉妹のみなさん。私は今日、ここでローマ教皇の位から退くことを表明いたします。

いうまでもなく、これは追い込まれての退位でも、ましてや、取り引きとしての退位でもありません。私は、失ってしまった人としてのぬくもりを、この手に取り戻したいと願っています。私はユーセフ・ナーデルの父親として、神が与えてくださったあたらしい復活の人生を生きなおしたいのです。

兄弟姉妹の皆さん、イエスはその死と復活をもって私たちに命と愛の道を示してくださいました。復活したイエスは常に私たちとともにおられます。神の祝福がみなさんとともにありますように。

終章　２００９年５月

ナディア・アンタールはブシャーレの修道院の西門を閉め、朝露にしっとりと濡れた草の道に一歩を踏み出した。

小道のおわりに、ユーセフ・ナーデルが待っていた。ふたりはそのまま並んで歩き始めた。

世界中が前代未聞の教皇退位の話題で持ちきりだった。近々、またコンクラーベが開催される。カトリック信徒の大半は、ソテル二世が教皇位に留まることを望んだが、彼の決意は翻ることはなかった。

「結局、アレクサンドリア図書館の蔵書の所有権はレバノン政府とエジプト政府、保管はヴァチカン博物館、調査は世界中から集められた専門家チームがあたることになったのね」とナディアが言った。

「エヴァンズ神父によると、調査が終了するには何年も、いや、何十年も、ひょっとしたら何百年もかかるということだよ。保守派とかリベラル派とかに有利であれ不利であれ、それが判明するのは僕たちみんなが死んだあとになりそうだ」

「どうして最初にそのことに気づかなかったのかしら。ばかね」

ナディアは唇をとがらせた。

「見えなくなってたんだろう。何かにとらわれるとそういうことになる」

「私、ずっと考えていたのだけれど――」

「うん？」

「ベンヤミン院長の第二の徴のこと」

「あれがどうしたの」

「ちがうんじゃないかしら」

「ちがう？」

「〝秘められし漆黒の宝　狼の丘に現る〟――あれは、カピトリーノの丘でみつかった古代のロザリオなのよね。でも、私はそうじゃないと思うの」

「そうかな」

「あれはね――」ナディアは立ち止まり、ユーセフの黒髪を見上げた。「ユーセフ、あなたよ。

アジール大司教があなたをローマに呼び寄せた。古代ローマのオオカミの丘にね。そして教皇さまにとって、あなたはまさしく秘められた宝だったわ。アジアからやってきた宝――。ね、ベンヤミン院長の徴は、このことをおっしゃっていたにちがいないと思うの」

ユーセフはふと、そうだったのかもしれないと思った。

ナディアは背後に広がるりんごの果樹園を懐かしげにふり返った。

「ユーセフ、わたしたちの未来には何が見えて」

「まったく想像がつかないよ。こんな結末なんてあまりに思いがけなくて」

「ひとつだけ確かなことがある。ふたりでならどんなことだってできるにちがいないわ」

ナディアは甘酸っぱい香りを胸いっぱいに吸い込んで、満足げにほほえんだ。

第七回島田荘司選 ばらのまち福山ミステリー文学新人賞優秀作
『ベンヤミン院長の古文書』

選評

島田荘司

読み進めながら、感心に値する力作であることは思ったが、エンターテインメント小説としては果たしてどうであろうかと考えた。作者は、高等学校の世界史の教師であるそうだが、物語内部は生真面目で、その起伏の奔放性に関しては、教条感性から自由になれていず、いささか安全にすぎる、定型的な展開推移が用意されるばかりに感じた。

そもそも一般的な日本人は、相当な教養層であっても、古代地中海世界、最大の規模を誇ったアレクサンドリア図書館の、貴重で膨大な蔵書群の消失と、これの所在を突きとめて回収する探索のプロジェクトが、いかに高価値で、興奮的な性質のものであるかを説かれても、おそらく大半は、共感できないであろう。

これが卑弥呼の著作であるとか、神武天皇の自筆伝記とでも言うなら、日本の歴史好きの興味を惹くだろうが、原始キリスト教世界の、カトリックを頂きとする宗教社会の秩序を破壊し、世界に新宗教を興すほどの衝撃的な事件となると説かれても、多くはピンとこないであろう。暗号小説としてみても、おびただしい前例の群れを凌駕するような仕掛けや、解読のドラマは作れていない。ミステリー門外漢が、こうした物語の結部なら、おおよそこのようなことであろうとして、前例から借用してきたふうのものではある。作者がタイトルに「暗号」を詠わなかったのも、こうした判断のゆえが推察される。しかしそれゆえに、物語が本来的に持つべきであった背骨が抜けてモーションのエネルギーがゆるみ、全体のアピール力が不足して見えた。

世界史専門家にとっては金塊以上の宝物である、アレクサンドリア図書館蔵書の隠蔽場所も、千年以上も追求の目を逃れられるような、万人の盲点とまではちょっと思われない。スキュタレーに頼らずとも、レバノンの探検家が偶然に発見していてもよさそうな場所である。蔵書発見の場面は、したがって誰かが仕掛けたトリックかと疑いたくなる常套性があり、ミステリー読書家に、膝を打たせそうではない。この点をもって上質作の資格を疑うミステリー愛好家も出そうで、したがってこの作を喜びそうな読み手の方向はなかなかに限られそうである。

考察は専門的であり、生涯を書けた研究者でなくては得られない貴重な情報とか、時間をかけて到達した作者自身の理解が、物語に載せて開陳される。しかしそれらも、一般にはとっつきが悪く、馴染みのある大衆ミステリーの定型、たとえばキリストの青森県戸来への来訪と、日本女性の妻帯、そしてかの地で没したとする俗説とか、数々の福音書から漏れ落ちた、うがてば布教の戦略上隠されたふうの、青年時代のキリストの人間的な行動録、こういうものに語りが接近するたび、都度日本読者の興味はいささか喚起されると、そういうことであろうかと想像する。

この作は、『たとえ世界に背いても』という、今回の福ミス最終候補作中、たまたまライヴァルに位置した強烈なエンターテインメント作の、測ったような対局の位置につけ、向こうがストレートな怒りを背景に、行儀発想や教条主義から潮笑的なまでに自由になり、快楽主義的殺戮合戦に、哄笑とともに没頭する不道徳暴走なら、こちらは生真面目な学問的考察によって丹念に構築した複雑な中心軸の前面に、教師らしい分別が許し得る限りの波乱を配した、教養的宝探し小説ということになるであろうか。

しかし物語が進むにつれ、世界史に興味を持つ者の目からすれば、淡々と、とてつもない内容が語られていることに目を見張るようになった。これはこれで、別種の方向から前例常識を突き抜ける設定である。

アレクサンドリア図書館から流失した蔵書には、ギリシア語に訳されたゾロアスター教や、仏教の経典までもが含まれ、さらにはアフリカ大陸に運ばれたアレキサンドロス大王の遺体の埋葬場所、ユダヤ人キリスト教徒の聖書、世に知られていない初期キリスト教時代の数々の写本、イエスの青年時代や、彼の死の前後を描いた書きものまでもが含まれる可能性が述べられる。

アメリカにいた時、敵対勢力の卑劣な仕打ちに、怒り狂って仲間に檄を飛ばし、武器を掲げて報復を訴える、青年時代の熱いキリストの姿を語る研究者がいた。これがもしも事実なら、冷静な神の姿にふさわしくないという判断で後世隠されたものであろうが、日本人が知る機会のなかった情熱的、戦闘的な彼の姿に、イエス・キリストの汗や体温が、猛烈な勢いでこちらに迫ってくる心地がしたものだった。

この物語によって、あの若いキリストの喉を絞る大声が思い出された。彼は生々しく実在し、そうならその頃の秘密の記録文書が存在してよい。その文字群は、神の魅力を増しこそすれ、減ずるものではないはずだ。

当物語の作中に見える情報がまったくの空想ではなく、一定量学問的な裏打ちを持つものなら、従来の日本のミステリー系エンターテインメントの教養水準を超えるし、まことに貴重な読み物ということになる。そういうことに、徐々に気づいた。

そしてこの作者が、自らの半生をかけて生真面目に追跡し、構築した一世一代の成果を、この小さな賞に無言であずけてきた思いが、こちらに痛いほどに理解された。そして猛烈な共振とともに、そうした思いに応えるべきと考えた。

いかに地味であろうとも、一般評価の獲得はむずかしかろうとも、この作が高度で貴重な学問的成果を擁し、たとえ広くない世界が対象であっても、まれな知的興奮を語るものであるなら、この作にもチャンスを残し、作者と編集者の今後の改善努力に期待して優秀作とすべきが、出版先達の誠意と信じた。

金澤マリコ（かなざわまりこ）
千葉県生まれ。静岡県在住。上智大学文学部史学科卒。
2014年、本作で島田荘司選第7回ばらのまち福山ミステリー文学新人賞優秀作受賞。

ベンヤミン院長《いんちょう》の古文書《こもんじょ》

●

2015年11月19日　第1刷

著者…………金澤《かなざわ》マリコ

装幀…………スタジオギブ（川島進）
装画…………藤原ヨウコウ

発行者…………成瀬雅人
発行所…………株式会社原書房

〒160-0022 東京都新宿区新宿 1-25-13
電話・代表 03（3354）0685
http://www.harashobo.co.jp
振替・00150-6-151594

印刷…………新灯印刷株式会社
製本…………東京美術紙工協業組合

ISBN978-4-562-05261-5, Printed in Japan